当代作家精品·散文卷

主编 凌翔

方圆不惑

王海洲

著

北京燕山出版社

图书在版编目（ＣＩＰ）数据

方圆不惑 / 王海洲著 . — 北京 : 北京燕山出版社，
2023.5
ISBN 978-7-5402-6261-7

Ⅰ.①方… Ⅱ.①王… Ⅲ.①散文集—中国—当代
Ⅳ.① I267

中国版本图书馆 CIP 数据核字（2021）第 249591 号

方圆不惑

FANGYUAN BUHUO

著　　者：王海洲
责任编辑：杨春光
装帧设计：邓小林
出版发行：北京燕山出版社有限公司
社　　址：北京市西城区琉璃厂西街 20 号
邮　　编：100052
电话传真：86-10-65240430（总编室）
印　　刷：北京军迪印刷有限责任公司
开　　本：710mm×1000mm　　1/16
字　　数：200 千字
印　　张：14.5
版　　次：2023 年 5 月第 1 版
印　　次：2023 年 5 月第 1 次印刷
ISBN 978-7-5402-6261-7
定　　价：69.00 元

序一　踏遍青山人未老

叶子

人到中年，王海洲先生开始为创作而燃烧。他热爱风景，公务之余是孜孜不倦的行者，经常可以在朋友圈里看到他发布的精美图片。他的文字和煦、温暖、清澈、明媚、繁茂，一如微风吹过山峦，草木摇曳的轻盈。他有一双善于捕捉美、发现美的眼睛，他对山水之美的感知，都潜藏在诸多的美文之中，而文字又是他精神世界的映射与倒影。从前他身为陆军上校时雷厉风行，而转业后笔下喷涌的文字又让我发现他是一个铁血柔情之人，正如他在文中写道："我爱春天，就像珍爱生命一样，从不虚情假意。我更爱在春天写作，用文字记述她的美丽。"

故乡是王海洲取之不尽用之不竭的创作源泉，他用文字抚摸岁月。早年的故乡虽然物质匮乏，但故乡是他生命的底色、灵魂的底色。故乡桥市带着浓郁的江汉平原气息，在他的散文中占了大量的篇章。王海洲谱写了一曲桥市咏叹调："自古以来，四季分明的桥市犹如一位深谙赤橙黄绿青蓝紫特性与魅力的艺术大师，不管春夏秋冬，都能调出最撩人、最和谐的色彩。"他是那个曾经被故乡漫山遍野的金黄宠坏了的游子，荷花、柿子树、大槐树、银杏树、萱草、青蛙均可入文入画。他的记忆在过去和现在来回穿梭："不知是儿时先入为主的记忆，还是曾经清苦生活的烙印，又或是离乡背井的乡愁所致，我总觉得如今商超里品牌繁多的粽子，天南地北的口味都很难与家乡的清水粽子相媲美。"他的笔下总有眷眷深情："银杏树茁壮成长的岁月，恰逢我从小学到大学毕业，再到携笔从戎，远居他乡成家立业。三十多个寒暑易节，我同银杏树一样享受着父母不求回报的无私付出，沐浴着人世间无偿却又无价的爱。"他是时间的记录者，曾经的煤油灯、夜晚抓泥鳅在他笔下都变成了美好的回忆。虽然往事渐行渐远，但王海洲用文字把它们定格成了岁月的书签。

　　王海洲是湖北人，携笔从戎到福建，军旅生涯是他一生中不可磨灭的印记。他在《追念望城岗》中回忆艰苦的军事训练："记得暴雨天开展战术训练，卧倒在满是积水的沙地上可以滑出去好几米，虽然有的人手掌、膝盖破皮流血，但笑声与激情才是训练场上的主旋律。在打霜下雪的寒冬腊月进行器械训练更是考验意志力，尽管热乎乎的手与冰冷的器械接触的一刹那令人畏缩，但心中的热血很快温暖了冰冷的器械。"这样的文字令人动容，唯有亲身体验，写出来的文字才带着血，带着泪，动人心弦。在《尘封的汗酸味》中他这样写道："每当紧闭门窗休息时，室内刺鼻的味道来源于每一双作训鞋、每一套作训服、每一个暖烘烘的被窝，谁也没有例外。那是军校学员宿舍特有的味道，是扬帆起航的号角气息。"这一部分文字呈现了王海洲作为个体的独特的生命世界。自从变成了故乡"来客杀鸡"的"客"以后，王海洲常常缺席父亲的生日。对于那些两地分居的军人家庭来说，亲情缺失问题更为突出。基层干部处于事业奋斗黄金期，带兵育人责任重大，面对家庭变故、婚期、孩子出生等实际问题时，通常自觉选择舍小家顾大家，一心扑在部队训练、演习等大项任务上，缺席家里红白事、推迟婚期，甚至孩子出生不能到场等并不罕见，花前月下、亲子互动几乎成为奢望。军娃不叫军爸、军人不能告别逝者、心爱的姑娘对军人失去耐心等心酸的场景并不稀奇。和平时期，这种默默奉献也叫作牺牲。读了这一系列关于军旅的文字，让读者对军人肃然起敬！

　　王海洲先生以上校军衔转业到地方后，利用休假时间笔耕不辍。他的足迹遍及福建的山野：梁山、梅花山、戴云山、金鸡山、大芹山等。当游人忙着把风景装进相框里，把心情分享在朋友圈时，他把美丽的风景变成了纤毫毕现的文字。他笔下的山千姿百态，各具气韵。他在《踏青屏山茶园》中写道："俯瞰整个茶园，每座山上的茶垄各有特色，不再像从山脚看起来的倒立的陀螺，更像一堆堆同心圆散落在漫山遍野，又像是一座座绿色城堡，城堡之间的小路弯曲幽静，把小山村紧紧搂在怀里。"景色活灵活现，如在眼前。他喜欢登无名之山，独享游人寥若晨星的清静与悠然，独享那种登上高峰后苦尽甘来的神清气爽和怡然自得。正所谓：芝兰幽幽，其香在野。祝福他在文学这座大山上勇攀高峰！

（作者系中国作协会员、漳州市作协副主席）

序二 大笔如椽写人生

安频

我第一次知道王海洲这个名字，约莫是在 2018 年。那时，一位友人转过来一篇《桥市非市若市》文稿，说是一个在福建工作的监利老乡写的。我仔细看过，此文深得传统散文三昧，既隽永冲淡又情真意切，读起来韵味十足，妙趣横生，能引发读者内心强烈的共鸣。

这篇文章首先在《监利人》杂志微信版上发布，反响很好。后来，根据众多读友强烈要求，又刊在《监利人》杂志上。杂志付印后，我给王海洲先生寄去几本聊作纪念。王海洲先生怀着对家乡的一往情深打电话道："我在全国刊物上发表了一些文章，但能够在家乡监利的刊物上发表，要谢谢你郎（监利方言'您'的意思）作为家乡的媒体成全了我。"

之后，我们互加通信方式，有事没事聊上几句。通过一些日子的了解，我得知他是转业军人，便肃然起敬。王海洲先生身上既有军人的慷慨激昂，又有文人的意气风发，与之相处，好似行走在广袤的草原上，内心非常舒畅。我多次赞赏他："军营是一个锻炼人的地方，从军营里走出了很多文学家。唐代的岑参、高适，民国的黄仁宇，当代的莫言、二月河、阎连科等人，均知道一个道理：拿枪并不妨碍以后拿笔。你喜欢用文字建造自己的思想宫殿，值得信赖。"

第一次见到王海洲先生，是在 2020 年 1 月 13 日。那天，《监利人》杂志社在中银富登村镇银行举办征文颁奖活动，他在百忙之中匆忙赶来，令我非常激动。他中等身材，很瘦削，但一双眼睛转动很快，一开口便笑。他的《桥市非市若市》获评二等奖，虽说是小奖，但多多少少代表了评委的认可。下午两点左右，他私下跟我讲，要去岳阳机场接朋友，不能等到会议结束了。我表示理解，并拜托他多写一些老百姓爱看的乡土散文。

之后，各忙各的，但始终保持通信联络。6 月 6 日上午，手机铃声

"嘀嘀"响，我打开一看，原来是王海洲先生发来的《王海洲个人散文集》，并请我作序。我寻思："替人作序，非我所长，但是这份真诚不能推却。我还是勉为其难，那就写下我对王海洲先生的敬佩和学习的情怀吧！"

王海洲先生学理科出身，他的职业横跨军界和政界两个截然不同的领域，正是这一点决定了其阅历的丰富性和多样性以及人生经验的广泛性和深刻性。他的足迹遍及很多地方，阅历十分宽广，这种行万里路的经历加上读万卷书的广博知识，为他在知识储备、语言功底和文学造诣上扎下了深厚的根基，使他在文学创作上如鱼得水。无论是从军还是从政，王先生总是勤奋著书，笔耕不断。他的创作题材非常广泛，形式多样。就拿这本散文集来讲，描写的地域涉及故乡和异乡，领域横跨军界和政界，题材包括山水、风景、亲情、友情、童年记忆、生活点滴等，可谓包罗万象。在他的笔下，可以说山河无处不风景，世界无物不典型，生活无事不入题，文章无言不成理，因此笔力所至，云霞满眼，五彩缤纷，可谓大笔如椽。

王海洲先生的散文有自己的风格和特点，自成体系，别树一帜，不仅构思精巧，寓意深刻，而且在语言的把握和运用上也如行云流水，清丽脱俗。如《桥市三题》中"水美的地方，总是人美的地方。水灵灵的桥市，养育了水灵灵的桥市人。无论男女老少，那些在水乡长大的桥市人，个个都出落得水灵灵的"。再如《桥市非市若市》中"儿时关于桥市的记忆，更多的是河港交叉，鱼池星罗，农田棋布。村庄有青砖黑瓦、风车石臼，有小院篱笆、短巷砾径；田野有河塘交错、田垄阡陌，有麦浪油菜、蜂飞蝶舞；河塘有小桥流水、杨柳拂堤，有鱼儿嬉戏、蛙鸣虫吟——好一幅江汉平原水乡油画跃然眼前"。这一段段优美的文字读来如清风拂面，又如闻泉水叮咚，给人一种清水洗尘、澄澈透明的感觉。正是这一点使王先生的散文在众多的散文名家中脱颖而出。

记不清在哪里看到过这么一句话："看一个人的文章，基本上可以知道这个人的品味与修养。"诚然，看王海洲先生的文章，给予我的感触很多，更唤起了我对于自己更深的认知。譬如他在《烙在心底的笑脸》中写道："记得一天下午训练即将结束上岸时，一个滔天大浪冲散了训练编队。

两分钟后，大家陆续上岸。让人触目惊心的是，包括我在内，约有四分之一的官兵被群众固定抽水管的树桩上锋利的牡蛎划伤，伤口以下肢居多，也有的在上肢、躯干甚至面部。看着一张张黝黑稚嫩的脸孔，我愧疚至极。"这是记录军营生活的一幕，生动活泼。他在《打火把夹黄鳝》里写道："春末夏初的夜晚，天气略感闷热，空气却很清新，田野上蛙叫虫鸣，时起时歇的四声杜鹃叫声格外清脆。在满天繁星的映衬下，萤火虫发出的黄绿色光一闪一闪，四处夹黄鳝用的火把星星点点，形成水乡夜幕下特有的流光溢彩，让人无心寻找水田里的黄鳝和泥鳅。"这样细腻的文字，深得明人小品精髓。他在《唐老师的黄挎包》里写道："我借机面对面打量唐老师。他满头汗水浸湿了头发，前额出现了几个小的发束，花白的鬓发诉说着创作的辛酸，眼眶深凹但双目炯炯有神，清瘦的脸庞在夕阳映衬下轮廓分明，两个'大酒窝'或许正是岁月年轮的见证。"这几句话，很形象地勾勒出了一个老作者的相貌。还有其他精品力作，不一一列举了。

总之，王海洲先生出一部散文集子，我是非常期待的。虽然不可能达到"藏之名山、副在京师"的水平，然而足下留痕，作为心灵跋涉的里程碑，还是很合适的。

文以载道，澄澈心灵。古人云：太上立德，其次立功，其次立言。王先生用一本二十余万字的散文集子浓缩了自己半辈子的人生经历，忠实记录了自己的生活轨迹和心路历程，这种孜孜不倦的治学精神和豁达乐观的人生态度令人敬佩。值此集子出版之际，谨向王先生表示衷心的祝贺和由衷的敬意。这是一本捧起便令人有收获的小集子，宛如新松，宛如清泉，宛如明月。希冀读友亦喜爱。

期待王先生有更多更好的作品问世！

（作者系中国报告文学学会会员、湖北省报告文学学会副会长、《监利人》杂志主编）

目　录

第三辑　行旅，不言倦

第四辑　知己，何其贵

第一辑　念乡，心更切

活着活着，突然发现自己喜欢在故乡与他乡之间不停地来回切换角色。这种角色切换的频率，随着年岁增长而加快，但思想上远比现实中频繁得多。而今，那些魂牵梦萦的过往，已然成了回忆与挂念。

桥市非市若市

　　入秋不久，不经意听到经典影片《红日》插曲《谁不说俺家乡好》，顿时，一股莫名的乡愁涌上心头。

　　时间如白驹之过隙，二十五个春秋弹指一挥间。离乡背井的这些年，家乡桥市的发展日新月异，而我每次短暂的探亲仅能珍藏有限的记忆。但在这些有限的记忆里，无论视觉还是感觉，这个地处江汉平原南端、位于洪湖西岸的水乡小镇，始终沐浴在改革开放的春风里，努力奔跑在镇强民富的征程上。

　　小时候，我便十分好奇，这里为何叫桥市？父母说老人都这么叫的，并没有告诉我想要的答案。直至今日，我依然对桥市这个名称饶有兴趣。据有限史料记载，桥市公社 1975 年由朱河公社拆一为三而来，1984 年改为桥市区，1987 年改为桥市乡，1995 年改为桥市镇。桥市更早的历史沿革，我已无从厘清来龙去脉。

　　对于出生在农村的孩子来说，进城逛街是何等的渴望。在我幼小的心灵里，桥市理所当然有集市。我怀揣向往，第一次跟母亲去桥市街，可谓心花怒放。依河而建的集市好不热闹，最先吸引我眼球的是糖果、麻花、水果零食摊，还有几根竹竿、一块遮阳布支起的面摊。看见神秘的电影院铁门紧锁，我只能望洋兴叹。而桥头供销社的繁华似乎与我无关。百余米的街，路面坑洼不平，稍不小心就会绊脚摔跤，或者溅一身泥水；路两侧的商铺五花八门，有的甚至破旧不堪，但人头攒动，人声鼎沸。第一次上街，虽大饱了眼福，却只能悻悻离去。

　　儿时关于桥市的记忆，更多的是河港交叉，鱼池星罗，农田棋布。村庄有青砖黑瓦、风车石臼，有小院篱笆、短巷砾径；田野有河塘交错、田垄阡陌，有麦浪油菜、蜂飞蝶舞；河塘有小桥流水、杨柳拂堤，有鱼儿嬉戏、蛙鸣虫吟——好一幅江汉平原水乡油画跃然眼前。

在那个美丽的水乡小村，每到春暖花开时，小伙伴们一起抓蝌蚪、捉泥鳅，把欢声笑语洒在开满紫云英的田野上。缤纷夏日里，孩子们三五成群去掏鸟窝、采桑葚、摘莲蓬，把童年的脚步印在荷塘边和树林里。金色的秋天里，帮大人收完谷子后，在月光下的晒谷场稻草垛里捉迷藏，一身露水却不觉得冷。寒冬腊月，光着脚丫在没过膝盖的雪地里堆雪人、打雪仗，用小木凳在河面上滑冰……一年四季尽情享受无限的童年乐趣。

当我出门求学，客居他乡后，桥市的童趣离我越来越远，远得偶尔会有陌生感。幸好每次回乡探亲，汽车从朱河驶入桥市界的那一刻，亲切感便油然而生。更令人欣慰的是，这些年家乡一贯坚持"水产强镇、水活富民"的经济发展思路，充分发挥资源优势，改造开发低湖田，变低湖田为回形地，变避水农业为载水农业，念水经、唱渔戏、大做"水"文章，收效明显。

年复一年，一代又一代桥市人栉风沐雨、砥砺奋进，用智慧与汗水书写一个个逐梦新篇章。这一个个美丽新篇章在脚下，在眼里，在每一位乡亲的脸上，更在他们的心坎里。这些年来，甲鱼、黄鳝、青虾、螃蟹等名特优水产品总量居全县之首；新兴工业区粗具规模；水泥路愈加宽阔，实现了村村通；风格各异的新式民居鳞次栉比，百姓的家具、家电日益先进，小汽车数量逐年增加；通信网络日渐发达，手机用户十分普遍，光缆、微波可连接海内外；取水长江的自来水厂有效确保了用水安全……

沐浴在伟大祖国繁荣昌盛的春风里，受益于党的一系列惠农政策，我家也住上了宽敞明亮的四合院，家里买了小汽车，家电、家具更新换代，日子一天比一天红火，父母的收获感、幸福感溢于言表。而身处异地的我，跟家乡的父老乡亲一样，奔跑在迈向小康的伟大征途上，分享着七十年来伟大祖国取得的辉煌成就，幸福与自豪无以言表。

至于桥市的名称来由，是不是因桥上驶车、桥下行船、桥旁经商，集"桥"与"市"于一体而得名，早已无关紧要了。

如今，我虽身在异乡，但我做梦都憧憬着，有朝一日我的家乡桥市，沐浴中国特色社会主义新时代改革发展春风后，真正繁荣发展，升格为县级市——"桥市"，成为洪湖西岸与国家开放城市岳阳隔江相望的一颗璀璨新星。

桥市三题

（一）桥市的桥

不知何年，故乡桥市因桥而形成集市。相传，曾有一位叫王福山的在河网密布之地卖豆腐，因生意兴隆，个人慷慨捐资建木桥一座，木桥两边逐渐形成繁华集市。后来，因桥上驶车、桥下行船、桥旁经商，集"桥"与"市"于一体而得名桥市。

桥市南枕长江，与千年历史文化名城岳阳隔江相望，东临湖北第一大淡水湖——洪湖，是洪湖西岸一颗璀璨的水乡明珠。

地处江汉平原南端的桥市隶属荆州市监利县，境内地势平坦，河港交叉，鱼池星罗，农田棋布，是典型的江汉平原水乡小镇。

水乡多水，自然多桥。除了那座衍生地名、具有地标意义的王福山桥之外，还有不计其数的桥横卧在纵横交错的河港之上。儿时印象中的桥，以简易木桥居多，石板桥不多见，拱形桥则更加稀少。

桥市木材资源丰富，简易木桥就地取材而建。稍粗的树做桥墩和桥梁，桥体由多个不太规则的三角形组合固定，桥墩中间较宽，桥下供船只通行。桥两侧没有护栏，桥面由大小厚薄不一的木板拼接铺成。走在桥上，可以从木板缝隙看见桥下的河水。稍用力踩，即嘎吱嘎吱作响。人多的时候，甚至会摇晃。

少有的石板桥只在人居稠密且较窄的河道上可见。桥墩由青砖和石头砌成，桥面由两至三块宽约七十厘米的石板铺就，桥底仅能通行一艘木船。那些油光发亮的石板告诉我，桥上不只是走的人多，而且年深日久。

在我内心，虽然王福山桥历史厚重，石板桥安稳好走，但只有那座上小学必经的破木桥令我记忆犹新。

我的童年没有幼儿园的记忆，只有紫云英花海里捉泥鳅、荷塘采莲、爬树掏鸟窝、秋收后草垛里捉迷藏、冰天雪地打雪仗的乐趣。到了学龄的那个秋天，我背着旧挎包跟二姐直接上一年级。上学第一天接受的最大挑战不是陌生的课堂，也不是严肃的老师，而是那座让人毛骨悚然的破木桥。

依稀记得，我刚到桥头，看见河水湍急，几处破损严重的桥面摇晃得厉害，便停步不前。任凭二姐软硬兼施、再三鼓励，原本活蹦乱跳的我也不敢迈步。着急的二姐无计可施。幸好同村一位长辈也要过桥，硬把我夹在腋下带到了河对岸。

上学第一天，我便是踩着上课铃声进教室的。在课堂上，我几乎没有心思听老师讲课。课间休息时，我也没有兴致与新同学玩耍交流。在我内心，除了第一天读书的陌生感，更多的焦虑是放学后如何过桥回家。

上学时孩子们陆陆续续过桥。而放学则不同于上学，孩子们几乎一窝蜂过河，桥摇晃得更厉害。我依旧站在桥头观望，只见孩子们走在桥上有说有笑，有的甚至跑着追着，尽管桥面摇晃并嘎吱作响，但他们似乎并不害怕。二姐牵着我的手，指着桥上跟我年龄相仿的孩子，鼓励我跟她一起步行过桥。天色渐晚，在二姐的保护下，我鼓起勇气步行过了桥。接下去的几天，有二姐陪伴和同学鼓励，我逐渐克服心理恐惧，并掌握了过桥的要领。

后来，无论汛期涨水淹没部分桥面，雨季桥面湿滑，或者冬天结冰桥面滑溜，我都能从容应对，快乐往返于那座饱经沧桑的木桥，并留下了许多珍贵的记忆。

记得一次夏天放学后，我和几个孩子没有及时回家，脱光衣服私自跑到河里玩水。为避开老师耳目，自作聪明的我们特地躲在桥下玩水。第一次自下而上观察木桥，发现桥体因材适用，多为卯榫结构，而铁钉很少，不禁为木匠的设计和精细的做工而折服。不多一会儿，一个熟悉的声音把大家给惊住了。只见老师拿着我们原本挂在桥上的衣服，厉声呵斥我们上岸去他办公室。那次光着屁股罚站接受批评，便成了关于木桥童趣的一个经典。

读三年级时，因更换校区，我不再经过那座木桥。后来，除了走亲戚途经几次，很少再看见木桥的样子。再后来，我身居异乡，不知那座木桥何时结束光荣使命，退出了历史舞台。

现在，家乡桥市发展日新月异，木桥少之又少，取而代之的是各式各样的制式钢筋水泥桥，而且数量越来越多，只有那些珍稀的石板桥依然穿越时空，回望着桥市发展的过往。

或许将来，又有新的桥取代如今的水泥桥，但在那个江汉平原的水乡小镇，必然会发生更多更精彩的关于桥的故事。

（二）桥市的路

"要致富，先修路。"这句耳熟能详的宣传标语在我年幼时便已刻入脑海。虽然当时不能深谙其意，但也略知一二。

家乡桥市地处江汉平原南端，地势可谓一马平川，有着得天独厚的自然资源特别是水土资源。虽然桥市地势平坦，但在那个经济并不发达的年代，桥市的路给我留下了崎岖难行的印象。

我依稀记得，小时候去桥市街特别是监利县城之前，对桥市的路并没有对比之后的印象反差，有的只是乡村阡陌纵横的无边快乐。阳春三月，路边泥土芬芳，草长莺飞，蛙声成片，杨柳依依，芳香扑鼻；盛夏时节，路边蝉鸣鸟叫，桑葚诱人，荷叶盈盈，菡萏妖娆，绿意无边；而秋冬时分，路边稻浪如金，云淡天高，或河塘冰封，四野银装素裹，笑声绵绵。那些乡间土路，纵然雨天泥泞滑溜，我们赤脚依然健步如飞；即便三九寒冬，照样暖上心头，乐趣无限。

自从 20 世纪 80 年代，我有了第一次去县城的经历之后，便觉得桥市的路不太好走。在我印象中，当时除了桥市街和乡村主干道是凹凸不平的砖渣路，乡里几乎都是土路，既窄又弯，且路面坑洼难行，路旁杂草丛生。走在路上，经常是晴天一身灰、雨天一身泥。如果碰到连续阴雨天，常有多处水洼，泥泞不堪，溜溜滑滑。倘若身旁有车经过，难免会溅得一身泥水。

每当我诟病路不好走的时候，母亲便对我说，现在的路比以前的好走多了，过去的羊肠小道才叫难走。母亲说，她们以前走亲戚或者上街赶集，天蒙蒙亮就得出门，为了抄近路，常常穿坟场、绕堤埂，步行数小时才能抵达目的地，有时甚至要披星戴月或者沿途借宿。可想而知，那时的路是多么难走。

如此看来，在父辈们小的时候，桥市的路肯定更难走。幸好桥市水系发达，当时生产劳动运输基本靠水路。村里几乎家家户户都有船，男女老少人人会撑船划桨，我也不例外。我从第一次坐船害怕，到十岁左右会撑船能划桨，得益于父亲手把手的教授，归功于母亲心贴心的鼓励。与父辈们相比，我是幸运的。

我懂事后得知，在大集体时代，各个生产队都集中主要心思精力抓生产，鲜有时间搞基础建设。如果问及原因，大概是一没时间，二没资金。这只是我的推测罢了。

虽然推测未必正确，但是我在成长中见证了家乡桥市道路的发展变化。我隐约记得，上桥市中学时，桥市街的道路路面比较平整，街区日趋整洁，基本告别了晴天一身灰、雨天一身泥的日子。我读朱河中学后，印象中通往朱河的公路是柏油铺就的，路两旁绿荫如盖。尽管当时有柴油"三轮车"载客，但我们还得节省几毛钱的车票钱留作伙食费。在那个花季时代，几个同学结伴步行上学，两个小时一路欢声笑语，倒也轻快惬意，既锻炼脚力，又节省开支。

离开家乡求学的那几年，镇里的主干道慢慢铺成了水泥路，但乡村依旧还是土路，碰上下雨天，照样泥泞难行。每当在县城工作的哥哥姐姐回家遇上雨天时，父亲便挑着竹篮送深筒雨靴到公路上接他们。等他们要回城的时候，父亲再送他们到公路，而后把他们脱下的雨靴挑回家。因为县城雨天没有泥泞的路，基本用不上雨靴。哥哥姐姐每次雨天往返，父亲都要来回保障雨靴。现在看来，这种无微不至的父爱是如此甘甜醇厚。

我在异乡成家立业后，并不是每年回家探亲，但每一次回家都有新的感触，特别是承载家乡致富使命的道路，同样与时俱进在发展变化。随着国家实施"村村通"战略后，镇上街道更加宽敞整洁规范，村里的水泥路硬化速度加快。一条条蜘蛛网般的乡村水泥路纵横交错，像发达的毛细血管一样，分布在大地母亲的肌体之中，把营养输送到她的每一寸肌肤。

修好路，必定富。近些年，随着桥市的道路日渐发达，家乡的经济发展也乘势而上，新兴工业园区粗具规模，甲鱼、黄鳝、螃蟹等名特优水产品远销北京、上海等地，乡亲们住上了小洋楼，添置了新的家电家具，有的还买了小汽车，日子越过越好，他们获得的幸福感情不自禁洋溢在黝黑的脸上。

几天前，弟弟高兴地告诉我，村里为增加交通容量，规范交通秩序，准备将原有的水泥路拓宽三米。得知此讯，父亲二话不说，愉快地配合道路拓宽征地工作，我在电话这头也喜出望外。虽然我早些年不远千里开车回乡已是全程水泥路到自家门口，但对村里那一小段狭窄的路还是心有余悸。收到这个喜讯，不禁让人感叹党带领人民奋斗所取得的日新月异的成就。

路通处处换新颜。现如今，桥市的道路交通日渐发达，高速公路、省道穿境而过，乡村公路通到家家户户。发达的公路交通不仅促进了经济发展，而且改变了百姓的生活方式。乡亲们出行有私家车、摩托车或者电动车，即便骑自行车，舒适感也大增。曾经的深筒雨靴除了生产用，基本告别了日常生活，成为记忆。

恰逢中华人民共和国成立七十周年之际，村里为民办实事，再修致富路。我没有理由不相信，随着国家乡村振兴战略扎实推进，桥市在党的一系列惠农政策指引下，致富之路必将越来越宽广，乡亲们的日子也必定一天更比一天红火。

（三）桥市的水

倘若你问及桥市的"属相"，我会毫不犹豫地告诉你，桥市是属水的。因为古往今来，水不仅是桥市的脸蛋和心灵，而且是桥市的骨血和生命。

长江、洪湖，还有纵横交错的河港、星罗棋布的水塘，都以无处不在的水色滋养着这个鄂东南的鱼米之乡，以满腔热情顾盼着每一位来到桥市的人。

说到桥市的水，我们暂且先不说天赐的长江是怎样丰润桥市的，单说湖北第一大淡水湖——洪湖是如何哺育桥市的。

天工造物，泽润四方。洪湖是大自然厚爱湖北的杰作，更是老天爷给予江汉平原的远古馈赠。究竟是先有洪湖湿地，还是先有生活在洪湖湿地的先祖，我未考究，也无须考究。但这个烟波浩渺的生命之湖，是第二次国内革命战争时期中共湘鄂西中央分局所在地，是全国八大根据地之一。正是她用得天独厚的水系资源孕育了革命的力量，一曲《洪湖水浪打浪》就是留给我们最珍贵的收藏。

因为水，洪湖西岸的水乡小镇桥市宛如一颗璀璨的明珠，百世星光熠熠，骄傲地闪耀在江汉平原东南部。那里水系发达，交通便利，千帆竞发，可通江达海；那里水土肥沃，欣欣向荣，生生不息，四处野鸭和菱藕，秋收满畈稻谷香，鱼虾蟹鳖创名优。

桥市河港交叉，纵横贯通，四通八达。水多自然桥多，木桥、石拱桥、石板桥多不胜数，每一座桥就像一个音符，演绎着时代的歌声。桥是水的爱，水是桥的魂，千百年来相敬相依，始终不渝，连通一条条通往幸福生活的康庄大道。

水路发达自然离不开船。桥市几乎一户一船，户户有船，人人会撑船划桨，每一艘扁舟划开的都是一幅水乡耕耘的画卷。船是水的亲戚，船吃一辈子的水，一辈子都没吃够；船赶一辈子的水路，一辈子也没有赶完。船骄傲的是世世代代为水而生、与水为伴；水快乐的是祖祖辈辈承载人文历史，见证一个又一个传奇。

水美的地方，总是人美的地方。水灵灵的桥市，养育了水灵灵的桥市人。无论男女老少，那些在水乡长大的桥市人，个个都出落得水灵灵的。那种水灵，由内而外，无论他们走到哪里，只要讲着桥市方言，一听就能识破。

一方水土养一方人。逐梦新时代的桥市，虽然不再依赖水路农耕，但一刻也离不开水，努力奔跑在"念水经，唱渔戏"，变避水农业为载水农业的致富新路上。

心中的春天

或许是闽南四季如春的绿意掩饰了冬去春来带给我的惊喜，又或许是久居闹市未远行的朝九晚五耽搁了踏春的良辰美景。不知不觉中，又已时至季春，春天的脚步离我渐渐远去。如果不是儿子惦记着叫我带他去公园水塘找青蛙，我或将与这个春天擦肩而过。

"草长莺飞二月天，拂堤杨柳醉春烟。""春风又绿江南岸，明月何时照我还？"从古到今，春天都是人们最期待的美丽季节。因为它不仅迎接了吐故纳新的万物复苏，而且播种了一年之计在于春的美好希望，还把大地母亲点缀得万紫千红，让人间万物充满生机、美不胜收。

事实上，祖国各地的春色不尽相同，人们对春天的感受也各有区别，或者说每个人心中的春天都是不一样的。至于我对春天扑面而至的强烈感受，要追溯到三十余年前的童年时光。

那时，懵懂的我刚上小学，上下学来回途中要穿过纺锤形的村庄、纵横交错的小河和那片紧紧依偎村庄的广袤田野。20世纪80年代的洪湖之滨，村庄有青砖黑瓦、风车石臼，有小院篱笆、短巷砾径；田野有河塘交错、田垄阡陌，有麦浪油菜、蜂飞蝶舞；河塘有小桥流水、杨柳拂堤，有鱼儿嬉戏、蛙鸣虫吟——好一幅早春水乡田园油画。这些是我现在身处异乡的念想，当时是完全体会不到的。

要说故乡的春天最早令我烙下难忘印记的，是一场春雨过后那个阳光明媚的清晨。那天是周末，孩子们三五成群结伴去田野玩耍。整片田野上，被春夜细雨滋润的大地万物在阳光照耀下水灵灵的，一派生机盎然。当我光着脚丫小心翼翼踏上一条铺满野花、小草却又湿滑黏脚的田埂时，一阵此起彼伏的蛙鸣声如同波涛一般向我卷来。

咕咕咕，咯咯咯，咯咕咯咕……从田垄间叶绿花红的紫云英海传来，那沸腾般的叫声来自每一丘田垄、每一寸水田、每一条沟渠、每一丛紫云英，甚至每一阵呼吸。我兴奋地停下脚步，应声寻去却不见半只蛙影。而当我刚轻轻地向前迈步，身后便又蛙声一片，即便快速转身，也只觅得水花几个，或者草动余波。水沟里有一块摸起来像凉粉皮那样晶莹剔透又滑溜溜的胶状物，包裹了许多跟芝麻一般大小、均匀分布的黑色颗粒。听大孩子说才知道这是青蛙产的卵，不久之后就会变成可爱的小蝌蚪，它们会到处找妈妈。

被阳光温暖的春水顺着田垄、水沟悄悄流淌，忙着把大自然的养分输送到每一寸土地。从深点的水渠到浅些的垄沟，成群结队的泥鳅争先恐后逆流而上，不甘落后的万年鱼和色彩斑斓的鳛鲅鱼夹杂其中凑热闹，冒着被鹭鸟啄食的生命危险奔赴新的旅途。不远处，一头水牛正在享受阳光雨露滋养的肥美水草，几只白鹭懒洋洋地骑在牛背上，随时准备享用老牛移动带来的美食，刚刚饱餐的牛犊在田间纵情撒欢，惊得白鹭时起时落。

放眼望去，既是绿肥又是青饲料的紫云英好似一张漫无边际的绿毯铺满整片田野，绿毯上绣满星星点点的红花，金灿灿的油菜花拼凑成不规则的几何图形，波光粼粼的河塘好似玉带、珍珠镶嵌其中，一阵微风刮过，如同一幅多彩的画卷随风飘动。

那个早春雨后初晴的上午，整个田野里蛙鸣声与孩子们的脚步声、嬉闹声交叉起伏。一会儿好比万马奔腾，响彻整个原野；一会儿又万籁俱寂，似乎空气都凝固了。仿佛迎春的青蛙故意跟淘气的孩子们一起在捉迷藏，却又齐心协力用韵美和声一同歌唱春天。雷声、细雨、蛙声、蛙卵、老牛、白鹭、紫云英……春天第一次在我的人生旅途中定格，烙下唯美的深深印记，编成刻骨铭心的美篇。那个春天留给我的记忆是大自然和美动人的韵律。所以，一点也不难想象，未满四岁的儿子催我带他找青蛙、听蛙声的那份迫切与亢奋。

春天是缤纷烂漫的代名词。离乡背井二十余年，我见识过很多地方的春天，但不管是北国的还是江南的，无论是人造的还是自然的，能胜过第一次在我心底烙下深深印记的再也没有。

　　每当友人邀我踏春赏油菜花，我便以自己在油菜花里长大笑对。这看似念及故乡的春天，又何尝不是心底的乡愁呢！

随荷而去

夏至时分，闽南的天气略感燥热。

这天雨后，在市区碧湖生态公园绿道散步。忽然，一阵清香随风而至，熟悉而又亲切，令人神清气爽。

我快步循香而去，只见湖里一方荷塘娇翠欲滴。五彩缤纷的荷花仙子水灵动人，碧绿的荷叶捧着晶莹剔透的水珠，嫩绿的莲蓬让人垂涎三尺。一阵清风袭来，荷叶、荷花、莲蓬随风翩翩起舞，摇曳多姿，让人应接不暇。

对于荷，我自幼小认识它，便喜爱它。

地处鄂东南的洪湖，曾因经典红歌《洪湖水浪打浪》而闻名遐迩，而今又因一望无际的荷花成为生态旅游胜地。

我出生在洪湖之滨，背井离乡之前多次去洪湖赏荷。在杭州念大学时，也曾多次欣赏诗人杨万里笔下"接天莲叶无穷碧，映日荷花别样红"的西湖荷塘。那些美丽的荷花给我留下了铭心刻骨的印象。

但在我看来，无论是家乡烟波浩渺的洪湖的荷，还是杭州淡妆浓抹总相宜的西湖的荷，都无法与自家屋后那方荷塘的荷相提并论。

20 世纪 80 年代，改革开放的春风吹遍荆楚大地时，家乡的小村像春姑娘一样欢呼雀跃，迫不及待地把喜讯告诉世世代代在那里生息繁衍的乡亲。

勤劳的父亲率先报名加入村里特种经济作物——黄花菜规模化种植。搬离老屋后，开荒整地、建房铺路……可谓"百废待兴"。贤惠的母亲见机规划，把屋后那个低洼水坑改造成池塘种荷。自那以后，家里便有了荷的快乐与收获。

阳春三月，田野上的紫云英开得格外灿烂，像绿色地毯上撒满了姹紫嫣红的花瓣；金灿灿的油菜花海一眼望不到边，蜜蜂的嗡嗡声泄露了时节的讯息；稻田沟里成群结队的泥鳅、小鱼竞相逆流而上，追寻春的脚步。唯有屋后池塘里的荷显得宁静而又稳重，它们用一个冬天积蓄的能量，从淤泥中探头倾听春天的声音，破土而出的荷叶起初蜷缩如纺锤，出水后快速生长张开呈圆盾状，而后色彩各异的荷花也争先恐后露出尖尖角，但留给蜻蜓立上头的时间十分有限。

夏日是赏荷的好时节。推开后门，满眼都是荷塘美景，燥热的空气经过荷塘降温净化后，特别清新而温润。炎炎烈日下，深绿色荷叶表面的蜡质白粉，在白、粉、深红和淡紫色荷花的映衬下，好比西施脸上的胭脂水粉，浓淡十分相宜。下水徒手去挖泥中清甜脆口的莲鞭，或者采摘鲜嫩可口的莲蓬，虽然被叶柄倒刺刺得疼痛难忍，但收获的喜悦让人马上忘却了疼痛。

到了收获的季节，荷塘会带给家里丰厚的馈赠。横卧水底泥中的莲藕肥大多节，清炒脆口甘甜，煨汤粉糯鲜美，一直是家里不可或缺的绿色食材。藕好吃，但挖藕却不是一件容易的事。贫苦出身的父亲自小练就了挖野藕的本领，在自家塘里挖藕自然如探囊取物。我上中学时，跟着父亲学挖了几次藕，但不是挖断铲破，就是半途而废，至今都是一个遗憾。

我自幼爱荷，不止于欣赏它圆盾状的碧绿荷叶，贪恋它清脆可口的莲鞭、莲蓬和粉糯鲜美的莲藕，还特别敬佩它"出淤泥而不染，濯清涟而不妖"的高贵品质。

记得从我懂事开始，母亲经常这样教育五个子女：做人要像荷一样中通外直、清清白白、洁身自好。如今看来，当初母亲挖塘种荷的用意，不只是为了享用荷的根茎和莲蓬。

望着碧湖那方荷塘里出尘离染、清洁无瑕、美丽而又高贵的荷花，我突然联想到，人的一生又何尝不是蘸着些许清水，写出生命的瑰丽呢！

秋染故园

"洛阳城里见秋风，欲作家书意万重。"寒露深秋，吟诵唐代诗人张籍的名句，勾起缕缕秋思。

在我眼里，闽南无秋。

无论寻常巷陌还是乡野小径，四处娇翠欲滴，姹紫嫣红，花果飘香。红男绿女短袖长裙，宛如春风拂面。抬头举目，如果不是红红的柿子点缀在湛蓝的天空，我会误以为自己行走在春光里。

忽然间，柿子树上的小麻雀，身披无限秋光，像一只舞动的小精灵，将我带到了千里之外的另一棵柿子树下。

故乡的秋天，秋讯无数，多得可以将柿子红了忽略不计。落叶遍地，草木枯黄，一叶便可知秋；金风送爽，凉意袭人，霜露初现，秋意已浓；蛙鸣不再，而蟋蟀声声，乃秋天之乐章……

有人说，一年四季秋天最美，因为它不仅是收获的季节，更是赏景的好时机。在我看来，秋天美在那一望无际的金黄。

尽管江汉平原的夏天生机葱茏，四野碧绿，神奇的大自然用赤橙黄绿青蓝紫调出了数不胜数的美景，但秋光只取一瓢，就染出了亘古不变的画卷——金黄的水稻。

它们赶在冬天来临之前，忙着抽穗灌浆，让生命与日月赛跑，汲取天地之精华，用忠诚馈赠勤劳的粮农。一阵萧瑟秋风，一场凉意秋雨，一株株水稻便低下了尊贵的头，仿佛一尊尊眼睛朝下的佛，宛如几千年沉默不言的俑，随时恭候主人开镰。

漫步在云淡天高的秋野，除了遍地的金黄惹人醉，还有一地的小生灵抓人眼球——有的忙着冬储，有的忙着爱情，还有的忙着离别，一切井然和谐。而水稻自古以来都是那片田野的主角，它们自信而又任性，连一阵微风泛起的涟漪都如此温柔动人，哪怕一滴隐藏忧伤的露水也是那么晶莹无邪。

置身稻海，秋风拂面，稻香醉人，醉弯了豆子的腰，羞红了柿子的脸，擦亮了棉花的眼……环顾周遭，菡萏不再妖娆，草木日渐泛黄，流水放慢脚步，无限秋光里循环着光阴的故事。

年复一年，那片稻田默默养育着父老乡亲，不仅给予了丰厚的馈赠，而且绘就了如诗如画的梦想。感谢无限秋光，染黄了故乡的大地；感谢水稻不语，养育了故园的乡亲。

在湖北以南、湖南以北的长江之畔，我把一个名为桥市的地方叫作故乡。虽然身居闽南，徜徉在似秋非秋的秋光里，但我依然是那个曾经被金黄宠坏的游子。

多彩水乡

　　提起水乡，估计你会立马想到周庄、西塘、乌镇、同里等著名江南水乡。的确，在以太湖平原为中心的那些水乡地带，到处河湖交错，水网纵横。小桥流水、古镇小城，如诗如画；古典园林、曲径回廊，魅力无穷；吴侬细语、江南丝竹，别有韵味。总是把人们的思绪牵到风景如画的江南，自然名不虚传。

　　古往今来，江南水乡的魂在于水，景也离不开水，风韵体现在生活、文化、建筑、物产等方面。而地处江汉平原东南部的水乡小镇桥市濒临长江、洪湖，境内同样河港交叉，水网纵横，粉墙黛瓦，小桥流水，田垄阡陌，处处展现着鱼米之乡的美好景象。

　　如果玩赏水乡，在游人眼里，诸多著名的江南水乡必定是首选。而在我心里，故乡桥市却有着自己独特的水乡魅力。因为，在荆楚大地南端，大自然对水多、桥多的桥市情有独钟，特别厚爱勤劳纯朴而又善良的桥市人，毫不吝惜自己的调色板，无论春夏秋冬，不费吹灰之力便把这个荆南水乡描绘得多姿多彩。

　　春风吹拂时，桥市宛如冬眠后醒来的精灵，重新焕发生机。随着燕声呢喃，小河细细流淌，垂柳抽芽吐绿，四处春意盎然。田野上，红花绿叶的紫云英铺天盖地，仿佛在与金灿灿的油菜花争奇斗艳；小河边，农闲的老牛悠然咀嚼，牧童与春姑娘嬉笑打闹，怡然自得；垄沟里，水声潺潺，喜爱阳光的小鱼、泥鳅逆流而上，引得鹭鸟嘴忙脚乱。遍地五彩斑斓，春意醉人。

　　缤纷夏日里，桥市身披绿毯，一望无垠，偶有彩色点缀，相得益彰。田野之上，柳絮飞扬，绿海无边，阡陌纵横，宛若大地之掌，纹理清晰；村巷里，知了声声，桑葚暗红，孩子们争相爬树，惊起飞鸟几窝；荷塘里，荷叶盈盈，藏着蛙声一片，菡萏妖娆，喜迎蜻蜓立上头；石桥下，微波粼粼，水草嫩绿，鱼儿畅游，船儿穿梭。周遭一派繁忙，却又井然有序。

金秋时分，桥市摇身变成农民最期盼最喜爱的金色，可谓遍地尽带黄金甲。秋风萧瑟、凉意袭人时，那片田野的主角——水稻粉墨登场，它们自信而又任性地把大地染得金黄金黄，随秋风泛起动人的涟漪，如勇士低下尊贵的头。云淡天高处，蟋蟀声声，小生灵们演绎着秋的活力。秋光醉人，羞红了柿子的脸，擦亮了棉花的眼，用缤纷色彩循环着光阴的故事。

寒风呼啸时，桥市慢慢褪去金黄，放缓呼吸，积攒能量。放眼四野，到处树林光秃，草木枯黄，流水放慢脚步，小生灵难觅踪影。只需一波寒潮，桥市四处银装素裹，石臼里的冰层越来越厚，屋檐下的冰锥见风就长，捕鸟、猎兔，打雪仗、堆雪人，即便冰天雪地，也让人汗流浃背。围着火盆烤火，支起柴火，煨一罐粥，或烧一块糍粑，虽有炭黑，却幸福满满。

自古以来，四季分明的桥市犹如一位深谙赤橙黄绿青蓝紫特性与魅力的艺术大师，不管春夏秋冬，都能调出最撩人最和谐的色彩。无论你哪个季节来到桥市，热情好客的桥市都会让您享受一场视觉饕餮盛宴，寒来暑往从不例外。假如你是诗人，遇见一桥一水一船便可吟诗作对；如果你是画家，只需时光一瓢即可泼墨成画；即使你只是匆匆过客，也必定会心旷神怡。

单从美学角度而言，桥市虽然没有江南水乡十足的韵味，且不能与之相提并论，但在每一次四季更迭的时光记忆里，桥市都会努力染出桥市人最喜欢的颜色，竭尽全力馈赠那些世世代代繁衍生息在水乡的桥市人。

家乡的清水粽子

这天，经过市区九十九湾时，听见鼓声雷动、吆喝震天，驻足石拱桥凭栏望去，两条五彩缤纷的龙舟像离弦之箭比肩朝终点冲去，激起的波浪肆意拍打在不足五十米宽的河道两岸，浪花调皮地溅在妇孺居多的人群中，换来欢声笑语一片。

正当我沉浸在龙舟竞渡的欢乐之中时，一位素不相识的阿姨递来两个粽子，我稍作迟疑后欣然接受，并点头致谢。后来得知当地有赛龙舟分享粽子的习俗。

嘴馋的儿子迫不及待想品尝美味。在他跟我商量的时候，肉粽的香味已经令人垂涎欲滴。解开粽叶，蛋黄、卤肉、香菇……可谓色香味俱全。轻轻一口咬下去，满足的幸福感伴随嘴角的汤汁一并涌出。

我见识过很多地方的粽子，品尝过多种口味。嘉兴的粽子曾一度让我念念不忘。闽南的粽子吃了快二十年，虽然料多味香，但在我心里始终不及家乡清水粽子的莹白如玉、软糯清香、口感纯正。

不知是儿时先入为主的记忆，还是曾经清苦生活的烙印，又或是离乡背井的乡愁所致，我总觉得如今商超里品牌繁多的粽子，天南地北的口味都很难与家乡的清水粽子相媲美。

据祖辈们代代相传，所谓清水粽子，是指没有馅，单纯用糯米包成的粽子。这样的包法，能够确保有效锁住粽叶与糯米的原始清香味，食用时可根据个人口味蘸糖或其他佐料调味。

在我的记忆当中，村里人都爱吃清水粽子，男女老少皆不例外。长者喜欢吃原味，细嚼慢咽，一次能吃两三个。年轻人特别是孩童喜欢蘸着红糖吃，穷人家里只能蘸点稀释后的红糖水调味。蘸或不蘸，一阵清香软糯浸润之后，乡亲们脸上都是满满的幸福。

美丽富饶的长江中下游平原从来不缺绿色食材。清水粽子之所以莹白软糯、清香四溢，与包粽子的食材息息相关。先说那软糯莹白的糯米，头顶国家商品粮基地、鱼米之乡的美誉，产自肥沃的冲积平原，光照时间长，米粒饱满而晶莹剔透。再说清香四溢的粽叶，取自长江江畔或江心洲的野生芦苇，富含硒、碘、钙、镁、铁等多种元素，具有清热止血、解毒消肿等功效。

而我理解，先辈们之所以称其为清水粽子，肯定离不开清水。祖国的母亲河长江与村子的直线距离不过五千米，加之濒临因一曲《洪湖水浪打浪》而闻名天下的洪湖，小村庄可谓是地处水乡天堂。清水不仅养育了肥美的鱼虾，同样滋养了莹白的糯米、清香的粽叶，还有那包粽子绝配的蔺草。煮粽子自然也少不了那清甜可口的清水。正因为有了清水，才成就了清水粽子特有的清香。

清水粽子吃起来软糯清香，但包粽子可是一门技术活。每逢农历五月，经验丰富的母亲便邀约邻居抢先去江畔采摘最鲜嫩且叶片肥大的芦苇叶，并去田野割些蔺草，洗净后用清水泡着备用，并把上年春节打糍粑后特地留用的糯米淘洗后沥干。一切准备就绪后，粽子的外观和口感就全靠手上功夫了。依稀记得母亲娴熟地将两片粽叶压在一起折出圆锥形，放入适量糯米，并用筷子捣实，然后将口压成三角形，快速系好蔺草，三至五个粽子拴成一串。铁锅冷水柴火灶，三个小时之后，莹白软糯的粽子的清香便飘满青砖黑瓦的小屋，再从瓦缝里飘向田间地头，冲击每一位乡亲的味蕾。

每当清水粽子飘香的时候，村里勤劳壮硕的汉子们又开始个个摩拳擦掌、跃跃欲试。自古以来，赛龙舟与吃粽子、插艾条，都是家乡过端午的标配。十里八乡的龙舟队齐聚水乡，用最古朴的龙舟竞渡文化纪念屈原、纪念伍子胥。赛龙舟时，水上五彩缤纷，岸上人山人海，黑里透红的面庞、声嘶力竭的呐喊与锣鼓喧天构成一幅荆楚水乡龙舟竞渡画卷。

清水粽子在那个长江之畔、洪湖之滨的小村里究竟传承了多少年，我不得而知。但自从我记事起，那种"流香百世"的纯天然清香就深深刻在我的味蕾间。至今为止，每逢端午节，我舌尖上的记忆只有家乡清水粽子的原味清香。

庭院里的大槐树

自记事起，家乡有很多翠绿的树陪我度过了快乐的童年。小河边垂柳依依，桑树挂满酸甜诱人的桑葚，小鸟喜欢在刺梨树上筑巢，高耸挺拔的水杉形似红豆杉，最容易攀爬……这些乐趣如今都历历在目。

而槐树在我的家乡鄂东南并不多见。

记得我读高二那年，村里兴起牛蛙养殖。为了减轻子女多的家庭负担，父亲也紧跟乡亲们的步伐养牛蛙。那年春夏之交，支撑养蛙围网的树桩中居然有一根冒出了绿芽，经村里见多识广的长者辨认，确定是槐树。

意外收获一棵槐树，对于贫寒出身的父亲来说，犹如喜从天降。贤惠的母亲也说，这棵树要栽好。而对我来说，它只是一棵普通的树。

不知是受"门中有槐，富贵三世"的民间传说影响，还是受"三公之位，举仕有望"的古代科考象征启发，又或者是受吉祥、祥瑞象征浸染，识字不多的父亲视那棵无心扦插而活的槐树如珍宝，仿佛它比牛蛙更能给家里带来收益。

次年早春，父亲迫不及待地把小槐树移栽到庭院西南角，施底肥，搭支架，隔三岔五前去察看，可谓关心备至、呵护有加。小槐树很快便旧貌换新颜，长势旺盛。当年高考，我如愿以偿考取大学，圆了父母望子成龙的梦，成为那个年代乡里为数不多的大学生之一。

后来，在父亲的精心呵护下，那棵移栽的小槐树日益茁壮。记不清经历了多少个春去秋来，小槐树已长成枝繁叶茂的大树，春天青翠如绿云，夏日绿荫如盖，秋天荚果串珠累累，冬天苍劲坚强。往来过路的乡亲喜欢在槐树下歇脚闲谈，聊张家的孩子有出息，李家的儿孙很孝顺……似乎要把家长里短留给槐树去评论。情到深处，通人性的槐树或点头微笑，或芬芳留香。

几年前，家里新建四合院，父亲又把另一棵扦插培育了多年的槐树移栽到庭院的东南角，与西南角那棵成对称之势。我离乡背井求学，直至在外省定居的二十多年里，无论春夏秋冬、寒来暑往，槐树始终像忠诚的卫士一样，不畏风霜雨雪，忠贞不渝地守护着家院。

"庭院不种槐，哪能出人才！"这是小学未毕业的父亲自己总结的"金句"。事实上，当时读高中的我苦于学习压力，内心十分抵触高考。如今来看，父亲的这句话意味深长，既体现了他对槐树崇拜的原始信仰，又流露出对子孙后代学习成才的殷切企盼。这句话后来被乡亲们广为传诵，成为教育子女成才的寄托。

这些年来，父亲一直对槐树情有独钟，扦插培植了数不清的槐树。那些槐树在十里八乡特别受欢迎，成为出人才、祥瑞之象征的庭院树。几乎每年春天都有邻居或亲友登门求树。虽然后来无法得知那些树长势如何，但自家门前屋后的树都被父亲打理得各具造型，长势十分喜人。

而今，年逾古稀的父亲特别爱坐在槐树下抽烟、听戏，和乡亲们拉家常。已是儿孙满堂的他，本可百事不管，安心享受晚年生活，但奋斗一生的习惯让他一刻也闲不住，依旧过着日出而作、日落而息的生活。

每当我带两个儿子回乡探亲时，父亲母亲格外高兴，像对待远方贵客一样，忙里忙外，劳累并快乐着。当父亲看见孙子们在槐树下追逐嬉戏时，他那饱经风霜的脸上便露出慈祥而又得意的笑容。也许那一刻，父亲内心正在期盼的是，自家子孙后代将来能够培养出更多走出小村的人才。

离开家乡时，我总要依依不舍地多看几眼大槐树，并叮嘱儿子们挥手致意。或许将来，两个儿子也会如我一样惦记庭院里的大槐树。

黄花菜

初夏时节的傍晚，九龙江南岸南湖公园天鹅湾附近一阵花香随风袭来，清新而又亲切，陌生却又熟悉。我精神为之一振，下意识朝那片散发清香的绿植走去，只见几棵紫荆花树下长着一小片黄花菜，正在竞相绽放。在夕阳余晖下，黄花菜的叶狭长呈带状，似兰草般墨绿，花葶长短不一，花被有淡黄色的、橘红色的，与旁边的美人蕉、鸡蛋花和上方的紫荆花交相辉映，令人陶醉不已。

初见黄花菜要追溯到三十多年前的那个春天，我刚读小学。暮春时节，黄花菜已是绿油油的一片，站在笔直的垄沟里一眼望不到头，一阵微风吹过，仿佛身处绵延起伏的麦浪里，植物清香与泥土芬芳沁人心脾。进入五至九月花果期，百亩黄花菜基地宛如一片绿与黄的海洋，碧波荡漾时，遍地黄花香。这是农民最期待的收获季节，也是最辛苦的劳作季节。

20世纪80年代初，荆楚大地刚实行家庭联产承包责任制不久，村里为搞活经济，尝试推行特种经济作物种植，采取推荐加自主方式，遴选十户敢闯敢试的村民成立黄花菜种植基地，从湖南邵东引种并聘请技术人员驻村指导。因为家里孩子多，生活负担重，经济收入少，一向要强的母亲全村第一个报名参加，于是我们就此与黄花菜结缘了。如今来看，当时那个决定是多么正确！

当时，黄花菜于我是欣喜的，但又是厌恶的。欣喜的是它耐瘠耐旱，叶绿花黄，连叶带茎高达一米三，是孩子们又一天然游乐场，且整个夏天每天都有花可采，能给家里带来经济收入。而厌恶的则是，自从家里有了那十亩地的黄花菜，我的暑假生活基本每天与摘花、晒花紧密相连，失去了往日捉鱼摸虾、摘野果、滚铁环、掏鸟窝的快乐与自由。

那个年代种地，光有敢闯敢试的勇气远远不够，还得勤劳与智慧并存。吃苦耐劳的母亲一向善于琢磨问题、总结经验。从栽种到管理，从采花到加工，特别是如何应对阴雨天气，母亲在技术员的指导下，摸索出了一套行之有效的办法。因此，家里黄花干货的产量、质量都比别人家的高，收入自然更多，令人羡慕不已。但善良的母亲毫无保留地把这些窍门传授给了其他种植户，博得邻里不少赞许。

我依稀记得，手工古法制作黄花干的工序大概是：将当天采摘的鲜花先装入竹筛，上锅蒸五至八分钟，然后在阴凉通风处放置隔夜，第二天晾晒，阳光好时晒两天便可入袋包装。大约五斤鲜花可以加工成一斤干货。黄花干不但营养价值高，且便于储存运输，深受市场欢迎，也给乡亲们带来了可观收入。

但把鲜花做成干货，并不是一件容易的事。单说在烈日炎炎的夏天，恰逢下午一点到四点高温时段，赶在花开之前，靠手工一朵一朵去采摘五六百斤鲜花，然后第一时间装筛蒸好，不仅要经受太阳的炙烤，而且要接受沸水蒸气的考验。这检验的不只是技术，更是对身心的严酷挑战。再说晾晒的功夫，太阳一升起便要把蒸好的黄花均匀地撒在水泥晒场或者尼龙布上，中午时分翻晒一次，日落前收回。在雷雨频繁的夏季，"抢雨"是晾晒常有的事，也是最头痛的事。遇有阴雨天不能晾晒，黄花很快会霉烂变质，发出阵阵恶臭，如果手脚皮肤碰到腐败的汁液还会奇痒难忍。

古有"黄花菜都凉了"的说法，但勤劳勇敢的种植户从来不懈怠一丝一毫，硬是让村里的黄花菜从未"凉"过一次。纵使阴雨天气，烘干技术也令问题迎刃而解。正是纯朴的乡亲们用智慧与辛勤的汗水留存了黄花菜的温度。一时间，红红火火的村办黄花菜种植加工基地在十里八乡声名鹊起，乡亲们都尝到了甜头。

黄花菜又名萱草、忘忧草。苏东坡曾赋曰："萱草虽微花，孤秀能自拔。亭亭乱叶中，一一芳心插。"饱经沧桑的母亲自幼就特别喜爱花，而且绣得一手好花，家里的枕头、脚下的鞋垫、小孩的围兜……随处可见母亲手绣的黄花菜作品。

种黄花菜的十多年里，母亲年复一年蒸黄花，每天跟沸水蒸气打交道三小时以上，关节湿气重，时常患眼疾，双肩和腰肌劳损厉害。尽管这样，母亲依然对黄花菜情有独钟。因为在她心里，黄花早已不只是花，而是能够养儿育女、改变生活的大美花神。

现如今，家乡已无人大面积种黄花菜，但正是当年种植黄花菜的实践探索改变了乡亲们的思想观念，培养了敢为人先的拼搏精神，练就了吃苦耐劳的本领，一栋栋粉墙黛瓦的小洋楼就是最好的佐证。

为了记住那段艰苦的日子，母亲特地在自家院里种了几株黄花菜以供观赏，并把黄花绣成作品裱好挂在客厅里，还特地送了一双手绣的黄花菜鞋垫给我。

门前的压水井

自古以来，江汉平原南端的水乡小镇桥市东邻洪湖湿地，南枕天然黄金水道长江，境内河港交叉、水网纵横，以水资源丰富而著称。

水乡自然水多。在童年记忆中，出门不足百米便是池塘、小河、水田，而且纵横交错，延绵不断。河港、池塘里的水清澈见底，水里的河蚌、鱼虾、水草清晰可见。随手捧一捧饮用，甘甜润喉，令人神清气爽。

分田到户后，农业生产快速发展，因化肥、农药、饲料等过度使用，甘甜清澈的水逐年被污染。渐渐地，乡亲们不再到池塘里挑水吃了。不知不觉中，压水井在村里应运而生。

从旧居搬迁到黄花菜种植基地后，聪明勤劳的父亲并没有跟风请师傅打压水井，而是挑选一块水源充足的沙质地，亲手挖了一口水井供生活用。如此选择，既有对地表水水质的依赖，又有经济成本的考虑。

但好景不长，随着周边水体污染，那口水质甘甜的沙井也只好狠心弃置。父亲母亲商量后，花一百元钱请师傅在屋前东南角打了一口压水井。20世纪90年代初，这笔开支对于内地农村来说不算小数目，却是安全用水之所必需。

回想起来，压水井施工不算困难，原理也不复杂。地下部分施工，师傅靠手工钻孔约三十米深，确认水源充足后，便铺好过滤层，插入水管即可。

地上部分安装是关键所在。压水井是铸铁所造，井头是壶嘴式出水口，底部是一个水泥垒块，和地下水管连接。尾部和井心连在一起的压手柄，长约三十厘米，靠杠杆原理工作。井心有块引水皮，是将地下水压引上来的核心部件。压水井上面有一个活塞，下面有一个单向阀，使空气往上走而不往下走，如此循环几次，便可将下面的管子抽成真空，水在大气压作用下被抽上来。

自从家里有了那口压水井，冬暖夏凉的地下水很受孩子们欢迎。炎热的夏天，孩子们围在井旁，轮流压水冲凉，刺骨透心的凉意让人心平气静；寒冬腊月，水井里的水流出来时如烟似雾，好比温泉，受人喜欢。

正因为井水冬暖夏凉，孩子们有事没事总爱去压水，导致引水皮经常损坏，活塞密封不好，给抽水造成困难。幸好母亲从邻居那里学来的引水技术令问题迎刃而解。于是，每次压水用水后，都要留一小桶水放在井旁当引水用。

地下水虽然冬暖夏凉，但含碱高，有水锈，水质不如地表水甘甜，饮用口感并不好。父亲自己在井旁用砖砌好过滤池，在池内放置炭粒和沙子，这样过滤可以减少水锈和水碱。我和弟弟争着定期清洗炭粒和沙子，玩水和工作一举两得。

后来，家里盖新房，挖了大口径的涵管井，用电动抽水泵自动供水，但那口压水井依然被留在新房门前。虽然我们不再饮用压水井的水，但那口曾经为我们提供生活用水的压水井依然没有退役，依旧继续着浇灌花草和冲洗庭院的使命。

现如今，村里用上了取自长江的自来水，但门前的那口压水井并没有被遗忘。它仍旧默默无闻地守护在门前，见证着时代的变迁，沐浴着改革开放的春风，随时准备贡献微不足道甚至不受欢迎的水。

桥市人"过早"

十岁的儿子第一次到桥市"过早"之后，便对桥市的早餐念念不忘。儿子生在福建，本不敢吃辣，但家乡的早餐味道还是让他欲罢不能。

那次早餐，他一口辣霍霍的米粉一口水，额头冒汗，却吃得不亦乐乎，或许是令他面红耳赤的辣椒刺激了味蕾，又或许是异于城市的农村集市引起了他的食欲。

过早，即吃早餐，是湖北地区的一种俗称，尤以武汉、黄石、荆州、宜昌一带较为突出。据史料记载，"过早"这一词汇最早出现在清代道光年间的《汉口竹枝词》中，记录的是约二百年前在九省通衢的武汉市，人们便已养成出门过早的习惯。

提及湖北人过早，暂且不说武汉四大名早点：蔡林记的热干面、小桃园的瓦罐鸡汤、四季美的汤包、老通城的三鲜豆皮。单说家乡桥市过早，其摆位之突出，人气之高涨，种类之繁多，口味之丰富，就足以令人浮想联翩。

家乡桥市地处荆州东南部，自然传承荆楚文化。这个水乡小镇到底沿袭过早习俗多少年，我不得而知。但我依稀记得桥市人过早的点点滴滴。

年幼时，村里搞大集体，父母起早贪黑挣工分，天未亮便煮饭吃饭带饭出门了。当时，我们小孩没有过早的概念，通常是起床喂猪、喂鸡、放牛、洗衣服或打扫卫生后，吃父母留在大铁锅里的粗茶淡饭。这叫吃早饭，大概算是农村人过早。

倘若收成好，在端午、中秋等传统佳节，或者家有喜事，母亲会拿半升大米在门口兑换几个米糕分给我们每人一个。米糕是大米做的，分为白糖糕和红糖糕。看品相，白糖糕洁白如玉、圆润松软，特别是中间点缀的红色恰到好处。论口感，红糖糕更加喷香甜糯。相较而言，我更喜欢吃红糖糕，但往往只是空欢喜。

做米糕并非易事，大致要经过洗米、浸泡、磨米浆、揉粉、配料、起蒸等工序。从一粒大米到一个米糕，卖糕人的辛苦不言而喻。通常，卖糕人在天亮后挑担走村串户，靠敲打手中独特的竹器传递信号。每当听到村口那熟悉的声音，孩子们便探头张望或者紧跟不舍，甚至跟大人吵着要买，但大多时候都不克如愿。

分田到户后，农民的物质生活略有改善。记得第一次跟母亲去桥市街，最吸引我眼球的便是从未见过的各种过早美食。设点摆摊的、流动叫卖的，虽四处人声嘈杂，但满街香气扑鼻。杨姓碱水面摊一套锅灶、一个棚子、几张方桌，可谓设施简陋，但生意红火，桌桌满座，站着吃的，排队等的，好不热闹。李氏炸油锅的摊位在桥头，不但位置好，而且口碑佳，金黄的油条、圆圆的团子、四方的糍粑、饼状的面窝，仅凭那出锅瞬间的金黄香酥便足以让人垂涎欲滴。百余米的街上，还有卖包子馒头的，卖蛋花醪糟的，卖豆腐脑的……各种美味早点令人目不暇接。

第一次上桥市逛街，我不但理解了过早的含义，而且见识了它的魅力。我跟在母亲身边，咽着口水东张西望，在饥肠辘辘中领略乡土风俗。手头拮据的母亲一眼看穿我的心思，用一根油条和一个面窝犒劳了我，幸福感即刻涌上心头。

读中学时，我们过早不外乎油炸糍粑、团子、面窝等，简单快捷又不失地道口感。而大人们过早看起来优哉游哉，三五人一桌，小菜小盏，不急不忙，谈笑风生。看似耽搁了生产、影响了工作，其实未必。

背井离乡这些年，我鲜有机会去桥市街过早。偶尔回乡应邀去过早，便特地留意桥市人如今的过早方式。目之所及，日新月异的小镇依旧散发着浓厚的早餐文化气息。不但传统早点一样都没有少，而且增添了早餐名目，延伸了过早文化。比如，张家水产养殖赚钱了，叫上同行上街过早；李家盖新房，邀约亲朋好友去过早；王家孩子考取大学，在街上遇见熟人一起过早……

在桥市人眼里，无论繁简，不分多少，过早已然成为重要的饮食文化，甚至是生活水平的写照。若要问缘由，桥市人有千万个理由去过早，无论是单独还是邀约亲朋好友一起。

古话说，一日之计在于晨。在桥市人心中，过早是一日三餐之大事。从过早形式看，站着等的、走着吃的少了，围桌而坐、满酌细品的多了。过早除了传统吃法，早酒已成为亮丽的风景。喝早酒的菜品丰富多样，蒸的、卤的、炒的、红烧的应有尽有。食材以当地时蔬和绿色水产品为主，营养而又美味。

桥市虽然没有名早点，但从来不缺醇厚朴实的过早文化。特别是随着百姓生活水平日益提升，如今的桥市人过早吃得更讲究更精致，花的时间更多，内涵更丰富。毋庸置疑，与时俱进的早餐文化见证了桥市人努力奔跑在小康征程上的成就感与幸福感。

又闻银杏黄

时至深秋寒露，弟弟告诉我，家里的银杏果已经成熟，银杏叶日渐金黄，他微信传来的照片既有满园一片黄，又有遍地落叶黄，四处金灿灿的，美不胜收。

桥市，这个鄂东南鱼米之乡的小镇，本不产银杏。在我印象中，十里八村栽种的树木，以桑树、水杉、白杨树、苦楝树等最为常见。

20 世纪末，改革开放不久，村里率先探索黄花菜专业化种植，经济收益尚可。借此东风，乡供销社又积极引进银杏树苗在黄花菜种植场推广。于是，这个植物界的"活化石"顺理成章在水乡安家落户。

初来乍到，银杏树苗并不受欢迎。大多数种植户要么不了解银杏的价值之所在，要么嫌经济收益周期太长。一时间，将树苗弃置于路边，随意栽种于田边地头，各种视之为无物的现象时有发生。

勤劳的父母虽然文化水平不高，但一向眼光长远，无论是培养五个子女，还是发展家庭经济。在那个大集体生产劳动亟须人手的年代，很多农村家庭都选择放任孩子辍学务农，但开明的父母宁可自己辛苦，也要想方设法坚持送孩子读书。因此，被分到我们家的银杏树苗像我们兄弟姐妹一样幸运而又幸福，备受父母重视，得到悉心栽培。

种植黄花菜，从秋冬田间管理到春季松土施肥，再到夏季收获，是一件非常辛苦的事。特别在收获的季节，摘、蒸、晒、收整个过程，不仅费时费力、讲究技术，而且需要老天眷顾，艰辛程度可见一斑。

即便如此忙碌辛苦，父亲也从不疏忽对银杏树的培育。防虫除草、培土起垄、浇水施肥、修枝剪叶，凡事一丝不苟。即便三十多个寒来暑往，对银杏树只有付出没有收获，但父亲三十多年如一日，默默坚持，无怨无悔。

三十多年来，令父亲欣慰的，或许是春暖花开时，银杏园里抽芽吐绿，虫鸣鸟唱，一派生机盎然的春色；又或许是夏日缤纷时，银杏园里绿荫如盖，蝉声悦耳，自在清凉的那份悠然；还或许是金风送爽时，银杏园里满眼金黄，秋高云淡，期待收获的内心喜悦。于父亲而言，究竟是何种心境，我既无从猜测，更不得而知。但可以确信的是，他对银杏的喜爱和付出，跟养儿育女别无二样。

在家里栽银杏树前，我对这个被誉为"公孙树"的神奇物种知之甚少，仅有的基本知识是从课本上了解的。自从它在家里扎根落户后，给父母带来了一份寄托与期待，也给我们兄弟姐妹送上了一份动力与希望。

三十多个春去秋来，银杏园里的数十棵银杏树从一棵棵筷子般长短的幼苗长成高过三层楼的大树，枝繁叶茂、生机勃勃。它们茁壮成长的一万二千多个日夜，一刻也少不了父亲的无私付出和精心呵护。

功夫不负有心人。几年前，身居异乡的我在电话里喜闻银杏树开花结果，不禁欣喜若狂，而电话那头的父亲甚至喜极而泣，感慨万千。或许在父亲心里，银杏果并没有那么珍贵，而那种不言而喻的坚守的成功和收获的喜悦才是感动的触点。

银杏树茁壮成长的岁月，恰逢我从小学到大学毕业，再到携笔从戎，远居他乡成家立业。三十多个寒暑易节，我同银杏树一样享受着父母不求回报的无私付出，沐浴着人世间无偿却又无价的爱。

背井离乡的二十年来，我鲜有机会欣赏父亲银杏园里的四季美景。除了过去零碎的印象和照片的回忆，更多的记忆留在父亲七十大寿的那个秋天。记得我回乡刚到村口，就被那个"口"字形银杏园里金灿灿的银杏树震撼了。在金黄色的围城中间，粉墙黛瓦的小四合院显得格外亲切，特别是屋后那棵最大的银杏树上，一串串白果在金色的树叶丛中耀眼夺目，伸手抚摸它不规则纵裂的粗糙树皮，仿佛触摸到了父亲三十多个春秋的点点辛酸。

自从家里有了银杏园，我更喜爱银杏树了。我曾一度向往过贵州长顺和山东莒县数千年的"中华银杏王"，但如今我只向往父亲银杏园里数十年的银杏树。

地摊买桃遥想

盛夏时节，闽南的瓜果百里飘香，尤以白里透红的桃令人垂涎欲滴。

近日，细心的儿子突然发现，每天途经的迎宾大道路边多了一个摆地摊卖桃的农夫。经过几趟之后，儿子的恻隐之心溢于言表。他十分惊讶地问我："那个爷爷的桃子很漂亮，怎么没有人买呢？"说完，便要求我去买桃。

卖桃的长者年近古稀，头发花白，面庞清瘦，胡子拉碴，身着白里泛黄的短袖横纹 T 恤，浅灰色的裤腿一高一低，黑色的橡胶凉拖鞋已破旧起皮。他坐在路牙石条上吸烟，来回打量过路的人群，看似优哉游哉，实则忧心忡忡。当儿子说出"爷爷，我们要买桃子"时，他喜出望外地回了一句我听不懂的话。我选了六个桃。他过秤后，另加两个放入袋里，说刚好十元，并拿出微信支付二维码。

我选择在地摊买桃，是折服于长者的辛勤坚守，感动于儿子的恻隐之心。我既没有问桃的价格，也没有看称重的秤杆，而是怀着崇敬之心去买的。吃着农夫的桃，不禁遥想起家乡那片桃园。

家乡的桃园规模并不大，不足两亩地，约四十棵桃树，十多年来，已经换了两茬树苗，长势十分喜人。

桃园虽小，却是父亲心中的宝贝。每逢阳春三月，桃树上的花蕾便有鸭先知春一般的嗅觉，跟随春姑娘一同翩跹起舞。三五日暖阳过后，枝头的桃花竞相绽放，粉的、红的、白的花特别惹人喜爱，成群的蜜蜂忙碌地穿梭于林间，五颜六色的蝴蝶舞动翅膀为桃园添彩。站在高处放眼望去，五彩缤纷的桃园与一垄之隔金灿灿的油菜花海、红花绿叶的紫云英花海交相辉映，好一幅醉人的桃园春景图，引得乡亲们前来赏花拍照，流连忘返。

对于父亲而言，欣赏完桃花短暂的美丽，便要开始新的劳作和坚守。等桃花谢完之后，经验丰富的父亲便开始一棵一棵给桃树保果疏果。这不但检验技术，而且考验耐心，很是辛苦。

端午前夕，桃开始陆续成熟，卖桃便成了父亲初夏的主要农事。父亲通常傍晚前摘桃，清晨去镇上集市卖桃。本可以将桃分批批发卖出去，但一贯省吃俭用的父亲为了多卖钱，选择摆摊零售。摆摊很辛苦，生意不好的时候，需要守摊到下午，连饭都顾不上吃。

几年前，我带儿子回老家陪父亲卖了一次桃，也许是那次经历触动了懂事的儿子，让他略微感受到了生活的艰辛与不易，才有了他催促我在迎宾大道路边地摊买桃的那一幕。

跛子炸的爆米花

周末，陪儿子去看电影，以求缓解学习压力。进场之前，他对我说，希望得到一桶爆米花和一杯可乐。当我正想说碳酸饮料少喝、爆米花容易上火时，他嘟着小嘴告诉我，这是看电影的标配，又不经常吃，你落伍了。

观看影片时，儿子特地请我吃爆米花，并把可乐的吸管塞到我嘴里。我扭头一看，可乐杯里有两根吸管，原来是细心的儿子早有准备。当冰爽的可乐气泡在嘴里舞动、香脆的爆米花拨动味蕾的那一刻，我再也无心顾虑零食的健康问题，而是被爆米花的味道唤起了儿时的记忆。

在我的童年记忆里，家里生活特别简单清苦，粗茶淡饭简朴到以填饱肚子为最大满足。但那个物资匮乏的年代，不仅有泥土芬芳、蛙叫蝉鸣、荷塘美景，而且有放牛割草、点灯抓鱼、玩雪捕鸟，还有舌尖上的回味、田野上的追逐、草垛里的打闹……那些原生态的乡土乐趣至今令人难以忘怀。

相对于 21 世纪的孩子们而言，虽然当时没有电影院，也没有可乐，但有爆米花，而且是自家种的粮食炸的爆米花。用如今美食圈的话说，应该叫作有机生态爆米花。

鄂东南是肥沃的冲积平原，自古以来盛产水稻。每到春耕时节，经验丰富的父亲便开始用温水浸种，开启一年的农事。田野上，头顶斗笠、身披蓑衣的农夫用歌唱般的吆喝声，催着歇冬复耕的老牛犁田，犁头有规律地翻起冬眠的泥土。姹紫嫣红的紫云英被一条一条覆盖在地下，化作有机肥，履行新的使命。撒野的孩童提着小竹篓，跟着犁头翻起的泥土捡黄鳝、泥鳅。偶尔有鹭鸟抢食泥鳅，引得孩童一阵追赶，嬉笑声穿透整个村庄。好一幅乡野春耕水墨画跃然眼前。

夏日里，还未欣赏够翡翠般碧绿的滚滚稻浪，很快便进入农忙"双抢"。在炎炎烈日下，金灿灿的稻穗弯着腰等待主人收割。在好的年景里，颗粒归仓的收获让乡亲们喜笑颜开，孩子们自然也能获得更多的分享。收完晚稻，犁耙入库，标志着一年的农事正式结束。而对孩子们来说，也开启了吃爆米花的日子。

我小时候吃的爆米花并非玉米炸的，而是用自家种的大米炸出来的。每到农闲时节，村里会来几个炸爆米花的师傅，其中跛子炸的爆米花最受欢迎。

跛子五十出头，个子不高，头发稀疏，蓄着小山羊胡须，双眼特别有神，常着一套洗得发白、满是补丁的蓝色粗布衣服，虽然左腿残疾，但精神抖擞。让人印象深刻的，除了他炸爆米花的技术，就是他的善良和健谈。

记得那个干冷的冬天，母亲给了大姐两升米，吩咐她带我去找跛子炸爆米花，我格外高兴。当时，炸爆米花并非随心所欲的事。因为，只有在每年收粮、交粮、卖余粮后，家里库存的粮食保证可以维持到次年收粮的情况下，我们才有机会吃爆米花。由于没有钱支付加工费，只能从两升米中扣除部分抵作工钱，剩下的炸爆米花。但那次没经任何讨价还价，跛子意外地说不收工钱，免费给我们加工一次。

只见跛子手脚麻利，动作娴熟，一眨眼工夫便将两升米装入机器，随后用加力管快速旋转机头螺杆，锁住机盖，将机器放入手摇支架。一切就绪后，他跟我聊着天，同时左手匀速摇动机器，右脚踩着风箱，一副悠然自得的样子。

隐约记得大概过了一刻钟，跛子瞄了一眼压力表，加速踩了两脚风箱后说，准备出锅了，并叮嘱我把耳朵捂住，后退几米。"砰"的一声响后，爆米花在气浪作用下，迅速蹿出机器，顺着网罩进入布袋，空气中弥漫着无法形容的香味。我们装好爆米花向跛子告别时，他大声对我说，你是个有灵气的孩子，要好好读书。

接下来的几年，我找跛子炸过很多次爆米花，却不知道他是何方人氏，姓甚名谁。直到我上初中的那个冬天，我端着大米去炸爆米花，却再也没见到跛子。

母亲告诉我，听村里人说跛子因病过世了。我顷刻感到莫名的悲伤。虽非亲非故，但他的容貌和声音却深深刻在我心里，特别是那句"要好好读书"始终萦绕在耳旁。

年过不惑，我很多年没吃过爆米花了。儿子分享的玉米爆米花虽然香甜脆口，但远不及跛子炸的大米爆米花那样可口，那样令人难以忘却，那样鼓舞斗志。

忆盒饭飘香

这天，带孩子在一家赣菜餐馆用餐，除了让人"面红耳赤"的辣椒，还有香喷喷的瓦钵饭给我们留下了深刻印象。在孩子的味蕾里，第一次吃到隔水蒸的瓦钵饭，觉得特别软糯喷香。于我而言，时隔多年之后，那一小碗瓦钵饭不仅让人唇齿留香，而且满是艰苦岁月的记忆。细嚼一口，不知不觉忆起了那段盒饭飘香的日子。

在我印象中，20世纪八九十年代内地农村孩子读书比例不算高，坚持读完中学参加高考的则更少。受客观条件所限，住校是大部分农村学生的人生必修课之一。如果说背米、带菜步行数公里上学考验的是脚力，那么寄宿期间洗衣、淘米检验的则是手巧，女生男生概莫能外。

离开父母住校学习生活，除了律己学习，独立生活让我更早懂得生活的艰辛与不易。单说吃饭，淘米加水并不是一件容易的事。记得初中刚寄宿时，只需要按量上交大米，食堂统一负责蒸饭，但因瓦钵易碎难管理，没过多久便被换为铝制饭盒。换铝制饭盒后，学校实行定人定盒，个人按需淘米加水，食堂只负责蒸饭。

我从小参与劳动，煮饭、洗衣自不在话下，放牛、喂猪、插秧也不足挂齿。但当我第一次面对那个长方形的铝制饭盒时，着实有些为难。起初不了解隔水蒸饭原理，几次淘米后加水比例拿捏不准——要么水太多饭很烂，像稀饭；要么水太少饭很硬，甚至是夹生饭。幸好小时候母亲教授的铁锅柴火灶煮饭技巧让问题迎刃而解，并被许多同学效仿。

因为我是男孩，在那个生活艰苦、人人劳动的时代，更要多掌握几样生活技能，以便自谋生计之用。记得我还没上小学，母亲便教我烧灶煮饭。首先学习用笤箕在池塘淘米，当水浸没米后用手来回轻轻搅，让稻壳充分浮出水面，然后倾斜笤箕向后上方慢慢抬起，漫去稻壳的同时，富含淀粉的洗米水引来成群鱼儿抢食。其次要科学掌握水和米的比例，而把握火候才是烧灶煮饭的关键所在。经验丰富的母亲教我先烧大火，待水开锅，出现乳白色米汤后，改烧文火收汤，直至米饭喷香、锅巴金黄。如果有需要，收汤前可舀出适量米汤，加糖给老人或者小孩先喝。

依稀记得，在物质极其匮乏的大集体年代，一碗白米饭是何等珍稀而又珍贵。挖野菜、喝稀粥，填饱肚子成为日常生活的主要任务。那时我少不更事，贪玩成性，但隐约记得父母为了挣工分养家糊口，几乎每天日出而作、日落而息，在我脑海中留下的亲子互动记忆少之又少。

古往今来，肥沃的江汉平原盛产大米。从大集体转为分田到户后，农村物质生活略有改善，不再为白米饭发愁。农忙的时候，烧灶煮饭偶有失误，烂饭、夹生饭自然不可口。但父母教导我们，无论饭有没有煮好，都不能浪费，因为每一粒大米都来之不易。

自幼谨记父母教诲，住校寄宿后，我不曾浪费一粒米饭。因家里经济拮据，生活费十分有限，每周末要背米、带菜返校。自带的腌菜、泡菜很下饭，买份蔬菜即可，买荤菜是偶尔的量力而行。而大米除了自己吃外，还可以兑成菜票或者日常用品。不论大米作何用处，都不得有一丝铺张浪费。因而，当学校刚改用铝制饭盒时，不管饭烂还是饭硬，我始终觉得饭是香喷喷的。

时隔多年，再吃到复古餐厅的瓦钵饭，发自心底为经营者点赞。或许他与我是同龄人，又或许他同样来自农村。不论我猜测正确与否，毋庸置疑的是，这个餐馆的老物件和老滋味，不只是为了让食客品尝那段岁月的味道，更是为了让人们追念与岁月相生相伴的情怀。

迈入新时代，虽然衣食丰足，但更应忆苦思甜。迅猛发达的科技让人们的生活水平日益提高，盒饭飘香或将成为一种时光的记忆，但与之相伴的温暖却永远镌刻心田。

无腊货冇年味

大雪时节一个周末的午餐时间，我从冰箱冷藏柜里翻出一块腊鱼蒸了。嚼着母亲腌制的腊鱼，即刻让人怀念起家乡的年味。

在洪湖之滨的水乡小镇桥市，自古以来就有腌腊货过新年的传统习俗。每年冬至过后，家家户户开始张罗腊货：灌香肠，腌腊鱼、腊肉，有的还会腌猪舌、猪心等。无论多少，不分种类，每家每户都要腌腊货。这既是乡亲们对一年辛勤劳作的自我犒劳，又是祖祖辈辈延续的传统年味。

小时候，农村生活条件非常艰苦，见油荤是过年过节或遇有红白喜事才有的口福。幸好水乡鱼多，能给予勤劳者免费而又鲜美的馈赠。但论舌尖上的记忆，给我留下最深烙印的要数母亲腌腊货的点滴悲喜。

大集体时代，乡亲们"没米下锅""借米下锅"的日子并不罕见，腌腊货的苦楚更是不言而喻。记得那几年，对于母亲来说，灌香肠、腌腊肉无异于一枕黄粱，但腌腊鱼并不困难。因为，勤快的父亲在劳作之余，总能想方设法带来鱼货。父亲打鱼回来后，母亲先将鱼洗净，带鳞清膛沥干血水，正反两面均匀抹盐，一层一层放入旧木盆，盖上旧簸箕，在簸箕上压上石块，两三天后用铝芯线挂钩挂在长竹篙上晾晒，晾干即成原味腊鱼。

分田到户后，荆楚大地刮起改革开放的春风，乡亲们的日子一天比一天好过，腊货的数量与种类自然而然也水涨船高。贤惠的母亲不再为无米之炊发愁，却开始为腊货的色香味犯难。几次摸索并与邻居交流之后，母亲不声不响地总结出了腊货的秘制方法。

比如灌香肠，母亲买回肠衣后，先用温水泡发两个小时，然后再洗三遍，加入食用油确保肠衣光滑，方便灌装。灌装时，每隔一厘米用针扎一个小孔，以便水汽排出。将新鲜的前胛肉或圆尾肉调好味，灌入肠衣后挤压紧实，每隔尺许扎一个结。灌好后，先平摊大半天，待肠衣干后，再晾挂在太阳下或通风处。大约半个月后，手捏不动，刀切不散，才算大功告成。

再如腌腊肉、腊鸡、腊鸭等，母亲会在腌制前，把盐和花椒放入锅中炒出香味，待清理好的肉或鸡鸭沥干水，按照五公斤配二两半盐的标准，把混匀的盐、花椒、碎辣椒均匀地抹上去，在脊背肉厚处打花刀，或者相对抹厚一点。腌制一两天后，用铝芯线挂钩或红绳子将腊货挂在长竹篙上晾晒干，再放到阴凉通风处保存或冷冻。

近些年，随着乡亲们物质生活水平提高，承载年味的腊货种类越发多样化。除了传统的腊货，母亲还会用亲手打的豆腐做腊圆子、腌腊豆腐，或者腌排骨、猪心等，实现荤素搭配、色香俱全。这些腊货是吃团年饭的标配，或者平常用以待客，直至翌年春夏餐桌上还有年味飘香。

我客居闽南后，回家过年的机会屈指可数。细心的母亲知道闽南没有腌腊货的习俗，也知道闽南的气候不适合腌腊货，于是每年都会腌好腊货寄给我。因而，我背井离乡在闽南生活的近二十年里，过年的菜谱上从来不缺腊货，更不缺最纯正的年味。

"有钱冇钱，腌点腊货过年。"这是打小便烙在我脑海里的乡音，至今仍萦绕在我耳边。虽然如今回乡过年，我所见乡亲们晒腊货的景况不尽相同，但母亲依旧坚持用传统古法腌腊货。那个旧木盆，那个大盐罐，那根长竹篙，那些铝芯线挂钩……年复一年陪伴母亲秘制出美味的腊货，传承年味，寄托浓烈的乡愁。

第二辑　至亲，情难诉

农村爷爷不懂城里孙女的"佩奇"，曾经
一度霸屏的《啥是佩奇》，勾起的一定不只是
我的至亲思念。啥是"佩奇"？"佩奇"是一口
母乳，是一个微笑，是一通电话……"佩奇"
是天底下最廉价却又最无价的亲情。

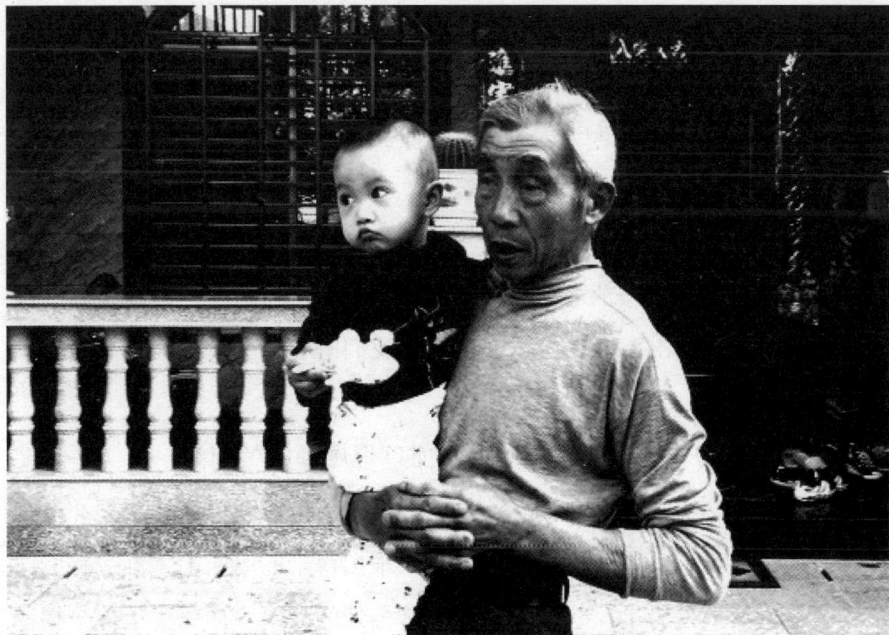

"牛铃声"里有"佩奇"

百节年为首，春节是中华民族最隆重的传统佳节，也是亲人团聚的重要时刻。随着春节的脚步越来越近，身处异乡的游子们的乡愁越来越浓，回家过年几乎成为每个人心中最大的愿望。

今年是我离乡背井第二十个年头。这些年里，父母盼望我回家过年，与我期待回家过年一样，成为每年春节前讨论最多、意见分歧最大的话题，最终的结果是打了将近四折。

近日，正当我和妻子盘算今年带孩子们回家过年的时候，陈年乡愁被刷屏的《啥是佩奇》提早勾起，个中滋味无以言表。啥是佩奇？"佩奇是容易被忽略的亲情。"暂且不探究这个答案。农村爷爷不懂城里孙女的"佩奇"，幽默诙谐的剧情戳中了所有身处他乡、亏欠父母的游子们的泪点。

在中华传统文化里，父母总是想方设法把孩子最喜欢的"佩奇"给他，哪怕自己再苦再累，也不愿意看见孩子因得不到"佩奇"而伤心。婴幼儿时，"佩奇"是一口母乳，是一片尿不湿，是一个拥抱……少年时，"佩奇"是一个玩具，是一个冰激凌，是一个微笑……长大后，"佩奇"是一通电话，是一顿母亲做的饭，是一袋父母亲手种的土特产……这些物化的"佩奇"都是长辈一生牵挂、晚辈容易忽视的亲情。《啥是佩奇》火爆刷屏，刷的不是点击率和转发量，刷的是我们的心灵共鸣，更是所有子女对父母那份容易忽视的爱。

顺着思绪的轨迹，我回想起九年前口碑爆棚的韩国纪录片《牛铃之声》，片中老人与老牛四十年最深情的相伴相守感人至深，让我把片子连续看了三遍。我想，导演李忠烈耗时三年跟拍得来的时长七十九分钟的纪录片，本意不只是为了反映人与动物和谐相处的故事，而是为了深刻揭示并批判现实生活对"空巢老人"的不公待遇和情感愧疚。老人八岁的时候因为针灸，左脚留下残疾，农活成为一大难题，幸亏家里有一头黄牛陪伴劳作，养活了家里九个孩子。但当孩子们长大成人走出村庄四散天涯后，老牛成了老人不可或缺的精神寄托，甚至连他老伴都经常唠叨吃老牛的醋。不难想象，时任韩国总统李明博为何亲自去影院观看，接见导演李忠烈，称赞《牛铃之声》唤起了过往社会的美好价值。

在唤醒人性价值、倡导尊老敬老上，中国的《啥是佩奇》与韩国的《牛铃之声》有异曲同工之妙。前者以炙手可热的动画片角色"佩奇"为线索，曲折离奇地讲述爷爷不懂孙女的佩奇，农村不懂城里的佩奇，大山不懂网上的佩奇，折射的是长者对晚辈那份捧在手心的爱。后者以老人与老牛的四十年相守为主线，用诸多让人身临其境的生活细节和朴实无华的对话抓心，没有打悲情牌，却让观众潸然泪下。在片中，老人说："对我来说，它比人更好，虽然它不是人，不会说话。"这句心酸的白话留给了我们无限思考。

可怜天下父母心。无论身在城里还是村里，每一个人都要成为父母，每一位父母终究都会老去，每一位父母最需要的是陪伴和关注，最怕的便是情感抛弃和冷落。在短暂的人生岁月里，每一位父母都习惯于听自己编织的"牛铃之声"——或许是一只宠物，或许是一项运动，也或许是一个难忘的物件……其实，不管父母们寄情于何物，他们的牛铃声里都有"佩奇"——不是保健品，不是烟酒茶，也不是贵重物品，而是简单却又易被忽视、便宜却又无价的亲情陪伴。

父母在，人生尚有来处；父母去，人生只剩归途。虽然人老了感官会退化，但情感会更加浓烈。尽管终有一天牛铃之声会远去，但感动依旧存在。

来客杀鸡

暑假回老家探亲的第二天清晨，我是被鸡叫声吵醒的。那叫声，既不是公鸡打鸣的声音，又不是母鸡下蛋后咯咯嗒的声音，而是鸡被杀前的叫声。那种叫声凄惨、陌生却又熟悉。

湖北有句方言，"问客杀鸡"，原意是主人问客人想不想吃鸡，如果想吃就杀，不想吃就不杀。后来，意指主人不真诚，虚情假意接待客人。

与之相反的是，老家乡下常用"来客杀鸡"赞扬那些热情好客的主人。仅一字之差，把乡里乡亲待客的心理刻画得淋漓尽致，深刻反映了艰苦岁月里农村生活百态，很耐人寻味。

我离乡背井这些年，每次回家都享受"来客杀鸡"的礼遇。在父母心中，我俨然已是一名远道而来的客人，而且不常来，可算是稀客。喝着味道鲜美的土鸡汤，顿时百感交集。

依稀记得，以前农村养鸡大多是为了补贴生活，并非像城里人想的那样可以肆意享用。通常，每家只养一只公鸡配种、打鸣，其余基本都是产蛋的母鸡。鸡蛋除了给小孩补身体、接待客人，几乎都拿去市场卖了换油盐酱醋。平时，只有接待贵客才会杀鸡，而自家杀鸡吃是过年才有的口福。

在农村，养鸡不算大事，却是不可或缺的事。贤惠的母亲不但会干农活，养鸡也很在行。每到春暖花开，母鸡开始抱窝，母亲便挑选新鲜的受精蛋给母鸡孵。母鸡孵蛋一周之后，母亲用灯光照蛋，判别能否孵出小鸡。三周左右，用一盆温水测试，如果浮在水面上的蛋会动，说明小鸡即将出壳；否则，说明小鸡已无生命体征。

跟种地相比，养鸡也是一门技术活。鸡雏容易遭到猫、蛇和黄鼠狼的攻击。在育雏期，母亲几乎日夜都要注意安全防范，以求提高小鸡的成活率。小鸡长到三个月大时，母亲会请师傅把公鸡阉了。这样不仅可以避免公鸡打斗，而且到春节时可以吃到更加细嫩鲜美的阉鸡肉。

一年农事忙下来，乡亲们都特别期待过年。春节既是阖家团圆的日子，也是有特权享用美食的时机。大年三十，家家户户都会杀鸡过年。

杀鸡讲究技巧。切口小、放血快，鸡断气早，说明杀鸡技术好。否则，可能会出现鸡脖子血肉模糊，鸡还在地上跑的情景。父亲杀鸡技术很好。只见他左手紧抓鸡翅膀，腾出拇指、食指协力掐住鸡颈，右手拔掉鸡颈上的毛后，快速横抹一刀，然后将鸡倒立放血，用开水将鸡毛烫一遍之后，三下五除二便拔光了鸡毛，整个过程不到一刻钟。

我读初中时，跟着父亲学会了杀鸡。之后，只要我在家过年，杀鸡几乎都是我的事，当时并没有感到血腥或害怕。现如今，想起那些血腥的场面，让人头皮发麻。

这些年里，我每次回家探亲，母亲都会杀鸡，而且会特意问我，是清炖鸡汤还是红烧鸡块。如今的物质生活水平，虽然吃鸡已经不是过年才有的特权，但在母亲心里，始终把"来客杀鸡"当作一种最高规格的待客方式。虽然我不是客人，但母亲始终把我这个游子当成了珍贵的客人。

每次回家享受完"来客杀鸡"的待遇之后，父母都会在我离开时，将自家的土鸡蛋、菜籽油、黄豆、白果、泡菜等土特产，往汽车后备厢里装，直到装不下为止。

这些普通的乡土特产虽不昂贵，却始终拴着我的味蕾，烙着浓浓的乡愁。

"漳郎"

时光荏苒，离开出生成长的故乡荆州二十二年，不知不觉已步入中年。随着年岁增长，似乎更爱回忆往事。这其中有人生角色转换、工作生活变化等原因，但也有人说这是人生迈入中年的象征。不论何故，其实每个游子心中都有那份源于天性的牵挂。

1999年大学毕业之后，离乡背井，携笔从戎。2005年在部队驻地漳州相亲成家，跟其他在驻地结婚的战友一样被美誉为"漳郎"。虽说谐音蟑螂实属搞怪，但这个特殊的称谓路人皆知。"漳郎"们视驻地为故乡，扎根漳州工作生活，久而久之第二故乡取代了第一故乡。于是，回乡探望父母只能利用公休时间，有时甚至成为一种奢望。在老家农村生活了一辈子的父母无法适应城里生活，不愿来漳州住，其中的情愫用文字无法解释。

不知从何时起，远在两千里之外的父母把等我的电话变成了一种生活习惯。哪怕只有两三分钟，甚至只是三言两语，但老人每个周末必等电话已经成为一个约定。在电话里，尽管父母大多聊的都是工作情况、孩子成长、身体健康等老生常谈的话题，但那种"可怜天下父母心"的爱无数次循环往复，流淌在只字片语之间。至今让我感到羞愧的是，有时候打电话会把主观不良情绪转嫁到父母身上，妻子在一旁提醒也无济于事，但老人却不怒不恼地嘘寒问暖。这让我一直不能原谅自己。

记得有一次父亲过生日，除了远在福建部队服役的我，兄弟姐妹们都携家带口给老人家祝寿。中午时分，饭菜上桌、全家落座之后，父亲却心事重重，高兴不起来，迟迟不动筷子。了解父亲心思的大哥当即给我打电话，批评我不记得今天是父亲的生日，叫我赶紧跟他通话。后来，听大哥讲，我打完电话之后，父亲布满皱纹的脸上露出了笑容。虽然父亲生日那天，部队在举行实弹战术演习，他三言两语之后说工作才是大事，但我的内心却像弹丸脱壳之后的炮管一样，久久不能冷却。在部队工作的十五年里，几年回家探望父母一次，记不清有多少次忘记给亲人生日问候，多少次缺席宗亲各种红白事。单纯从情感角度看，充满缺憾与愧疚；但从军人属性看，奉献是天职所系。那些年，正是纯朴的父母带头默默支持和鼓励着我安心工作，一路砥砺前行。

去年暑假，带妻儿回老家一周时间，孩子们跟爷爷奶奶的陌生感、几年一次"回娘家"般的待客礼遇……这些从空间到心灵的距离令人酸楚不堪。在即将离开家乡的前一天晚上，一家人在聊天时，老母亲鼓起勇气说："生你就像生了一个姑娘一样，把你'嫁'在了福建。"回想这些年，自己远在他乡，亏欠父母的太多。母亲的这句话戳中的不只是我的泪点，又何尝不是所有背井离乡的游子的心窝？

"树欲静而风不止，子欲养而亲不待。"父母的牵挂始终是最真最纯最永恒的爱。其实，每个父母心中都有自己的"佩奇"。孝敬父母并不难，精神慰藉远比物质给予管用。只要拥有一颗敬老爱老的心，定期一通电话、抽空探望陪伴，哪怕是一句问候、陪吃一顿饭等，都是对老人最好的孝顺。

那株扦插的三角梅

闽南亚热带季风湿润气候孕育的三角梅甚为出名。无论你在城里的街头巷尾，还是在乡村的房前屋后，总能见到它绰约多姿的身影。因其刚柔并济、朴实无华、花色丰富，早年被厦门确定为市花，名副其实。

我 2000 年来到漳州，第一次见识三角梅。记得那个秋高气爽的清晨，跟友人一道去百花村赏花，一片争奇斗艳的三角梅花海着实令人倾倒。凝神而视，苍翠欲滴中红、橙、黄、白、紫等色泽妖娆艳丽，让人心花怒放。滑稽的是，当我津津乐道三角梅花时，园艺工人直言不讳地告诉我，艳丽的苞片不是花，簇生于苞片内的才是花，尴尬中收获满满。

如今回想起来，那一刻记忆犹新。或许像我一样初次见三角梅却不识三角梅花的爱花人大有人在。

我爱三角梅，不止于它光泽透绿的叶、艳丽夺目的花，还景仰和崇尚它战高温斗酷暑、朴实无华的品格，更因为远道而来的父亲也钟爱三角梅。

那是 2007 年的深秋，父亲第一次从荆州来到千里之外的漳州。当时，闽南的三角梅正好进入盛花期，行走在漳州的每一寸土地上，目之所及随处可见争奇斗艳的三角梅花。紫色的最为常见；暗紫中略带红色的，特别耐看；红色红得非常艳丽惹眼，大有与玫瑰斗艳的实力；黄色的略带玫瑰金色，高贵而又优雅；白色的格外清新淡雅，远看好似千树万树梨花开。这时，倘若从空中俯瞰整个漳州平原，必将沉醉于色彩斑斓的花海而不能自已。看见父亲赏花后喜形于色，我心想一辈子与果蔬打交道的父亲肯定同我一样喜欢三角梅。这个猜测在次年春天得到了验证。

父亲在漳州的几个月里，看起来是快乐的，但又是不快乐的。快乐的是他可以经常跟母亲一起到周边的村庄散步。如果从农家田地里见识到果蔬新品种，或者在苗圃看到中意的苗木，又或者看到了老家没有的家禽等，他都会好奇地跟我咨询，但我也是一知半解。短暂的几个月里，父亲多次提出要回去，说在这里既花钱又不习惯，还怕影响我工作，而且特别惦记家里那些早已与他年龄不相称且不再重要的农活。

为了留父亲多住些日子，我和妻子暗自商量后，特地买来一盆紫色三角梅放在宿舍小院门前。接下来的日子里，父亲除了出去遛弯，主要心思都倾注于这盆三角梅，就像几十年如一日呵护老家那片银杏树、桃园和橘园一样悉心琢磨它的生长习性、水肥管理、修枝剪叶等，这或许正是父亲那代人一生养成的辛勤劳作的习惯。不多久，那盆三角梅被打理得面貌一新，父亲的脸上露出了不多见的笑容。

刚过春分，山谷里四声杜鹃的鸣叫此起彼伏，一声更比一声高。到了春耕播种的季节，父亲回家的心情越发急迫，就连那盆三角梅也留不住他了。父亲临走前，我特地从三角梅树上剪了一根拇指般粗细的枝送给他。母亲告诉我，历经近一昼夜舟车劳顿之后，父亲回家后第一件事便是扦插三角梅。

功夫不负有心人，在父亲的精心照料下，那株扦插的三角梅顺利成活，虽然当年秋天没有开花，但也算枝繁叶茂。江汉平原的冬天下雪结冰很常见。那年初冬，细心的父亲打电话问我怎么办，我求助花农和百度后告诉他越冬如何管理。从那以后，那株三角梅每年冬天被薄膜包裹严实，与父亲同居一室，来年逢春便抽芽吐绿，夏秋时节花香满庭。

几年后的一个春节，我回老家，特地解开层层包裹，只见那株三角梅造型似龙，几乎完全落叶，但尚余几朵残花。母亲说，那几朵花是你父亲特地留给你看的，树的造型寓意你自己去想。那一刻，我似乎明白了寡言少语的父亲的良苦用心。

后来，那株三角梅成了村里的明星，摆在粉墙蓝瓦的四合院天井里，在蓝天白云掩映和绿植映衬下，格外引人注目，盛花期不知喜迎多少过往的乡亲前来观赏。爱花的乡亲将修剪下来的枝拿回去扦插，一株、两株……如今已数不清有多少株三角梅花绽放在洪湖之滨那个美丽的小村里。

我来漳州工作生活将近二十年，父亲只来过两次，除了带回三角梅的那次，另一次是探望小孙子短暂的三天。当我在寻找个中答案时，我忽然想起韩国纪录片《牛铃之声》，片中那位伟大的父亲含辛茹苦把九个子女抚养成人后，并没有进城生活，而是选择与老牛为伴，坚守在那片养育他们的土地上。那一代生在农村的父母们何尝不是如此？

现在，那株三角梅母树跟随我辗转多地，已被我从单一紫色嫁接成为红白黄紫橙多色，长势很喜人，每逢花期团花簇锦，但最初剪切扦插枝的那个切口依然隐约可见。每当看着自家门前那棵五颜六色的三角梅，我的思绪就不禁飞到千里之外的故乡，惦记起那株扦插三角梅的主人。

父亲的习惯

重阳节这天，我特地打电话给千里之外的父母，向他们问健康、报平安、聊家常。跟母亲通电话估计半小时后，本想跟父亲也说几句话，但隐约听见父亲在电话那头嘀咕："没什么事就不说了，节约一点话费！"这是父亲多年来的口头禅。

我背井离乡的这些年，坚持每周给父母打一通电话，但在电话那端寒暄甚至唠叨的几乎都是母亲，父亲很少亲自接电话，除非有重要事情跟我交代或者商量。父亲虽然很少接电话，却习惯在母亲跟我通话时嘀咕不休，让母亲当传声筒。细听之下，不外乎叮嘱我加强学习、努力工作、注意身体之类的话。

这是父亲跟我通话的习惯，从我携笔从戎那天开始，至今二十年从未改变。虽然父亲很少亲自拿起电话，但他在电话旁嘀咕声里的牵挂和惦记从未缺席，可谓心细如发。

父亲九岁丧父，自幼便具备了"穷人的孩子早当家"的品质。那些穷苦年代农村人的行为习惯，在父亲身上烙印特别明显。

我依稀记得，在大集体时代，父亲几乎每天早出晚归。当我们早上起床时，他早已不见踪影；夜幕降临后，也很难见到他的人影。等我懂事后才知道，父亲风雨无阻甚至披星戴月劳动，都是为了多挣工分养家糊口。

尽管随后分田到户，特别是沐浴了改革开放的春风后，家乡的物质条件日益改善，日子越来越红火，如今已逐渐迈入小康生活，但父亲自幼养成的勤劳习惯丝毫未改。

改革开放以来，无论是养牛蛙、种黄花菜，还是后来改种蔬菜、水果、苗木等，父亲几十年如一日，把家里的几亩地打理得有声有色。每当我看见父亲脸上皱纹增多、手上老茧加厚、头发斑白时，心底的敬意便油然而生；闻到农民身上特有而又熟悉的汗酸味时，往事一幕幕跃然眼前。

数年前，我接父母进城生活，一来希望他们放下劳动，颐养天年；二来想尽点孝心，带他们开开眼界。但事与愿违，父亲进城生活不到一个月就惦记着回乡。他说很不习惯城里的生活，特别是不能下地劳动，浑身不自在。那种不自在我当时并不能体会，认为有吃有喝不用劳动就是幸福，但事实并非如此。

近些年，随着父亲年纪逐年增大，我们兄弟姐妹都很心疼他太辛苦，担心他的身体，异口同声反对他种地，甚至给他算经济账，但都无济于事。令人欣慰的是，如今七十五岁的父亲仍旧起早贪黑在地里忙活，心情十分愉悦，身板照样硬朗。

或许，在父亲心里，劳动不只是一种生活习惯，还是一种生理习惯，而且能帮他找到自己的"佩奇"。而在我眼里，父亲爱劳动是一个时代的美丽音符，已成为一种不可或缺的人生美德。

如同吃苦耐劳一样，父亲不讲究穿着。他的衣柜里有很多新衣服，可他身上总穿着旧衣服，有的是穿了十多年甚至补丁加补丁的衣服。他认为，新衣服应该留在春节或者家有喜事才穿，穿好衣服劳动既不习惯又很浪费。虽然母亲现在眼睛老花，缝缝补补不方便，但也拗不过父亲的节俭要求。于是，父亲的衣柜里新旧分明，一边是子女买给他不舍得穿而堆积的新衣服，一边是母亲给他缝缝补补的旧衣服。

在物资匮乏的年代，吃饭、穿衣是两件大事。父亲穿着朴素，吃饭同样如此。记得我们小的时候，粗菜淡饭果腹已算幸福，父亲把"好吃"的都留给了奶奶和五个孩子。现如今，家里条件好了，父亲依旧保持着节俭的生活习惯，吃饭总在后面吃，剩菜从不舍得浪费，还说菜倒了可惜，油荤太重对身体不好。

在奶奶一手拉扯大的父亲身上，有很多成为习惯的人生美德值得我学习传承。比如，孝敬长辈、吃苦耐劳、朴素节俭、饭桌礼仪……宛如一本读不完的无字书，无偿却又无价。

岁岁重阳，今又重阳。父亲慢慢老了，但父亲身上的优秀习惯永远不会老。

那一次缺席

刚入冬不久，退订厦门至北京的机票之后，我并没有第一时间告诉母亲。

我知道，如果我告诉母亲自己因故没有去北京参加中国散文学会年会，她虽然表面上不会责怪我，但内心一定是失望的。

退票前的那个周末，我在电话里告诉母亲，下周末我将去北京参加一个会议。"你去参加什么会？中央电视台会不会播出……"一向话语不多的母亲很是激动，这次打开了话匣子。"怎么可能会上电视呢！我应邀去参加散文学会年会，纯属业余爱好，开开眼界而已。"我轻描淡写地回答母亲。

母亲虽然读书不多，但深谙"书中自有黄金屋"这句至理名言。我年幼时，纵使农村条件十分艰苦，但思想开明的母亲和父亲仍含辛茹苦坚持培养几个子女读书。

我通过读书离开农村，在城里立足后，回家的时间并不多。这一点母亲从不埋怨，反而常说："你工作要紧，不用挂念我们，没什么事少回来。千里迢迢，跑来跑去浪费钱！"但对于我的学习和工作，母亲却事无巨细，切切在心。

如今，我虽已年过不惑，但心细如发的母亲须臾不忘监督我努力，鼓励我上进。因此，这次错过赴北京学习提升的机会，会不会挨母亲的批评，我心中早有预计。

怀着忐忑不安的心情，本该在北京开会的那个周末，我没有如期打电话给母亲。原因有三：一是造成我在北京开会，没有时间打电话的假象；二是缓兵之计，不忍心一瓢凉水浇灭母亲心头的喜悦；三是内心不安，暂时不知如何解释缺席的缘由。

会议之后的那个周六，我按惯例给母亲打电话。实际上，直到电话响铃的那一刻，我都无法预料母亲会问我什么问题。

接通电话，几句寒暄之后，母亲便问我在北京开会的情况："北京是不是下雪了？衣服带够了没有？见到了哪些名人名家？学到了什么？……"我无法一一回答，在电话里一阵沉默。

这些年，我和母亲通电话，时不时会有一阵沉默。我与母亲之间，如许多同年代农村母子一样，不善于表达感情，每每在关键时刻出现沉默，诸如爱和想念之类的话语，我们之间一句也说不出来。

但这次的短暂沉默却异于往常，心思细腻的母亲显然早已察觉出来。没等我开口解释，她便拦住我到嘴边的话，一个人滔滔不绝："是不是临时有其他事没去北京？……没去也好，福建北京一个夏天一个冬天，两天时间来回折腾也累。"听着母亲的话，像是宽慰与关心，但话音里多少夹杂着几丝遗憾。

我隐约听见，父亲在电话旁边嘀咕："上周六早上，我专程到镇上老幺的店里向他打听你去北京开会的消息，他说你没有回微信，估计你在忙……上周末晚上也没打电话回来，那个时候应该在北京回福建的飞机上。"听着这些话，我的内心五味杂陈。

母亲得知我临时有任务不能去北京后，不但没有责怪我，反而担心我内疚，关心地说："幸好你没去，北京天寒地冻，你长期生活在南方，已经不适应北方包括湖北的气候了。"

"上周日晚上九点多，我们两个没等到你的消息，准备睡觉前，你父亲抬头指着夜空由北向南飞行的飞机问我，儿子是不是坐这架飞机回福建了？我回答他，应该是这个时候，说不定就是这架。"挂断电话前，母亲小声地告诉我。

听完这番话，我为自己的这次缺席愧疚不已，说不出话来。

父亲的"八一"情怀

岁月不居，时节如流。不知不觉，勤劳忠厚的父亲已七十有五。虽然距离父亲错过参军的那个冬天已经五十多年，但在父亲心中珍藏着永远的"八一"情怀。

我长大记事后得知，爷爷在父亲九岁那年——1954 年因病去世。年幼的父亲跟着奶奶长大，自小便养成了吃苦耐劳、勤俭朴素的品格，并练就一副好身板。

20 世纪 60 年代初，相貌英俊、身材魁梧的父亲踊跃报名应征入伍，很顺利地通过了体检和政审。但在那个寒冷的冬日，正当父亲兴高采烈戴上大红花、穿上新军装，跟随全公社新兵准备出发时，心疼幺儿的奶奶突然反悔，硬是哭着把父亲带回了家。

年少失去父爱的父亲对奶奶十分依赖和孝顺，一切遵从奶奶安排。虽然父亲错过那次参军的机会心有不甘，但之后再也没有提起参军之事。我猜想，自那年冬天起，父亲心里永远珍藏着他自己的军人情怀。

我依稀记得，从我懂事开始，父亲或多或少流露出一种军人情结。比如，村里有人参军，他必定前去恭贺送行，眼神里透露出羡慕和遗憾；亲戚朋友家有谁参军，他会讨要一身旧军装。不知从何时起，父亲特别爱穿戴军装、军鞋和军帽，而且一穿就是一辈子。在他说来，是军品的质量好。而我觉得，是他心中永远有个军人梦。

据我了解，家里父辈往上三代无人参军。父亲错过那次参军机会后，似乎把这个使命留给了我们这一代。我读大三时，弟弟遵照父亲要求应征，顺利通过各项检查审核准备定兵时，又发生了戏剧性的一幕，城镇户口被替换，令父母甚是气愤。于是，弟弟也错失了参军的机会。

或许是冥冥中早已注定。我即将大学毕业时，适逢国家出台从地方高等院校直接招收军队干部的政策。父亲得知这个消息后，在电话那头喜出望外，不假思索支持我报名。天遂人愿，我因综合素质突出，有幸成为学院唯一直招入伍的学生。

在江汉平原东南部的那个小村，我从大学直接招干入伍的消息不胫而走。父亲因这个喜讯高兴了一阵子，但更多的则是对我的教导和叮嘱：政治锤炼放在首位，学习始终不能放松，处理好各种人际关系……在我服役的这些年里，诸如此类的教导始终萦绕在我耳旁，鞭策激励我成长前行。

自从我穿上军装后，父亲更爱穿军装，爱到不分春夏秋冬。从99式到07式，从短袖夏装到冬季大衣，从绒帽到棉鞋，他几乎无军品不欢，经常把自己打扮得像一名退役老兵，自得其乐。更加难能可贵的是，父亲每当和乡亲们谈及国防和军队话题时更加慷慨激昂。记不清自何时起，《军事报道》《海峡两岸》成了父亲每晚必看的节目。也许他是牵挂一直在福建前线服役的儿子。

在我服役从中尉到上校的十六年里，父亲一路耐心陪伴我茁壮成长，像首长一样对我严管加厚爱，像老师一样教育指导我。那十六年里，我和父亲穿着相同的军装，过着共同的"八一"，各得其所，乐在其中。

虽然我脱下军装已有四年，但我跟父亲一样特别珍惜那身绿军装。不同的是，如今我把军装收藏在衣橱里，而父亲依然穿在身上，纪念着他那永远铭刻在心底的"八一"情怀。

书房里的两双布鞋

两年前，我有幸赴革命圣地延安学习。

第一次踏上贫瘠的黄土高原，我打起百倍精神瞻仰那里的一切。隔着车窗放眼望去，广袤无垠的千沟万壑，形成支离破碎的特殊自然景观，与江南风光有天壤之别。还未下车，我对生活在那里的人们的敬佩之情油然而生。

那趟红色之旅不仅让我接受了延安精神的洗礼，而且实地感受了奠定中华人民共和国基石的一点一滴，受益匪浅。

记得在梁家河参观习近平总书记当知青曾居住的窑洞时，一位跟母亲年纪相仿的大娘正摆着几双手工布鞋叫卖。瞥见陌生而又熟悉的布鞋，我不假思索花一百元买了一双。同行的学员嘀咕太贵，可他并不懂我的心思。

我出生在改革开放前。在那个物资匮乏的年代，内地农村的生活更为艰苦，衣食住行与如今相比，可谓天差地别。虽然我很多年没穿过布鞋了，但我清晰记得小时候穿的鞋基本都是母亲自己纳鞋底做的。

打袼褙、纳鞋底是那个年代物尽其用的技术活，除了考验心灵手巧，还同时传承节俭家风。就说打袼褙用的布片、布头，主要来源于自家旧衣物、床单，或是邻居家弃用之布，五颜六色、形状不一。

每年春天，勤劳的母亲就开始留心收集布片、布头，洗净晒干后慢慢积攒。等到秋冬农闲时节，布片、布头积攒够数后，母亲就开始打袼褙。她会选个晴好的天气，卸下一块木门板，平放在两条长凳上，把烫平的布片、布头一层一层用米糊规则地糊在门板上，等它干透成型后，揭下来阴干、风干。远远望去，那些五颜六色、形状各异的布片、布头，经过母亲灵巧的双手拼合糊成之后，好似艺术大师挥毫泼墨完成的多彩油画。

母亲打袼褙不但打得快，而且打得美，美得如同油画，自然而又个性鲜明。这并非夸张。据传，曾有一位法国记者来到中国，第一次见到心灵手巧的乡村妇女打的袼褙时，十分惊讶地说："真像毕加索的油画！"

等袼褙干透后，母亲开始剪样准备纳鞋底。纳鞋底不仅需要技巧，而且需要力气和耐心。母亲把剪成样的袼褙一层一层摞起来，用白棉布封面，然后一针一线地纳。先用锥子打眼，然后用顶针顶着大马头针带着麻线穿过去，循环往复若干次之后，鞋底大功告成。当我问及母亲，为什么每纳几针要把锥子或针在头发里捋一下时，她说，那样可以使锥子和针更顺滑，还可以提神。

每当看见母亲坐在大门外纳鞋底时，调皮好动的我也能安静下来欣赏她的一举一动。只见母亲一锥一眼、一针一线、一顶一拉，动作十分娴熟，还不时聊着天。一双鞋底需要多少次这样的重复，我无法去估算。虽说一个农闲时节，母亲纳鞋底的任务量很大，但她纳的鞋底针脚整齐、线距均匀，横成列、竖成行，堪称艺术品，丝毫不亚于机器制作的。

精明贤惠的母亲从小跟外婆练就了过硬的针线活，令乡亲们羡慕不已。每到农闲时节，和善的母亲除了给自家人纳鞋底做鞋，还经常教乡亲们打袼褙、纳鞋底，甚至帮助她们一起干。一群善良朴实的农妇在冬日暖阳下，围坐在一起纳鞋底，谈笑风生，用针线纳出清苦而又幸福的生活。

随着时代变迁，物质条件日益改善之后，商场里琳琅满目的鞋子满足了人们不同的需要。不知从何时起，打袼褙、纳鞋底的手艺逐渐淡出了乡亲们的生活。

我上大学那年，母亲特地打袼褙、纳鞋底做了一双布鞋送给我，其用意不言而喻。

离乡背井的二十多年里，那双从未穿过的布鞋跟着我走南闯北，仿佛母亲陪在身边教导我要走好人生的每一步。更为有趣的是，那双完好如新的布鞋，两年前多了一位从延安远道而来的"朋友"，如同孪生姊妹一样，静静地躺在我的书房里。

今时今日，虽然勤劳的母亲打袼褙、纳鞋底的岁月已经成为历史，但是每当年逾古稀的母亲谈及这门快要失传的手艺时，惋惜之情溢于言表。

打火把夹黄鳝

在闽南生活近二十年，我很少吃黄鳝。说起因由，除了不中意当地的做法，更挑剔食材的品质。

入夏不久的一天，我跟父亲在电话里闲聊吃的问题。当我吐槽漳州吃到的黄鳝与家乡黄鳝的肉质区别时，他当即吩咐小弟给我快递野生黄鳝过来。

三天后的早晨，我收到老家发来的一个包裹。包裹刚开一条缝，熟悉而又浓烈的腥味扑鼻而来。打开泡沫箱，一条条色泽亮丽的黄鳝活力十足，体侧不规则的暗黑斑点和肚皮的亮黄色特别清晰。据我儿时积累的经验判断，黄鳝是野生的。

当千里迢迢搭乘大巴车来的黄鳝变成美食入口的那一刻，筋道而富有弹性的红烧鳝丝不仅唤醒了我的味蕾，而且把我的思绪带回了那个盛产黄鳝的水乡小村。

我的家乡地处洪湖之滨，距离长江不过几公里，一望无际的平原上水网稻田纵横交错，池塘、河渠、湖泊等星罗棋布，淡水水产资源十分丰富，尤其以稻田、小河、池塘淤泥里的鱼虾、泥鳅和黄鳝肥美而著称。

在儿时记忆里，家里日子过得拮据，除了逢年过节可以吃到一点肉，平日很少见到油荤。值得庆幸的是，虽然油荤很少，但是水里的鱼虾、泥鳅和黄鳝唾手可得。尽管没有菜籽油，更没有别的调料，但即便一锅清水也能煮出鲜美味道。

虽说不出远门就有丰富的水产资源可以免费享用，但如果没有摸鱼捉虾的本领，也只能望洋兴叹。大哥从小练就了抓泥鳅、黄鳝的绝活，而且在村里小有名气，令人羡慕不已。

无论春夏秋冬，大哥总能想方设法有所收获，从未空手而归。春暖花开时，白天在田沟里徒手抓，晚上打火把夹；炎热的夏秋季节，在水草茂密处放地笼，或者用钩钓；秋收后，在干涸的稻田或河沟里用锹挖。在这些乐趣中，最难忘的是打火把夹黄鳝。

每当春耕生产拉开帷幕，正是泥鳅、黄鳝最肥美的时候，也是大哥带着我抓泥鳅、黄鳝的好日子。

隐约记得那年谷雨前后的一个傍晚，精明能干的大哥将两块宽约五厘米、长约一米的竹片，一端用锯子和锉刀做成约十五厘米长的锯齿状夹口，在离夹口约五分之二处打孔装上插销，做成简易的竹夹。接着，在一根粗铁丝的一端扎紧一团旧棉絮，一端套上竹筒当握把，做成照明用的火把。不到半小时，夜晚夹黄鳝用的火把和竹夹便大功告成。

春末夏初的夜晚，天气略感闷热，空气却很清新，田野上蛙叫虫鸣，时起时歇的四声杜鹃叫声格外清脆。在满天繁星的映衬下，萤火虫发出的黄绿色光一闪一闪，四处夹黄鳝用的火把星星点点，形成水乡夜幕下特有的流光溢彩，让人无心寻找水田里的黄鳝和泥鳅。

我提着竹篓跟着大哥，光着脚丫深一脚浅一脚走在湿滑的田埂上。走在前面的大哥左手打火把，右手拿竹夹，仔细搜索每一条水沟、每一寸水田。每当发现黄鳝，大哥就把火把递给我，双手协力快速夹住黄鳝。遇见泥鳅，无法使用夹子夹，只好徒手轻轻去捉。如果不熟悉泥鳅的习性，是无法捉到的。不管是泥鳅还是黄鳝，经验老到的大哥从未失手。两小时过去，竹篓已快装满，足有五六斤重。

回到家里，浑身湿漉漉的，分不清汗水与泥水，蚊子叮咬的包余痒未消，不小心抹在脸上的火把炭黑仿佛川剧变脸那样滑稽。虽说有几分辛苦，但与收获的喜悦相比，却是微不足道的。

后来，我从大哥那里学会了抓鱼摸虾的本领，掌握了打火把夹黄鳝、徒手捉泥鳅等多项技巧。只要有空闲时间，我单独出去抓鱼，都是满载而归。因为我的辛劳为家里带来了美味，多次赢得父母夸奖。

离乡背井后，每当跟朋友回忆童年的艰苦生活，我都会自豪地说，我们水乡的孩子是吃野生鱼长大的，不知赢来多少羡慕而又惊讶的眼神。

回忆那些打火把夹黄鳝的经历，除了依稀还能记起的乐趣之外，机灵能干的大哥对我潜移默化的影响，特别是他那吃苦耐劳的品格起到的示范和引领作用，令我至今记忆犹新，对我的人生成长给予了莫大的帮助。

现在再回家乡，水网稻田今非昔比，农田基本被改造成养小龙虾、种莲的池塘，打火把夹黄鳝已成为历史。即便如此，我仍然想带着孩子去屋旁的水沟体验一次打火把夹黄鳝，哪怕空手而归，也必定心满意足、另有所获。

我欠外婆一句永别

记得母亲告诉我，外婆家庭富裕，相貌出众，熟读诗书，教养深厚，贤惠能干，可算当地佳人。

外婆步入中年前，跟随公职在身的外公辗转多地，在家有用人，出门坐轿子，娱乐是打牌或看戏，生活富足而又安逸。

然而，世事变幻莫测，不惑之年的外婆因家庭成分被当作恶霸地主批斗。一夜之间，繁华尽逝，厄运来袭，命运跟外婆开了一个天大的玩笑，开启了她人生先甜后苦的苦难旅程。

尽管面对精神与生活的双重考验，但心灵手巧而又坚强勇敢的外婆从不怨天尤人，只身挑起养儿育女的担子负重前行。迫于生活压力，她不得不放下曾经的大家闺秀身段，从插秧割稻、下水摸鱼到砍柴拉车，事事亲力亲为，用瘦弱的肩膀独自挑起一个家。无数个寒来暑往，她每天起早贪黑，风雨无阻，只为拉扯四个子女长大成人。

我懂事后，年逾古稀的外婆给我的第一印象是：一身青灰衣裤，梳妆打扮大方得体，头发花白，慈眉善目，精神矍铄，三寸金莲走路本就艰难，外加双目失明，只好依靠拐杖缓缓挪步，心情倒还阳光开朗，从不抱怨。

自从双目失明后，向来坚强的外婆由四个子女共同赡养，每家轮流一个月。虽是粗茶淡饭，但她心情愉悦，笑口常开。每当轮到我家时，只听见慈祥的外婆讲话慢条斯理，却又不失风趣幽默，一旦说起她的过去，满足却又惋惜的心情溢于言表。外婆隔三岔五会拿点零食塞给我，并叫我靠过去给她摸一摸，从头到脸再到腿，全身摸一遍，然后自言自语地说："你长得还是像你母亲，最近又长高了！"

从我记事开始，外婆虽然已经看不见世界，但记性很好，尤其是方向感特别强，对几个子女家里的基本布局、物品摆放，包括屋前屋后的方位都了然于胸，有事很少叫人帮忙，从来不需要我们搀扶带路。这种惊人的记忆，是失明前曾经镌刻的印记，还是失明后超人的毅力所致，我不得而知。

我出远门求学后，看望外婆的机会并不多，但在有限的时间里，她都会一如既往先把我从头到脚摸一遍，照旧欣慰地说，你长大成人了，一副好身板，个头跟你父亲差不多。接着就是关心我的学习，意味深长地教育我要以外公为榜样，立德为先，勤勉好学，做一个有用的人。并在我离开的时候，强行将几张皱褶发黄的五元或十元纸币塞给我当零花钱。

我身居异乡工作后，因工作性质，看望外婆的机会少之又少。虽然每次母亲告诉我，耳聪但目不明的外婆身体健康、心情开朗的时候，我心里暂时有了几分踏实，但心底的那丝想念和牵挂，依旧像东去的江水从未停歇。

突然有一天，母亲来电话跟我说，外婆去世了，是在一个白雪皑皑的冬夜离开的，走得很平静安详。我几乎不敢相信自己的耳朵。因为几十年来，外婆没有任何疾病，去世那夜也无半点征兆。或许，在那个寒冷的冬夜，这位曾经先享受荣华富贵、后历经生活磨难、年逾九十高龄的耄耋老人驾返瑶池是上天最善良的安排。我该悲伤，还是该祝福，唯有光阴知晓。

那年冬天，我因故没有回乡参加外婆的葬礼，没有看见外婆永别时的模样，如同外婆从未看见我长成什么模样一般遗憾终身。

我是外婆摸着长大的，却欠了外婆一句永别。

那只兰草酒杯

我不会喝酒，但喜欢闻父亲酒杯的余香，特别是隔夜的空杯，久而弥香，醇厚悠长，令人飘飘欲仙。这是儿时养成的习惯。

在我记忆中，父亲会喝酒，但不算喜欢，更谈不上酒瘾。20世纪80年代，农村物质生活落后，只有逢年过节、家有喜事等重要时刻，才会举杯品酒助兴。当时喝的酒，几乎都是村里作坊酿的纯粮食酒，浓香而性烈，特别是空杯余香，让人垂涎欲滴。

记得上小学时，一个秋天的傍晚，饥肠辘辘的我在简陋的厨房寻找食物未果，便随手翻起父亲扣在饭桌上的那只酒杯舔了一口，顷刻间，我的味蕾像接收到电磁波的雷达一样，将信号传遍全身，整个人异常兴奋，味觉大开。我情不自禁打开父亲的酒壶喝了几口，还没来得及细细品味幽雅醇厚的酒香，便头昏脑涨失去了意识，直至翌日中午才醒来。时隔多年，仍旧心有余悸。

兴许是那次偷喝烈酒余悸在心，又兴许是体质缘故，我长大成人后几乎不沾白酒。倘若迫不得已喝酒，则以啤酒为敬。而父亲恰恰与我相反，只喜欢喝白酒，尤其钟爱村里夏家墩酿的纯粮食酒，啤酒、洋酒、红酒等一概不喝。追根溯源，不知是生活习惯所致，还是白酒情结羁绊。

穷苦出身的父亲小学未毕业便参加生产队的集体劳动，成家后养儿育女更是责无旁贷。据母亲说，自大姐出生后，父亲喜欢在每天收工后喝二两白酒，不贪杯，不看菜，哪怕只有一碟蚕豆也不例外。

倘若那个年代父亲喝酒是为了缓解劳动压力或者给身体解乏，而今日生活条件极大改善后，年逾古稀的父亲却依然用那只印有兰草的白瓷杯喝夏家墩酿的酒，视子女亲朋孝敬的好酒于不顾，则令人费解。

父亲七十大寿生日那天，我从千里之外赶回家乡祝寿，故意将飞天茅台灌入父亲常用的酒壶，并倒上一杯陪他喝。对我来说，再好的年份酒只有呛嘴辣喉的痛苦。但对于久经考验的父亲而言，入口便知香型与厚薄。父亲小抿几口之后，告诉我酒体丰富醇厚，香而不艳，回味悠长，敏锐察觉到是好酒，但不是夏家墩的酒。一旁的大哥说，那是您从未喝过的茅台酒。风趣的父亲说，酒不在名，更不在贵，在于适合个人的香型和口感。

在那次生日宴上，我鼓起勇气陪父亲喝了二两白酒。酒过三巡，平日寡言少语的父亲终于打开了话匣子，回忆他艰苦人生有酒相伴的幸福，评价茅台与夏家墩白酒的香型与口感，分享喝酒的心境与分寸。那种忆苦思甜的幸福感和先苦后甜的获得感溢于言表。

会喝酒的父亲虽然不能科学分辨白酒的香型，但他却乐意分享空杯的余香，深谙喝酒的境界。按照他的话说，酒香不怕巷子深，好酒不在价格高。而喝酒只喝到三分醉，要留七分醒；待人要三分谅解，七分包容；处事则要做到三分为己，七分为人。

每当回味起父亲那只印有兰草的酒杯的余香，想起人生路上"酒香不怕巷子深"的教导，我便精神抖擞，努力奔向一个又一个新的梦想。

儿童节的礼物

快临近"六一"儿童节时，我问两个儿子希望得到什么礼物。"乐高警车、巧克力、玩具突击步枪……"他们争先恐后跟我说，一脸幸福与天真。

当我上网为选哪家店下单犯难时，心里一边感慨这个物质丰富的美好时代、羡慕当今孩子们的幸福生活，一边情不自禁把时光倒回了自己三十多年前的童年。

记忆中的童年里，虽然没有现今丰富的物质生活，但孩子们的精神世界格外充实，可谓是无忧无虑、天真烂漫。春暖花开时，小伙伴们去抓蝌蚪、捉泥鳅，把欢声笑语洒在遍地紫云英的田野上；缤纷夏日里，三五成群去掏鸟窝、采桑葚、摘莲蓬，把童年的脚步印在荷塘边和树林里；金色的秋天里，帮大人收完谷子后，在月光下的晒谷场稻草垛里捉迷藏，一身露水却不觉得冷；寒冬腊月，光着脚丫在没过膝盖的雪地里堆雪人、打雪仗，用小木凳在河面上滑冰……一年四季尽情享受被"放养"的童年乐趣。

在我的印象里，那时内地农村刚刚结束凭票供应的计划经济不久，物质十分紧缺，填饱肚子几乎成了乡亲们日出而作、日落而息的首要目标。本来物质生活就很匮乏，加之一个家庭要养四五个甚至更多的孩子，无疑使分得一杯羹的概率大大降低。

那个年代，尽管父母对孩子在物质上无法给予满足，但他们给予孩子的爱绝对是满格的。幼稚的我曾几次尝试开口向父母索取好吃好玩的未果后，似乎突然从他们无助而又内疚的眼神里读懂了什么，于是就此作罢，仿佛自己一夜之间就长大懂事了。

再逢"六一"儿童节，尽管我没有提要求，但细心的母亲还是看出了我的心思。读四年级的那个儿童节前，我意外得到母亲卖鸡蛋后特地给我买的一套短衣短裤。虽然有些偏大，但我满脸都是喜出望外的笑容。记得母亲说，你读书成绩好，被村小学选去参加镇里的"六一"会演，家里再穷也不能让你穿着破旧的衣服去。我瞬间感到一股暖流流过了全身每一条毛细血管。

正因为有那件唯一而且珍贵的儿童节礼物褒奖我，特别是母亲一席朴实而又励志的话激励我，我越发刻苦读书，成绩一直名列前茅。后来，我特别爱穿那套短衣短裤，直至长高不能再穿后，才同意把它转赠给弟弟。

我为人父之后，细细回想起来，当时在父母内心肯定有十分的意愿想竭尽所能满足孩子的合理需求，但残酷的现实却没有给予他们一丝的机会。对于人生成长，这种艰难时代的心灵交流来得如此默契，而且弥足珍贵。哪怕只是一个眼神，却如同一盏明灯，照亮一生前程。新时代的孩子们恰恰鲜有机会读到这种眼神，取而代之的或许是挑剔甚至厌烦，不知该喜还是该悲。

如今来看，我的童年虽然没有各种玩具枪，但有自己动手制作的手枪、弹弓；虽然没有巧克力，但有母亲熬制的纯绿色麦芽糖；虽然没有收到很多儿童节礼物，但有终生难忘、受用一生的爱的眼神……这些都是贫苦岁月积攒的人生财富。

改革开放四十多年来，伟大祖国的发展日新月异，人民生活水平显著提升，丰富的物质供给让老百姓幸福感、成就感满满。我们这一代人都是直接受益者，发自内心为这个伟大的新时代点赞。

尽管我不可能再因为没钱给孩子买礼物而焦虑，但我却有了新的担忧，于是希望自己能在儿童节给儿子们一份受用一生的特别礼物。

母亲的灯盏

闽南的夏天多雷雨，有时让人猝不及防。

这天入夜不久，沉闷的天气再也无法控制压抑的情绪，顷刻间电闪雷鸣、风雨交加，颇有几分台风登陆的架势。那阵雷雨在送来凉意的同时，也带来了恶作剧。

受雷电影响，儿子书房的电灯烧坏了。正在写作业的儿子向我求助。一片漆黑中，儿子拿着手电筒帮我照明的同时，好奇地问道："爸爸，你小时候老家用什么照明啊？"

"那时候老家没有电灯，是奶奶用灯盏照明的。"我不假思索地回答儿子。

当晚，我的思绪跌进了回忆的旋涡，儿时的点点滴滴历历在目，好比一部倒映的童年纪录片浮现在眼前。

我刚记事时，鄂东南的农村十分贫穷，村里没有通电，靠油灯照明。当时还未上小学的我，干了不少"坏事"，尤以打翻灯盏最令人生气。如今笑着回忆，被贴上淘气的鲜明标签也在情理之中。

那年夏季的一天，父亲母亲早起随公社去洪湖之滨的万亩围湖割草，两人一船草的任务甚是繁重。直到电闪雷鸣的傍晚，他们才回到家里。正当大姐把简易的晚餐端上桌准备吃饭时，一片热心的我帮了"倒忙"——把灯盏打翻了，煤油溅在饭菜里。饥肠辘辘的父亲严厉训斥并揍了我。母亲扶起灯盏添油点灯，一言未发。

在我的成长记忆里，父亲母亲教育子女时总是充当两个角色：一个唱红脸，一个唱黑脸；既直面是非，又春风化雨。这是我长大特别是为人父以后的认知。

我打翻灯盏的第二年，村里通电了。当时，每家只能安装数量有限的低功率白炽灯，尽管亮度无法跟今天的灯泡相提并论，但那个标志着内地农村迈入用电时代的灯泡，已经让人民群众沐浴到了改革开放的春风。

家里通电后，母亲把那个灯盏擦拭干净收起来，以备不时之需。一天，母亲告诉我，那个灯盏是外婆省下钱特地买给她的嫁妆，企望点旺家运、照亮前程。我仔细观察，那个铁质的灯盏呈碗形，直径有二十厘米，高十厘米，中间空处有一圆柱形置灯芯处。那一刻，我似乎明白了自己打翻灯盏之后，母亲一言未发的心情。

村里虽然通了电，但停电是常有的事。为了让母亲收藏那个珍贵的灯盏，我学着用墨水玻璃瓶、薄铁片、棉花制作了一个简易煤油灯。每当停电时，将棉捻一头浸入油中，一头穿过灯头上的铁孔露出点燃，便可照明。灯捻燃烧时间长了会产生糊头，亮度减弱，剪去一小段灯捻或用针锥挑拨一下灯捻即可。

几年前，家里已经换上了 LED 灯照明。我回家探亲时，年逾古稀的母亲患老花眼，视力下降明显。提及照明时，她虽然肯定了科技的力量，但依旧念念不忘那个收藏在衣柜里的灯盏。

母亲惦记那个灯盏，不只是对外婆的怀念，或是对艰苦岁月的回忆，更是对子孙后代前程的美好憧憬。

现如今，虽然不必再使用灯盏照明，但是母亲心里的灯盏永远都点亮着。

父亲的生日

在我印象中，穷苦出身的父亲很少过生日，至少在五个子女全部成家立业前没有。用父亲的话说，他从小就没有过生日的习惯。

或许，那个年代出生的农村人，大多数都没有条件和心思去庆祝自己的生日。因为，大集体时代生产任务极其繁重，即便分田到户后，物质仍旧十分匮乏，养儿育女是家庭大事，省吃俭用便成为农村人的家风和美德。

父亲是1945年生人，虽说孩提时代已在中华人民共和国成立后，但幼年丧父的悲惨，加之那个年代农村生活的艰辛，迫使他小学未毕业便回家务农，开启跟奶奶相依为命、为生计而奔波的人生之旅。

自我记事起，父母除了在奶奶生日时给她买点零食，孩子过生日偶尔吃一个鸡蛋之外，他们自己从来不过生日。因此，我从小没有生日仪式这个概念，也没有记住父亲的生日。

随着改革开放的春风吹遍华夏大地，家乡的经济发展水平日新月异，家里的经济状况得到逐年改善。迈入新世纪，我们兄弟姐妹业已全部成家，父母总算过上了丰衣足食的日子，但他们似乎依旧不太习惯过生日。

记不清从哪年开始，为了感谢父母的养育之恩，大姐提议每年必须给父母庆祝生日，非特殊原因不得缺席。这对于生活在距离父母不过数十里的兄弟姐妹来说，尽点孝心并不难。但于千里之外的我而言，也许算是一道难题。

自我离乡背井求学，到携笔从戎客居他乡的二十年里，我鲜有机会参加父母的生日，常常只能通过礼物遥寄一份心意，或者打一通电话致以问候，愧憾难于言表。

这些年，我只正式参加了父亲七十周岁的生日。2015年深秋，我特意请假带妻儿回乡给他祝寿。按照家乡习俗，兄弟姐妹商量邀请亲朋好友在镇上酒楼给父亲过七十大寿，但被他婉言拒绝。虽然父亲七十周岁的生日宴会在自家举行，没有亲朋好友参加，没有隆重仪式，没有山珍海味，但色香味俱全的家常菜，照样吃出了近些年来难得的举家团圆的幸福。在饭桌上，父亲看着客居异乡的儿孙，满脸欢喜地说："我过生日吃什么并不重要，一大家人热热闹闹团聚很难得！"

事实上，父亲七十周岁生日前夕，我在部队忙于重大演训活动，事先并没有记起。如果不是大哥特意打电话告诉我，并希望我能抽空回去一趟，或许又将添新憾。

不知是因为从小没有生日仪式的概念，还是受客观条件所限，那些年我并没有记住父亲的生日。直到父亲七十大寿的那天，大姐告诉我，每年九月初九重阳节后，再过九天就是父亲的生日，我才牢记于心。

又一年金风送爽，时至寒露，秋思无限。重阳刚过，我思绪万千，有记起千里之外父亲生日却不能到场的一份愧疚，也有秋染故园却不能观赏的一抹乡愁。

回念渔趣

暑假回乡探亲，应孩子要求去屋后小河钓鱼。顶着烈日，估摸三小时过去了，仅收获几条长七八厘米的小鲫鱼。孩子初次体验乡村野钓，没有鱼获概念，但好奇心十足，几条小鲫鱼足以令他欣喜若狂。

看着一脸得意的孩子，我却对钓鱼兴趣不浓，只是四处张望那片熟悉而又陌生的乡野。与往昔相比，替代碧绿稻田的是一望无际"接天莲叶无穷碧，映日荷花别样红"的荷莲美景，荷叶田田，菡萏妖娆，一阵微风拂来，清新扑面。身旁的小河依旧静静流淌，岸边杨柳拂堤。河对岸孩子们尽情追逐嬉戏，尖叫声此起彼伏。稍静心细听，周遭蝉鸣蛙叫不绝于耳。

突然，孩子钓得一条金灿灿的黄骨鱼，喜出望外地叫我。我听着熟悉的嘎嘎声，连忙俯身帮他摘钩。看着那条如今在家乡并不多见的野生黄骨鱼，眼前浮现一幕幕自己跟孩子年龄相仿时的快乐渔趣。

家乡桥市地处江汉平原南端，长江之畔，是典型的水乡小镇。水乡当然水多，水多自然鱼多。童年记忆中，鱼多的水乡给我留下了无穷渔趣。

在那个物质匮乏、食不果腹的年代，唯有水里的自然馈赠一点也不缺。只要人勤快，河鲜不愁吃。虽然菜籽油金贵，烹饪调料很少，但就着甘甜的河水也能做出鲜美的味道。

因条件艰苦，大哥自幼便练成了捕鱼能手。我跟着大哥捕鱼，起初只是好玩，懂事后才明白那叫劳动。当时，村里孩子大多会捕鱼。因为那些鱼获不但可以丰富餐桌，还可以卖钱补贴家用。

大哥带我捕鱼的方法不拘一格，可谓五花八门，因季节气候而异，因水情气温而变。但无论何时何地何种方法，我们从未空手而归过。

冰雪融化后的阳春三月，一望无际的紫云英怒放，春耕生产拉开序幕，便是泥鳅、黄鳝唾手可得的季节。我们背着竹篓，紧步跟在犁地农夫的身后，仔细盯着每一块被犁头翻起的泥巴，一条条冬眠刚醒的美味轻松入篓。遇有被犁头割伤的，便留给那些骑在牛背上觅食的鹭鸟。看着拉犁老牛嘴角的白沫，听着身披蓑衣的农夫有节奏地扬鞭吆喝老牛，悠然自得地哼唱小曲，一幅春耕图如此唯美。

清明前后，村民陆续整好水田，气温逐渐回升，便到了泥鳅、黄鳝夜间觅食的时节。如果说跟着农夫的犁头捡泥鳅、黄鳝算轻而易举，那么夜间打火把夹黄鳝则需要智慧和勇气。大哥带着我做竹夹、火把，一切驾轻就熟。夜幕降临后，我们奔走于纵横交错的田垄之间。尽管星光灿烂、虫叫蛙鸣悦耳、春风沁人心脾，但我们无暇顾及，只专注于每一条水沟、每一块水田。与收获的喜悦相比，身上的泥水和蚊虫叮咬的包早已忽略不计。

田里插秧后，不再适合打火把夹黄鳝，我们便选择以蚯蚓为饵，在水沟、塘边和田垄旁放地笼。放地笼讲究技巧，要选在泥鳅、黄鳝经常觅食的附近，用稀泥巴敷好入口，地笼五分之一留在水面以上供透气，再用水草覆盖伪装。通常天黑前放地笼，天蒙蒙亮时收地笼。这种方法相对简单，但同样收获多多。

抓泥鳅、黄鳝的方法很多，捕鱼的招数同样不少。自制钓具钓鱼成本低，最常用，但考验耐性；粘网网鱼如同守株待兔；鱼叉叉鱼需要丰富经验。捕鱼不但乐趣十足，而且收获颇丰。

春夏时节，我们买来鱼钩、尼龙线，以细竹竿或者麻秆作钓鱼竿，以可漂浮的羽毛或旧拖鞋的塑料为鱼漂，自制简易钓具，便可四处垂钓。钓水底层的鲫鱼、鲤鱼、黄骨鱼等，常以红蚯蚓为鱼饵，偶尔用白酒泡大米做窝料。红蚯蚓在房前屋后阴凉潮湿处翻砖搜寻，或者在湿润的泥土里挖便可得到。倘若钓水上层的鲳子鱼，多以菜籽油浸泡的球状蜘蛛丝为鱼饵，留香效果好，且经久耐用。如果在水面泼撒湿米糠诱鱼，鱼获效果更佳。遇见黑鱼窝，直接用竹竿系粗绳拴大钩挂青蛙钓，"啪"的一声之后，凶猛的黑鱼便被钓到了。

进入秋冬枯水季节，河港沟塘水位下降，便是"干塘"抓鱼的好时机。通常选水沟较深的一段或者孤立的小水坑，几个小伙伴以泥巴、木板、稻草等为材料，在选定区域协作垒坝，然后用水车或者木桶、脸盆接力把水排干，便可直接捡干货。不管是鱼虾蟹鳖还是田螺河蚌，小的一律放回水里。但因种类不均、大小不一，分享劳动成果便成难题。按传统之规，大家经口头协商分份之后抓阄决定。席地而坐，小伙伴们跟泥人似的面面相觑，把珍贵的画面永久定格。

家乡水多鱼多，自然留下了许多跟鱼有关的故事。钓鱼、叉鱼、摸鱼、干塘、放地笼、下丝网、夹黄鳝、挖泥鳅等，每一种方法都传承着水乡人民的智慧，诉说着那个时代人与自然和谐共生的美好。虽然物资短缺，但水中的馈赠从来不缺，特别是因水带来的童趣可谓其乐无穷。

时过境迁，暑假孩子回乡野钓只是为了满足好奇，并不用为收获犯愁。如今，家乡发展日新月异，孩子们很难体会到我们曾经捕鱼的乐趣了，不知该喜还是该忧！

祖母的橘子罐头

这年回家探亲，一家人在饭桌上叙旧，如今生活、陈年旧事无所不谈。聊到兴致高时，搞怪的二姐突然说起我们儿时那些调皮捣蛋的往事，尤其是提及我偷吃祖母的橘子罐头时，她惟妙惟肖的模仿引得满桌人捧腹大笑。

笑过之后，我对祖母的思念顷刻涌上心头。祖母养育了六个子女，父亲排行老幺。当我刚懂事时，祖母已年逾八旬。我清晰记得，裹了脚的祖母满脸慈祥的皱纹，说话轻言轻语，衣着虽简单，但收拾得很讲究，每天起床第一件事便是将一头银发绾起用发簪别着，显得精神矍铄。

祖母命苦，在幺儿（父亲）只有九岁时，便失去了家里的顶梁柱，一个人含辛茹苦把几个儿女拉扯成人。父亲懂事早，自小与祖母相依为命，对祖母十分孝顺。而祖母心疼幺儿，自然也会疼爱幺儿的子女。虽然分家之后，祖母由几个儿子轮流赡养，在我们家生活的时日打了折扣，但祖母给予我们的爱丝毫没有减少。

清晰记得，祖母在三伯家吃住时，经常站在墙角处等我和二姐放学，然后将亲朋孝敬她的零食塞到我们的书包里，用粗糙的手轻抚我们，并叮嘱我们要好好读书。而我们连声谢谢都没有，一溜烟就跑了，只剩下祖母那句熟悉的"慢点儿跑"在脑后回荡。

等轮到祖母在我们家吃住时，她除了给我们讲故事，照旧把自己的零嘴分给我们。但在那个物质极其匮乏的年代，零食对孩子们的诱惑好比磁场效应，就连一截麻花也能让人两眼发绿，实在无力抗拒。长大后母亲告诉我，在兄弟姐妹中，我既调皮又贪吃，自然留下了不少幼稚的笑话。

我读小学二年级的那个暮春，姑妈带了枕头酥、发饼和橘子罐头等好吃的来看望祖母。祖母按惯例把东西收在那只放衣服的木箱子里，而一向贪吃的我看在眼里，记在了心里。等了几天，不见祖母给我那个早已令人垂涎欲滴的罐头，于是心里萌生了偷吃的念头。

一天中午，趁祖母不在家时，我教唆二姐一起打开箱子偷罐头。但罐头到手之后，我们束手无策，连味道都闻不到，更别说吃了。正当二姐心急如焚时，我想到一个歪点子——用钉子在罐头盖上钉些小孔，便可如愿喝到垂涎已久的罐头汁。尽管我们尝到了汁的美味，但对于橘瓣则只能望洋兴叹，只好悻悻将漏风的罐头放回原处。

三天后，祖母换衣服时发现了问题，将那瓶只剩下干巴巴橘瓣的罐头递给我说："以后想吃东西告诉我，绝对不能养成偷拿的坏习惯，做人要诚实。"见我支支吾吾，善良的祖母并没有将事情告诉父母。虽说没有严厉批评，但祖母三言两语的教育却深深烙在了我的内心。

到了那年冬天，和蔼的祖母突然安详离世。或许我当时不懂生老病死的自然规律，体会不了生离死别的悲伤，而今脑海里关于祖母过世的记忆，只剩下那个寒月当空的冬夜大人们的哭声，还有那份再也等不到零食的失落感。

我长大后便离乡背井。这二十多年来，我每次回乡探亲，父亲都会带我们去先祖坟头祭扫，但迫于工作，我几乎没有在清明节上坟祭拜过先祖。

又一年清明将至，窗外细雨纷纷、垂柳青青，想起偷吃祖母的橘子罐头的淘气之事，我的心便情不自禁飞回了千里之外的荆楚大地。

我送母亲智能手机

母亲年幼时读过几年书，在农村同龄人中算是文化人。

有一天，母亲告诉我，她已有近五十年没跟文字打交道，很多字都快淡忘了。

"三天不拿针，熟手也变生。"这几十年来，劳碌奔波的母亲成天面朝黄土背朝天，哪来的时间与精力跟文字打交道。天长日久，自然而然就会淡忘原本认得不多的字。

这几年，年逾古稀的母亲眼睛慢慢老花，不再做针线活，闲暇时光除了偶尔打打字牌或麻将，就是喜欢读书看报，尤其偏爱我写的文章，还经常跟邻居津津乐道。

我背井离乡的二十多年里，除了有限且又短暂的探亲，主要靠每周一通电话与父母联系。

改革开放以来，农村物质生活条件日新月异，通信方式也不断推陈出新。自从我身居异乡至今，母亲使用的通信工具也紧随时代发展更新换代。

世纪之交那几年，母亲并没有用过 BP 机，因为她觉得 BP 机不仅太贵，而且不好操作，务农也不方便，派不上用场。为了经常跟我联系，母亲省吃俭用选择装了一部 IP 电话，既方便又省钱。

使用 IP 电话几年之后，手机在农村雨后春笋般地普及开来，一贯思想新潮的母亲也不甘落后，花三百余元买了一部三星手机揣在口袋里，将IP 电话束之高阁。

那部三星手机虽然仅限于短信和通话等功能，而且对于眼睛老花的母亲而言，黑白小屏收发短信也并不容易，但因为它操作简便、经济实用，无论何时何地都能满足母亲的通话需求，一直被母亲视为掌中宝，充当着母子互诉牵挂的纽带。

近十年如一日，那部非智能三星手机默默无闻地联结着相隔千里的母子之心，用无线电波传递每一丝惦记和挂念，无论春夏秋冬，不管雪雨风霜，从未间断过。

最近几年，智能手机快速走入千家万户，网络、语音、视频和直播等强大功能极大地改变了人们的生活方式，缩短了时空距离，变许多不可能为可能。对于年迈眼花的母亲来讲，这无疑是晚年最好的福利之一。

虽然在不少农村年轻人看来，老人家没必要用智能手机。这其中，既有对他们识字不多、不会操作的担心，又有网上陷阱太多、怕他们上当受骗的顾虑。但在向来思想前卫的母亲眼里，有了智能手机，可以随时随地跟远在异乡的儿孙视频或者语音通话，得到哪怕"只看一眼""只听一声"的心灵慰藉；可以细心倾听主播诵读我的文章，而不用再找老花镜放在哪里，吃力地辨认那些生疏的文字；还可以尽情遨游网络，探索那些从前无从知晓的人文趣事……这分明是信息时代给老人的馈赠。

听完母亲对智能手机的认识和褒奖，我顷刻为之动容，决定送一部给她。

儿行千里母担忧。母亲想用智能手机的心思并不难识破，难的是如何实时分享智能手机承载的那份挂念。

那棵盆栽银杏树

这天放学后，读小学的儿子突然拉着我去露台，观察那棵如拇指般粗细的银杏树，饶有兴趣地问我，为什么银杏树被称为"活化石""植物界熊猫"？于我而言，这个问题并不难回答。一番交流之后，我送儿子一片银杏叶，并教他夹在书里当作植物标本。

不知是机缘巧合，还是家庭传承，三十多年前读小学的我，当年也问了父亲同样的问题，并如获至宝地将父亲赠予的一片银杏叶夹在书本里。时至今日，那片形如扇子、灰褐泛黄的银杏叶依旧纹理清晰、完好无损，静静地躺在我的书房里。

芒种时节，我意外翻到书房里那片泛黄的银杏叶，瞬间情不自禁地把时光镜头倒回 20 世纪 80 年代那个长江之畔、洪湖之滨的小村。

20 世纪 80 年代，荆楚大地的农村刚刚通电告别煤油灯。与此同时，分田到户后的各种实践探索，也像电灯一样照亮了乡亲们的思想，指引着大家拼搏奋进。

爷爷因病早逝，时年九岁的父亲便跟着裹脚的奶奶下地劳动挣工分，读书自然是三天打鱼两天晒网。勤劳朴实的父亲虽然小学未读完，但他的思想观念一点也不保守落后，反而是村里不可多得的敢于开拓创新的人。

或许是祖祖辈辈穷怕了，又或者是目光短浅的缘故。在那个物质匮乏、生活贫苦的年代，经济效益不能立竿见影的种植或养殖并不被乡亲们接受，甚至遭到反对。乡亲们虽然坚信一分耕耘一分收获，但与前人种树后人乘凉的长远规划相比，他们更青睐春播秋收那种吹糠见米的劳作模式。

记得我读小学时，正值壮年的父亲除了埋头拉车，也经常抬头看路。为了养育五个子女，在率先加入村特种经济作物——黄花菜规模化种植后，又带头引入银杏树苗，套种在田间地头和房前屋后。这在当时算是第一个"吃螃蟹"，就连一贯心心相通的母亲也不太赞成，没少唠叨。

在黄花菜成为乡亲们主要家庭经济收入的十多年里，那些毫不起眼且不能带来任何收益的银杏树仿佛空气一般存在。没有耐心的村民先后将树苗砍掉。唯有一向目光长远的父亲几十年如一日精心管理那几十棵银杏树。

功夫不负有心人。大概八年前的春天，父亲在电话里惊喜地告诉我，家里的银杏树有三棵开花结果了。那一刻，我欣喜不已，却无言以对。电话那头的父亲也如释重负，自言自语地说，银杏树终于结果了。

银杏树苗壮成长的三十多年里，我出门求学，后来在千里之外工作、成家，鲜有机会近距离、全过程了解观赏家里那些"活化石"，不免心生遗憾。

四年前的那个秋天，我请公休假回乡探亲，为父亲七十岁生日祝寿。刚到村口，就被那片金灿灿的银杏树所震撼。金黄色的围城中间，粉墙黛瓦的农家小四合院在蓝天白云掩映之下，显得格外亲切而祥和。

我由远及近打量秋天的故乡，熟悉的田野上到处都是金色的稻浪，水泥路两边整齐的小洋楼格外显眼，虽然不见童年玩伴的踪影，但如今乡亲们的欢声笑语仍令人十分欣慰。我特地来到屋后那棵最大的银杏树下，抬头仰望，一串串白果在金色的树叶丛中十分夺目，伸手抚摸它不规则纵裂的粗糙树皮，仿佛触摸到了三十多个春秋换来高约十五米、胸径四十厘米的点滴辛酸，着实让人敬佩不已。

银杏树因生长缓慢，被称作"公孙树"，有"公种而孙得食"的含义。自然条件下，从栽种到结果要二十多年，四十年后才能大量结果。这也许就是三十多年前父亲默默坚守，而乡亲们却选择砍树的缘由。

十年树木，百年树人。在家乡，跟我同龄的孩子大多初中毕业就辍学挣钱去了。但自小经受磨难、读书不多的父亲思想特别开明，哪怕自己含辛茹苦，也要送子女读书。就像几十年精心呵护银杏树那样，竭尽所能培养孩子走出农村。

　　探亲离家的时候，父亲特意从地里挖了一棵筷子一般粗的银杏树苗送给我，其用心不言而喻。

　　如今，看着露台上花盆里那棵青翠的银杏树，我不指望它在盆里长成参天大树，更不奢望它将来能结出白果，但发自内心期待它能陪伴儿子一起茁壮成长。

军娃二胎

单独二孩政策出台，对于严格执行了近三十年的计划生育政策来说，无疑是一个喜忧参半的爆炸性消息，引起百姓广泛关注和热议。但生或不生，同样是几家欢喜几家愁。生，能缓解国家人口老龄化问题，并改变"四二一"家庭模式，给独生子女增加血脉牵系。不生，更多原因来自经济负担、生活压力，或者没有人手带孩子等。

作为军人家庭，生不生二胎，就像雷厉风行地进行革命事业一样，我和妻子并没有纠结。单独二孩政策正式文件出台不久，二娃润就"生根发芽"了。用唯心的话说，这是命中注定的。

2015年初夏，润在解放军第175医院呱呱落地。"怎么又是一个男孩？"老人家高兴说笑的同时，脸上难掩些许失望。术后清醒的妻子第一句话也说，怎么不是女儿啊？

古人讲，儿女双全才是最完满的幸福。于是有人把"好"字拆解为有子有女才好，用以寄托那份儿女双全的幸福。这应该是准备生二胎家庭的普遍心理，也是传统文化的缩影。

其实，在我内心也曾有过对二胎生女孩的期待。但与之相比，令我更感遗憾的是对大儿子的亲子亏欠。在部队工作，通常是我下班时，他已入睡；我上班时，他没起床；周末、节假日加班也是常有的事，陪孩子的时间少之又少。这又何尝不是所有军人对军娃的亲子关系的缺失呢！

而对于那些两地分居的军人家庭来说，亲子关系的缺失问题更为突出。基层干部处于事业奋斗黄金期，带兵育人责任重大，面对家庭变故、婚姻、孩子出生等实际问题时，通常自觉选择舍小家顾大家，一心扑在部队训练、演习等大项任务上，缺席家里红白事、推迟婚期，甚至孩子出生不能到场等并不罕见，花前月下、亲子互动几成奢望。军娃不叫军爸、军人不能告别逝者、心爱的姑娘对军人失去耐心等心酸的场景并不稀奇。和平时期，这种默默奉献也叫作牺牲。

随着军改深入推进，我于2016年转业地方工作。在待安置的八个月时间里，我的身份从军人变成了超级奶爸，喂奶、陪睡、换尿布、亲子互动、出门遛弯，从笨拙到熟练，从不懂孩子心理到心领神会，最大的体会是功到自然成。

这不，带二胎润的时间久了，他对我的依赖性明显更强。于是老人家和妻子会悄悄跟我说，你别太"偏心"，防止老大有想法。我常扪心自问，我思想深处对于兄弟俩是一视同仁的，怎么会让人觉得有所偏心呢？究其原因，只有这样一种可能，那就是觉得泽慢慢长大懂事了，把原本对泽幼年时的缺失过多地弥补到了润的身上。

最近，给几位转业待安置的战友打电话，聊得最多的话题是孩子。有的年过不惑，鼓足勇气准备生二胎，除了想添加一个家庭成员之外，骨子里那种弥补军娃亲子关系缺失的伤感亦流露于言谈之间。有的当起全职奶爸，买菜煮饭、接送孩子、辅导作业、家长会和实践活动等一样不落，在婆婆妈妈的琐事中真正承担起父亲的责任，幸福快乐不言而喻。

军娃虽说暂时缺少了一些父爱，但在缺少中学会了坚强和自立，懂事更早、成长更快。而军娃二胎们在给家庭增添快乐的同时，寄托的则是军人们对于因亲子缺失而愧疚的一种告慰和弥补。

父亲的梦

"我昨晚梦见一条青龙蹿过，消失在远方天空，武汉的'疫情'应该快过去了。"父亲在电话里忧心忡忡地告诉我。

这是庚子鼠年我第一次听父亲解梦。听完这个梦，我沉重多日的心情略为轻松了一阵。

"青龙主恶，与其他龙相比邪气更盛。但这条张牙舞爪的青龙只是一蹿而过，武汉一定能渡过难关！"这是父亲对我追问的解答。

父亲虽然读书不多，但十分明理，绝非唯心主义者。这几十年来，父亲的梦不论凶吉，做梦灵验在十里八村人人皆知。比如，梦准谁家孩子能否高考中榜；又如，做梦预见生男生女。就连年满九旬、身体硬朗的外婆突然去世，父亲提前几天也已梦准，解梦时还挨了母亲批评。

且不说父亲的梦之玄幻。我以前对此半信半疑，哪怕事关自己，也从不多问。但这次例外寻根问底，特别期待父亲的梦能够马上成真。

听父亲说梦之前的二十多个日日夜夜，我同每个中华同胞一样，除了捐献微薄之力、按国家要求做好自我防护，睁开眼睛便关注疫情信息。这些天，心是乱的，数次对着电视、隔着手机屏幕鼻子发酸、眼眶湿润，有生以来并不多见。

之所以多次落泪，不只因逝者而悲痛、为感染者而伤心，还因不惧死亡的医护人员、子弟兵而敬佩感动，更因党始终把人民群众生命安全和身体健康放在首位而自豪和满足。

疫情发生后，党中央按照坚定信心、同舟共济、科学防治、精准施策的总要求，带领全国人民开展坚决打赢疫情防控的人民战、总体战、阻击战，深得国际社会肯定，深受中华儿女拥戴。全国各地坚持一方有难，八方支援，特别是支援湖北的医务人员和人民子弟兵等无数最美逆行者，发扬大无畏革命精神，闻令而动，坚忍不拔，不怕牺牲，攻坚克难，用人间大爱谱写一个又一个感人至深的战斗故事。钟南山、李兰娟等耄耋老人用实际行动诠释了面对危险勇于担当的爱国主义情怀，火神山、雷神山医院的建设见证了中国速度，整个神州大地心往一处想、劲往一处使，展现了中国力量……

病毒无情人有情。在这场考验人性的灾难面前，许多普通人默默无闻地为疫情防控作出了不平凡的贡献甚至牺牲。新冠肺炎"吹哨人"李文亮医生不幸感染后，仍然立下"好了就上一线，疫情还在扩散，不想当逃兵"的誓言；公安县95后骑车返岗女医生用四天三夜的壮举感动了全国网友；肖贤友病危时刻拒绝使用丙球蛋白，并写下"我的遗体捐国家"七字遗书；还有捐献毕生所有的老人，在防控一线殉职的党员干部，因抗疫牺牲的医院院长……在战"疫"中涌现了太多伟大的凡人善举，令人肃然起敬。

毋庸置疑，新冠肺炎当前，无数中华儿女都有自己的梦：祈求疫情得到快速控制，期待医生妙手回春，全力阻断疫情蔓延，尽微薄之力助力祖国早日打赢防控战，等等。这一个个小梦想终将汇聚成中华民族勠力同心防控疫情的磅礴力量。

华夏大地，虽已万物争春，但无论山花何时烂漫，打赢疫情防控人民战、阻击战业已指日可待。

第三辑　行旅，不言倦

无论荆楚东南监利，或者海滨邹鲁漳州，故乡似他乡，他乡亦故乡。从江汉平原到东南沿海，无数寒来暑往，踏遍每一寸土地，行旅何须言根，换眼看福地，处处皆胜景。

洪湖赏荷

"洪湖水呀,浪呀嘛浪打浪啊,洪湖岸边,是呀嘛是家乡啊……"汽车途经洪湖瞿家湾湘鄂西革命根据地旧址时,耳边回荡起那首曾经广为流传的革命歌曲,满眼尽是接天的碧绿。此情此景,随车亲友情不自禁跟着韵律一同哼唱起来。

此去洪湖,先是瞻仰瞿家湾湘鄂西革命根据地旧址,了解河湖港汊游击战争往事,领略具有江汉平原水乡小镇特色的清末民初古建筑的古朴韵味。接下来,便是陪同亲友去湖中赏荷。

我在洪湖边上长大,自幼便留下许多关于荷的记忆。

因为爱荷,我用心观赏过多地的夏日荷塘。在杭州念大学时,不止一次欣赏过杨万里笔下西子湖"接天莲叶无穷碧,映日荷花别样红"的诗意美景,对于曲院风荷的记忆更是刻骨铭心。

后来,也曾欣赏过漳州碧湖生态公园的荷塘月色,领略过华安县岛濑村的乡野荷趣……

纵然欣赏过多地的荷,我却对洪湖的荷情有独钟。我爱洪湖的荷,不只是高考后与同学们一道泛舟洪湖,赏荷采莲观鸟,释放高考压力,畅谈人生梦想,纵情燃烧那个夏日的青春,更是受乡念驱使,去寻找那些曾经的美好。

虽然天公不作美,不见蓝天白云陪伴,但恰恰是阴雨蒙蒙赐予了赏荷人别样的美景。来到洪湖沙口镇岸边,极目远眺,荷叶田田,菡萏妖娆,清波湛碧,远处水天一色,满眼绿意惹人醉。阵阵清风徐来,荷香在清新而又湿润的空气中四下飘逸,深吸一口入肺,立刻令人身心俱爽,不饮亦醉。

我顶着微风细雨,步行在伸向荷莲深处的人造栈道上,近观栈道两旁红的、粉的、白的、黄的各色荷花，与蜜蜂共享那份清香，好不惬意。大小不一的莲蓬让人垂涎欲滴，有的已成熟变黑，有的正好膨大，有的如饥似渴地等待阳光雨露滋养。俯身轻抚娇嫩的菡萏和尖尖的小荷，那种出淤泥而不染、濯清涟而不妖的高贵品格立刻浸润我的心田。

我轻手轻脚缓步前行，由近及远环顾四周，留心观察每一片莲叶、每一处水面。清澈见底的湖里，鱼儿畅快地游着，不时吐出几个气泡。乘小船采莲的红衣女子格外显眼，一颦一笑都与田田荷叶交相辉映。突然，淘气的孩子惊起几只野鸭，转眼间，仅留翅膀的扑棱声让人寻味。

离开洪湖时，我从当地渔民口中得知，如今的洪湖正走在"绿水青山就是金山银山"的发展理念前列，退田还湖、生态修复等举措初见成效。我充分相信，在不久的将来，新时代的洪湖水浪打浪必将以更加崭新的面貌展现在人们眼前。

踏青屏山茶园

我去过几个茶园，有一马平川的，有绵延起伏的……但海拔超过千米、山峦叠翠的，要数屏山乡内洋村的大仙峰茶园——高山茶天下。

屏山地处闽中南戴云山脉西侧，位于海拔一千一百零八米的大仙峰南麓。山高、雾多、云低、光照充足、昼夜温差大，造就了得天独厚的生态环境。我向往茶天下，钟情于她所处的九山半水半分田的乡野风貌。

一路上，逶迤的羊肠小道两侧春意盎然，吐绿的野草和争艳的小花夹道欢迎远方的客人，随风摇摆起来好似翩跹起舞的少女，热情而奔放。陡峭的山坡上的灌木迎风而立，友好地点头微笑、招手致意。山涧里流水叮咚声与鸟鸣声此起彼伏，遥相呼应，一同弹奏春天的交响曲。头顶的白云懒洋洋地如影随形，一会儿像老者眯着双眼打盹，一会儿如孩子哈哈大笑般泛起两个酒窝，好不淘气。汽车的轰鸣声越来越响，天上的白云越来越近，不知不觉爬升到了海拔千米的土堡山村。

来到内洋村口，眼前豁然开朗，向往已久的土堡山村春色果然迷人。首先映入眼帘的是各具特色的土堡：黄土夯筑的古堡数量不多，散落在新式民居群里，堡上一道道裂痕见证了岁月的沧桑。有的破旧不堪，已被闲置废弃，却屹立不倒；有的炊烟袅袅，依旧人丁兴旺。仿古土堡占大多数，尽管少有夯筑的外表，但钢筋、水泥和瓷砖等现代建筑元素难以掩盖传承先人智慧的乡风。远远看去，依山而建的土堡群错落有致，乱中有序，构成一幅和谐的山居美图，新旧颜色的鲜明反差，让我的好奇心跟着时光倒流。我还来不及探究土堡与土楼有多少历史渊源，但先人因地制宜、就地取材的智慧和建筑艺术令人叹为观止，特别是勤劳勇敢的精神值得敬佩。

春分时节去茶园，虽然错过了樱花的浪漫，却邂逅了山野最美的春光。穿行在九山半水半分田间，我同当地村民一样十分珍惜每一寸土地，小心翼翼地迈步，担心踏垮了不过两脚之宽的田埂，生怕踩踏了田间的作物。到了蓄水泡田准备春耕的时节，站在山坡上放眼望去，自上而下依势而围的梯田形态各异，有的像圆盘，有的像猪腰，有的像镰刀……春水在阳光的照射下波光粼粼，像一颗颗璀璨的明珠星罗棋布地镶嵌在山野的红花绿草之间。春风拂面，脑海里接二连三浮现一幅幅农民犁地、播种、插秧、收割的画面。泥水溅在他们纯朴憨厚的脸庞上，如同胭脂水粉装扮着他们；长满老茧的双手不知疲倦地劳作；一步一嘿哟，悦耳的山歌漫过山涧随风而去，谱写一曲曲劳动最美赞歌。不难想象，这里必定是一季一美景，一丘一画卷。

顺着田埂缓慢穿行，不是因为路窄难走而迟缓，而是因为贪恋每一处景色而刻意迁缓。我踏入田垄，弯腰抚摸多年未见的紫云英，焰红的花与深厚的绿和谐搭配，特别招蜂引蝶。忙碌的蜜蜂挑挑拣拣，尽情享用蜜汁，艳丽的蝴蝶忙着为花朵授粉。隔壁水沟里传来几声蛙鸣，我循声而去却不见蛙影，想必它们正在忙着筑巢准备产卵，用新生命向春天献礼。成群结队的鱼儿逆水而上，它们不畏旅途艰辛，用勇气与智慧挑战自然。田头山坡上的南酸枣树历经百年沧桑依旧活力十足，准备破皮吐绿的嫩芽蓄势待发，随时绽放生命的力量，树顶枯枝托起的鸟巢好不热闹，叽叽喳喳的喜鹊正在纵情歌唱。

还没看够田间的美景，不知不觉已经来到了茶园山脚下。抬头仰望，蓝天白云掩映下的茶垄忙着吐故纳新，嫩绿的冒尖新芽格外醒目，茶树干上附着的寄生植物纷纷探头，渴望能沐浴到一丝阳光。茶垄一圈一圈自下而上变小，像一个个倒立的陀螺安放在山野之间。沿着陡峭的步行栈道缓缓爬升，呼入的空气越发清新而凉爽，体感气温也在慢慢下降，触手可及的白云在头顶上嬉戏，像淘气的孩子般天真活泼。站在栈道半途的平台上纵目远望，突然觉得心情格外舒畅。山谷里的村落像一幅活动的油画，民居土堡群像一个个无序排列的积木，山野春色把积木点缀得五彩斑斓。爬到山顶环顾四周，如梦幻仙境，云雾升腾，太阳时隐时现，还没来得及滋养这片茶园，却又被抢到了那座山头。俯瞰整个茶园，每座山上的茶垄各有特色，不再像从山脚看起来的倒立的陀螺，更像一堆堆同心圆散落在漫山遍野，又像是一座座绿色城堡，城堡之间的小路弯曲幽静，把小山村紧紧搂在怀里。

面向东方的戴云山极目远眺，让人意识到山外有山、天外有天，阳光穿过云缝照在戴云山主峰，好像绿色地毯上撒满了金灿灿的珠子，把青山绿水装点得分外妖娆。坐在山顶的木亭里，一次又一次由近及远、由远到近俯瞰整个茶园，来回打量屏山九山半水半分田的每一个角落，奢望多几分感动和留恋，遗憾的是镜头装不下全部美景，朋友圈无法分享每一份心情。

绿水青山就是金山银山。离开屏山时，我依依不舍回望茶园，被当地贯彻生产、生活、生态的绿色发展理念深深折服，对脱贫致富路上百姓一贯沿用的传统农耕方式肃然起敬。既是绿肥又是青饲料的紫云英不正是最好的见证吗？

百草园四章

一

年少时向往百草园，是从一篇课文开始的。

"不必说碧绿的菜畦，光滑的石井栏，高大的皂荚树""油蛉在这里低唱，蟋蟀们在这里弹琴""木莲有莲房一般的果实，何首乌有臃肿的根"……这是鲁迅先生在百草园里如诗如画的童年生活。文章写满了十足的童趣，也写出了那份属于孩子的纯真。

我总想，若能去看看鲁迅先生儿时的百草乐园，该有多么幸福。

那里有轻捷的叫天子（云雀）忽然从草间直蹿向云霄，有冬天下雪后捕鸟的乐趣，还有听起来活灵活现的美女蛇的故事。

《从百草园到三味书屋》，时隔近百年，一遍又一遍被少年学生诵读，一遍又一遍装饰孩子们的梦，已然成为经典。

百草园的妙趣，在时代的足迹里，在孩子们的憧憬中，烙下了童年的标记。

二

"山中无闲草，遍地皆良药。"能踏进云霄县马铺乡百草园，归功于一个微信公众号帖子。

不必细说她的前世今生。那里有虫鸣鸟叫，那里有二牛用生命守护皇帝茶树的故事，还有那些藏身于温润山林的蛇见愁、枳椇子、巴戟天、七指毛桃等珍稀草药，那一间间药浴养生坊，那清新的空气，那甜甜的橙，自然而然地构成了赤茅峰康养休闲的基本元素。

现在向往百草园，不仅向往那如诗如画的童年妙趣，而且向往那堪称国粹的中草药文化。园里的一虫一鸟是有色彩的，一草一木是有色彩的，一景一物也是有色彩的。

这些色彩因人而异。进入百草园，用心去体会园主对中草药文化的痴爱之心，用脚去丈量大自然馈赠的每一寸沃土，放眼去捕捉传统草药与现代文化的交汇，你就会领略到那份独特的色彩。

三

冬去春来，百草园忙着纳新吐故。鸟儿忙着为春天歌唱，虫儿忙着为春天鸣叫，蝴蝶忙着为春天起舞。

百草君忙着下田劳作，百草仙子忙着采药磨粉。太阳忙着从矾山爬高，从灵通山落下。月亮忙着悄悄翻过赤茅峰顶，把月光洒满整个山谷。

游人忙着把风景装进相框里，把心情分享在朋友圈。园主忙着把希望播种下去，把收获搬运出去。大家一起忙着把中草药文化传承下去、发扬光大。

青青马铺乡，康养百草园，干群携手用汗水和热忱去脱贫致富，实现乡村振兴梦。

四

蜿蜒的木栈道上，发呆的礼佛亭中，康养药浴的木屋里，百草清香扑面而至，林间虫鸟轻歌曼舞。益母草、王不留行、半枝莲……百草争相冒芽吐绿，编织园中的美丽诗章。

站在半山腰的步行道台阶上眺望灵通山，云雾缭绕之中，百草簇拥之下，不知不觉你就成了镜头里的风景。这样的风景，无论春夏秋冬，不管阴晴晨昏，都富有诗情画意。

如果你是诗人，尽可以诗兴大发；如果你是书画家，尽可以挥毫泼墨。如果你只是匆匆路过，举手投足之间，也是这道风景里值得珍藏的背景。

水上茶乡

我几年前品过漳平水仙，其汤呈浅黄绿色，带兰花香，味浓醇厚，喉韵明显，回甘清爽。自那时起，便对茶树生长的气候环境充满了好奇。

一个偶然的机会，得知漳平水仙产于明代旅行家徐霞客闽游时曾两次抵达的九鹏溪流域。于是，我越发向往这个九龙江上游的原生态水上茶乡。

多雨的初夏，山里凉意袭人，湿漉漉的空气格外清新，整个人被负氧离子裹得严严实实，每一次呼吸都是一种享受。站在九鹏溪畔霞客码头四处张望，满眼苍翠欲滴，眼球像扫描仪一样不停转动，生怕错过一小处风景。极目远眺，只见远山近水之间云雾升腾，一阵微风刮过，宛如仙境缥缈变幻，引人入胜。

远山并不远，就在溪对岸，仿佛群山身披绿毯延绵不断，消失在云雾深处。眼前可谓群峰争秀、奇峰插天，层峦叠翠铺天盖地。抬头仰望，隐约可见青丝薄雾里的森林，有如海市蜃楼。

近水即在脚下，碧绿得清澈诱人，虽然暗流涌动，但水面依然平静。小雨滴落在江面上，激起的无数水晕此起彼伏，与微风泛起的涟漪一起打破那份宁静，并构建了动静相宜的和谐。溪流水际线上系着绿色的神仙腰带，水下清晰可见翡翠般碧绿的山林倒影，倒影里同样云雾缭绕，宛若仙境。

踏上霞客码头浮桥横穿九鹏溪，还未抵达对岸，茶园的清香便扑面而至，淡淡的茶香与湿润的空气一道入肺，立刻令人神清气爽。山坡上碧绿的茶园里，褐红色绿植绣出的"茶乡渔村"四个大字十分醒目。虽然错过了采茶的季节，欣赏不到新竹背篓采茶女，也领略不到茶山人歌入梦来，但漫山遍野的茶园被原生阔叶林细心呵护着，活像天国少女依偎在英雄怀里娇羞无限。

拾级而上，穿行在不知树名的丛林里，虽不见天日，也不见茶园，但枝干挺秀的参天大树令人敬仰，爬藤植物绕着树干努力向上生长，一刻也不敢懈怠。活泼的小松鼠蹿来蹿去，用唧唧吱吱的叫声欢迎远道而来的客人。绣眼鸟、画眉鸟、四声杜鹃的叫声此起彼伏，好一曲悦耳动听的夏季雨林交响乐。

行至山腰开阔处，眼前豁然开朗。首先映入眼帘的是一尊仿铜色徐霞客雕塑，只见他面容清癯，目光炯炯，一袭长衣，手持长杖，背负斗笠，正驻足远眺当年泛舟亲历险滩的九鹏溪。雕塑后面山坡上的参天古木郁郁葱葱，雕塑脚下的茶园清香阵阵，仿佛都誓要与这位明代"一路霜雪做伴，一身风尘仆仆"的旅行家、地理学家相守为伴。那一刻，我十分庆幸自己在九鹏溪畔与徐霞客"邂逅"。

回想起《徐霞客游记》中提到他亲历宁洋溪的三大险滩，瞬间充满泛舟一游溜水滩的激动。坐上复古画舫顺江而下，船划开的人字形波澜拍在岸边石壁上，回声清脆，不时惊飞几只水鸟。两岸一望无际的浅碧深绿中，进入尾期的星星点点的木荷花和油桐花特别亮眼，好似嵌在绿毯上的珍珠。枫树湾的嫩绿在阔叶林的墨绿映衬下让人产生别样神往之情，脑海里仿佛呈现出深秋满湾一片红的美景。约五公里的水路，不知绕了多少道弯，一路上既有李白笔下"两岸猿声啼不住，轻舟已过万重山"的惬意，又有徐霞客游记中"峰连嶂合，飞涛一缕，直舟从云汉，身挟龙湫矣"的景象历历在目，真是舟行碧波上，人在画中游，令人心旷神怡。

苏轼有诗写道："宁可食无肉，不可居无竹。"夜宿水上茶乡百竹园，屋外点点泪斑的湘妃竹、秀丽文静的水竹、葱茏幽幽的箭竹，让人体会到一种竹林之美的宁静。窗外一片漆黑，寂静的山谷里不时传来几声蛙鸣鸟叫。一江之隔的百亩茶园正在深呼吸，扑鼻的清香从门缝里钻进来，填满整个屋子。忽然一阵微风细雨，除了竹叶沙沙作响，竹叶上的水滴凝聚后落在溪水里的声音也特别清脆。卧竹听涛闻茶香，一切如此惬意快然。

回程驾车穿行在天然山水画卷里，途经享有"中国水仙茶第一村"美誉的北寮村，一望无际的茶山碧绿如染。路边"何必漂洋过海，眼前即是南洋"的标语让人浮想联翩。原来，水上茶乡九鹏溪所在地是一个叫南洋的乡镇，拥有如此艺术范儿的宣传口号也就在情理之中了。

走进蔡家堡

与漳浦县湖西乡盆地赵家堡的"皇室血统"相比,平和县山格镇隆庆村蔡氏家族谦卑地把安身立命的家园称为"平民之堡"。如果说素有"五里三城"之称的赵家堡布局立意处处仿照两宋故都,那么蔡家堡则以其独特的"畚箕形"赓续了约八百年的农耕文化。

暮春时节,"柚都"洁白的花海基本不见踪影,唯有浩瀚无际的醉人新绿令人心旷神怡。举目四望,山野春意虽浓,但我无意赏景,一心向往那个几近被遗忘的神秘古堡。

汽车拐进不起眼的村庄,最先扑面而来的是古朴的气息,而历经数百年风雨沧桑的蔡家堡已然被现代民居隐藏,幸好有鲜艳夺目的标语"望得见山,看得见水,记得住乡愁"引人入胜。瞥过标语墙一侧,清晰可见古巷沧桑,石径幽深,一串串印有"蔡家堡"三个大字的红灯笼为古朴的情境增添了几分喜庆。瞬间,古堡的神秘越发令人思绪万千。

抵达与古堡一溪之隔的柚幻景区,仿佛霎时从宋朝穿越回现代,景区风光让人目不暇接。欧式风情田园木屋鳞次栉比,如童话般梦幻。淘气堡儿童乐园欢呼声四起,萌娃们沉浸在欢乐的海洋里。恐龙岛的奇幻冒险颇有几分侏罗纪世界的味道,小萌宠的灵动可爱让游人不时驻足。而花山溪水上自行车、摩托艇等亲水游乐项目则可让人洗去一身疲惫。这些,孩子们乐此不疲,而我觉得索然无味。

只身沿着古堡城墙脚下的石径踱步,满眼都是跨越时空的岁月痕迹。石头砌筑的地基,斑驳厚实的青砖墙体,古旧的窄小门窗,红瓦双坡面的硬山顶屋顶,与土楼颇有几分相似。由于年代久远及自然灾害等影响,有部分城墙和房屋不同程度损坏,经多次修补,特别是分家到户之后,便出现了不同材质的墙体、样式各异的门窗,就连城墙上的射孔也已模糊不清，甚至长出了灌木和杂草，沧桑感十足。

来到古堡主城门，城门石条门匾上"蔡家堡"三个大字赫然醒目，楹联"卜居牛蹄地，千秋伟业，子孙牛气冲天；筑楼畚箕状，百般奥秘，游人纷至沓来"读来意蕴深远。村里八旬蔡姓老者告诉我，他们先祖七百多年前选择这块东高西低的"卧牛"之地繁衍生息，不单相中了四面环水的地貌，而且看中了得天独厚的自然条件。整座古堡坐东朝西呈"U"形，如同畚箕，三面闭合，开口在西。这种打破民间建筑坐北朝南惯例的风格顿时充满传奇色彩。

穿过城门，墙上四幅图概略介绍了蔡氏第一祠、绍庆堂、蔡家堡的历史以及独特的民俗文化，让人十分好奇。"蔡家堡四面环水，村庄呈东高西低的'牛蹄状'地形，选择在西侧开口，主要为了防范水害，实现'天人合一'；古堡几个大门前均建有神庙，西侧'畚箕'开口处有蔡氏宗祠，南门有福德正神伯公庙，东门有福德正神伯妈庙，代表祖祖辈辈祈盼神明护佑安居乐业……"提起古堡的神奇传说，随行老者如数家珍，脸上满是自豪。尤其是谈到"王爹"信仰之谜、"走水尪"的祈盼和武狮馆传奇这三大民俗文化时，老人更是眉飞色舞，描述得画面感十足，让人浮想联翩。

有别于聆听讲述后对古堡神奇传说的想象，展览馆里则是看得见摸得着的文化。村史馆、堡上书屋、农耕馆和乡愁馆各具特色、脉络清晰、图文并茂。农耕用具、旧家电和日用品等，依稀把古堡过往的生活画面栩栩如生地呈现在眼前。"爱武山"女民兵排和上山下乡知青，在激情燃烧的岁月书写的"艰苦奋斗、团结协作"的革命精神特别振奋人心。关于花山溪上那座古朴的"爱武桥"的由来，也在展览馆里找到了答案……

夜宿花山溪畔，望星光熠熠，听溪水潺潺，闻蛙鸣鸟唱，一阵清风徐来，随古堡一道悠然入梦。

白塘湾听海

久囿闹市，难免烦腻。我特别向往一份静谧，希望安享一段独处时光。大海虽并不静谧，却适合独处聆听。

白塘湾的秋夜，一半是万马奔腾、波涛汹涌的大海，一半是人声鼎沸、霓虹闪烁的沙滩。香山崎沙湾的熔岩石滩早已被潮水淹没，海底"兵马俑"——形态各异的黑色火山熔岩不见踪影。

夜幕降临，也许音乐、啤酒能让人洗去一身疲惫。但在我心里，与大海相比，音乐、啤酒皆索然无味。而咆哮的大海反倒可以使人空灵又宁静。显然，我并不难抉择。

受海姑娘之邀，我将鞋拎在手里，踏着细软湿润的沙子，独步在海风徐徐的沙滩上。湿热的海风夹杂着浓烈的海腥味扑面而来，无论体感还是呼吸，与深山里的负氧离子都有天壤之别。虽不清新，但也令人神清气爽。

哗……哗啦……哗哗……啪啪……巨雷般的海潮像千军万马席地而卷，在呐喊、嘶鸣中向我袭来；一会儿又像冲锋的勇士呐喊着、鼓噪着，拼命地冲上沙滩。在一望无际的沙滩上，虽然没有巨浪撞击岩石天崩地裂般的吼声，但万马奔腾的磅礴气势同样让人震撼不已。那一刻，在我心里，海浪却如春风轻拨琴弦，如暮花飘落柔波。每一次潮起潮落，海浪拍打海滩的声响，宛如慈母轻拍婴儿入睡奏出的催眠曲。

我借着初十皎洁的月光举目望去，远处海天一色，分不清水天交接处在哪儿，仅隐约可见夜航的船只上一闪一闪的信号灯，如同萤火虫在海面上盘旋。近处暗绿色的海水卷起的巨浪接二连三向岸滩狂涌，浪花雪白如玉，一拥而至，亲吻沙滩的瞬间喷溅出白色的泡沫，迅即与沙子融为一体。随浪逐流的小螃蟹动作十分敏捷，还来不及在沙滩上逗留，一眨眼的工夫又随潮落而去。

在银色的月光沙滩上，我优哉游哉向前踱步，以求远离嘈杂音乐，独享几许清静。如我一样喜欢听涛观海的人似乎不多。不远处，操着外地口音的一家四口踏浪嬉笑，引人注目。活泼的少女跑在最前面，一会儿弯腰玩沙子，一会儿面向大海竭力嘶吼。年轻的妈妈怀抱幼儿步履不停。奶爸拖着婴儿推车紧随其后，连脖子上也挂着奶瓶、水壶，不时与妻子耳语。少女银铃般的笑声、幼儿的咿咿呀呀与海浪声此起彼伏，把幸福洒满整个沙滩。

行至一段凹形沙滩，海浪更高更急，浪花更多更白。我席地而坐，闭目凝神，深吸一口咸腥湿润的空气，全是海的味道。耳边除了呼啸的海风，还有排山倒海般的海浪声。我睁开眼睛左顾右盼，夜捕的小渔船随浪起伏，灯光时隐时现。一对白衣情侣蹲在沙滩上窃窃私语，用手指画出两颗心形图案，面向大海许下海誓山盟。他们离去后，身后两对清晰的足印顷刻消失在洁白的浪花里。

夜渐渐深了，只剩下月光、沙滩、海浪，还有听海的我。那一刻，我仿佛独自拥抱了整个大海，忽然想起海子那篇《面朝大海，春暖花开》，一股酸楚涌上心头。

尽管我不可能从明天起做一个喂马、劈柴、周游世界的幸福的人，也暂时不用关心粮食和蔬菜，但我梦想有一所房子面朝大海，享尽春暖花开。

踏春"闽南西藏"

我向往西藏雄伟壮观、神奇瑰丽的自然风光多年，至今未能如愿。暮春时节，有幸踏春于"闽南西藏"——华安县和春村，领略这个高海拔古村落神奇的自然风光，也算了却了心愿。

汽车驶离358国道，拐进颍水村，沿蜿蜒山路进发，时而在山间盘旋，时而在云海穿梭，时而在林间前行，绿荫、蓝天、云海和雾气交相辉映，仿佛人间仙境，令人越发期盼尽早一睹古村风貌。

大约一小时的曲折迂回，手表显示海拔已超过一千米，心中不禁一阵窃喜。行至山隘口，眼前豁然开朗，纺锤形盆地美景尽收眼底。放眼望去，沧桑古厝、烟火人家、小桥流水、参天古木、红花绿草……这个闽南最高海拔的传统古村落，宛如一幅铺展在群山怀里的晚春油画，美不胜收。抬头举目，千形万态的白云，白得格外纯洁，几乎唾手可得。湛蓝的天空，蓝得清澈见底，堪比浩瀚大海，消失在远方。我暗自揣测，和春古村"闽南西藏"的美誉，或许是因哪位旅行家的第一印象而得。

漫步在村里，古屋、古树、古宗祠、古木悬棺，随处都是看得见的历史和耐人探寻的文化。据村民介绍，村里现遗存宗祠十五座、土楼五座、古庙三座及古桥、悬棺等若干，具有较高的历史价值和艺术价值。其中，古宗祠安仁堂的木雕、彩绘、壁画极具代表性，散发着闽南古民居建筑艺术芬芳。崇源堂、崇远堂、龙兴堂等古宗祠，其建筑之精美、文化底蕴之深厚，无不体现出和春先祖的勤劳与智慧。

与古屋、古宗祠相比，更富神奇色彩的要数当地人口中的"古木悬棺"。该悬棺位于村中倒楼山山腰一间九平方米的半掩体式建筑内，建筑坐北朝南，除墙体背面由红砖砌成，其余三面均由三合土夯制，仅可通过北面一方形小孔窥见室内棺材，让人感到神秘莫测。据村里传说，木棺先前用铁钩悬挂在石壁上，后因铁钩锈断，所以改用房屋存放。棺木是杉木的，从元末至今完好无损，但不能埋入地下，否则村里的鸡和狗都不会叫了，听起来颇具玄幻色彩。

如果说古建筑是见证和春历史的珍贵遗存，那些参天古木则是这个世外桃源千百年来活着的传承。据统计，村里名木古树多达二百余棵，仅分布在古建筑房前屋后的就有二十多棵。这些古树名木，树龄少则上百年，多则上千年，被誉为"九大王"，即红豆杉王、福建柏王、罗汉松王、桂花树王、杉木王、杜鹃花王、茶树王、杜英王和含笑王。村里流传的"名木古树九大王，棵棵都是祖上传。珍稀植物红豆杉，古老茶树纯又香"便是最真实的写照。

来到好汉坡，首先撞击眼球的是漫山遍野的醉人新绿，层层叠叠的茶园，像绕在山腰上的绿带，茶园蓄水池里半池清水，足以把蓝天、绿茶写成"新园半绿满池蓝，蓝满新池绿半园。池半新蓝绿满园，满园新绿半池蓝"的诗句。而山坡上竞相绽放的杜鹃花才是这里的主角，鹅黄的、粉红的、淡紫的，一团团、一簇簇，狂野怒放，鲜明耀目，让人目不暇接，既有"生如夏花之绚烂"，又有"回看桃李都无色，映得芙蓉不是花"之艳丽。拾级而上，一路徜徉在杜鹃花的海洋，享受被姹紫嫣红包裹的浪漫与美妙，惬意而又畅快。

登顶牛古仑山巅，极目远眺，群山逶迤延绵，宛若绿色的海洋，而悠闲的白云刚好见证蓝与绿的最美邂逅。放眼山坡，如火如荼的杜鹃花与苍翠静谧的茶园，在蓝天白云的映衬之下，演绎着无与伦比的 3D 大幕之壮美。俯瞰古村，只见青山环抱之间，民居别致，田垄阡陌，炊烟四起，一派祥和繁荣景象。清风徐来，茶的清香与花的芬芳迎面而至，令人心旷神怡。

离开和春时，格外期待择日夜宿这个很多人去了不想走的高海拔古村，观牛古仑日出，看云雾升腾缭绕，听孔雀瀑布歌唱，体验闲适生活……深入了解这个入选第三批中国传统村落名录、省级历史文化名村、漳州十大最美乡村的"闽南西藏"的风土人情和自然风光。

赤茅峰的鸟鸣声

大概是已经习惯了城里车水马龙的喧嚣，当山里寂静的夜晚即将降临时，我居然毫无准备，甚至有些无所适从。

山里的天气活像孩子的脾气，刚送走落日余晖，还沉浸在西眺灵通山的惬意和遐想之中，忽然整座赤茅峰雾气缭绕、紫烟升腾。山谷里的村庄若隐若现，只剩点点灯光璀璨。山间的羊肠小道宛若飘带一般，消失在仙境的尽头。氤氲雾气随同夜幕一道降临，闭目深吸一口，凉爽而又清润，沁人心脾。

躺在山林间的小木屋里辗转反侧，清新湿润的空气从瓦缝和窗缝里钻进来，把整个屋子填得满满的，像是一剂强心针让人神清气爽、睡意全无。山里的夜寂静得出奇，屋外的虫鸣声此起彼伏，一会儿波涛汹涌，一会儿万籁俱寂。这时，最让人心旷神怡的便是四声杜鹃的连声鸣叫——"布谷——布谷"或者"割谷割谷——割谷割谷"，叫声洪亮甚至略显凄凉，不知它们是在催促农民春耕播种，还是在为生计犯愁。起身拉开窗帘，朦胧的月光洒在窗前，只闻鸟鸣，不见鸟影。举目望去，山谷的夜空显得洁净而悠远，莫名的思念油然而生。侧耳细听，杜鹃的鸣啼声与虫叫声混合在一起，音韵悦耳，通宵达旦，不愧为山野最美催眠曲，陪我一同进入梦乡。

枕着久违的天籁之音，记不清是午夜几时入睡的，但清晨却是在清脆悦耳的百鸟争鸣声中醒来的。我懒洋洋地翻身，仿佛置身于世外桃源而不愿睁开眼睛，还来不及深吸一口暮春时节夹杂泥土芬芳的纯净空气，一阵此起彼伏的鸟鸣声像波涛一般向我卷来，整个小木屋被赤茅峰的鸟鸣交响曲包围。山坡林间传来的鸟叫声清脆细腻，就像在耳边哼唱；山谷传来的鸟鸣回声嘹亮，好似为暮春在鸣唱。我下床轻轻撩起窗帘一角，几只绣眼鸟就在窗前的灌木丛里欢快地歌唱，一会儿低声喊喊喳喳，一会儿又高声鸣啭。其中羽毛艳丽的那只雄鸟叫声特别婉转而悦耳，无疑是为爱情在努力。

沿着林间小道闻声而去，耳边啾啾唧唧、叽叽喳喳、嘎嘎、呱呱……从云弥雾罩的山林传来，那妙曼的叫声来自每一座山头、每一片灌木丛、每一处峰回路转处。顷刻之间，整座赤茅峰被悦耳动听的鸟鸣声淹没了。杜鹃的叫声灵巧婉转别致，穿透力十足；短翅树莺昂首高鸣，经久不息，不知疲倦。还有云雀叽叽吱吱的高昂悦耳，黄鹂喷喷啾啾的清脆响亮，黄莺啾啾呖呖，竹鸡啾啾呱呱，画眉鸟清脆啁啾，就连啾啾啾啾的麻雀们也不甘示弱。我已然陶醉在悦耳欢快的百鸟争鸣之中，贪婪地打开手机录音功能，恨不得把这天籁般的鸟鸣声占为己有。

顺着蜿蜒曲折的山路拾级而上，阵阵凉风扑面，漫山遍野的草药清香扑鼻，从车前草、黄金艾、迷迭香到巴戟天、铁皮石斛、地涌金莲、长白山人参等，六百余种名贵中草药生长在赤茅峰半山腰的百草园里，一幅"山中无闲草，遍地皆灵药"的春山草药图跃然眼前。天色渐亮，百草园里的鸟鸣声一浪高过一浪，似乎是要抢抓烈日当空前最后一点时间鸣唱，几只松鼠忙碌地穿梭于林间地面和树上，色彩斑斓的蝴蝶踩着大自然美妙悦耳的音乐节奏翩翩起舞，山泉顺着竹制管槽滴入分级水池，叮咚声好不清脆。站在礼佛亭放眼望去，山脚的村庄早已从睡梦中醒来，几处炊烟袅袅、轻烟若雾，鸡鸣犬吠与身边的虫鸣鸟叫遥相呼应。

绿水青山就是金山银山。赤茅峰的鸟鸣声如此悦耳动听，无不得益于那个秉承绿色发展理念的百草园。园里的一草一木、一虫一鸟都是有灵气的，它们在原生态的静谧山林里，谱写着人与自然和谐共生的美丽篇章。沿着崎岖山路离开百草园时，耳边依旧回荡着百鸟争鸣的婉转悠扬，汽车的发动机早已寂然无声。

桂峰因古而贵

因烦腻钢筋水泥的城市生活，我常见缝插针去郊外呼吸，奔山野踏青，寻僻壤访古，以亲近自然、清净内心。

我曾领略过龙海东园素有"闽南第一村"美誉的埭美古村的闽韵水乡文化，被这个九龙江南溪河畔三面环山、四面绕水，古榕遍地，历经五百六十多年风雨屹立不倒的硬山式燕尾脊红砖建筑风格所折服。我也曾数次玩赏被誉为"神话般的山区建筑"的南靖土楼，见识当今世界独一无二的山区大型夯土民居建筑的独特风格，仿佛穿越六百多年，目睹了土楼主人依山就势、就地取材夯筑土楼的场景，令人叹为观止。

然而，这个冬天，我们应邀去闽中尤溪游玩时，又意外收获了新的震撼。此去尤溪，如果说中仙乡龙门场树龄高达八百年的古银杏群留给我的是金色古典之美，台溪清朝道光年间建成的书京古堡展现的是围廊式土楼建筑艺术风格，那么桂峰古村则活脱脱是一本金贵的历史书。

抵达桂峰古村时，已是晌午时分。受制于行程安排，我们赏玩桂峰古民居只有挤出来的一小时，只好遗憾地请导游选择一条简短的路线游玩。

站在村口举目环顾，整个村落建筑风格古朴而又独特，黄墙黛瓦，依山就势分布于三面山坡上，层层叠叠，鳞次栉比，错落有致，与西江千户苗寨颇有几分神似。村后远山苍翠欲滴，云雾缭绕处宛若仙境，让人浮想联翩。

踏进桂峰古村，遇见小桥流水、曲巷通幽，满眼皆古、遍地是古，可谓"厝厝均有文化，满街都是历史"。一树一木、一桥一水、一房一厝、一雕一刻都古得那样巧妙，古得如此和谐，而且古得新意十足，古得格外金贵，引来游客无数。

走在石印桥上，桥下流水潺潺，一方如印巨石格外夺目，桥面油光发亮的石板喜笑颜开，桥头两侧两株树龄超过二百年的紫薇树和四株金桂苍劲挺拔，年复一年用美丽与芬芳，修饰桂峰人的浪漫爱情故事。

随溪拾级而上，古色古香的明清风格民居令人目不暇接，曲巷纵横，随处通幽。小溪中一块巨石神似巨龟，于是得名巨龟枕流，也被称作独占鳌头。踏进蔡氏宗祠，顷刻被折服。全祠用八十根巨大杉木柱子构建，宽枋大梁，不用一钉一铁，全部用卯榫镶嵌而成，极富特色。中轴线上依次为正堂、中堂、门楼华表。地面用石板和石灰三合土铺就，异常坚固。

穿行在古村里，二进穿斗式歇山顶木构建筑石狮厝、三进重檐歇山顶穿斗式木构建筑后门山大厝、二进穿斗式木构建筑楼坪厅大厝、三进重檐歇山顶木构建筑后门田大厝等代表性古建筑，从不同侧面展现了精湛的建筑艺术和浓厚的人文气息，着实令人震撼。

漫步在古村石径曲巷，虽然民居有些破败，但依稀可见当年此地繁华景象。如今，下坪古街韵味依旧，古法榨油作坊、红糖店铺，以及仿古物件琳琅满目。诗句"四寻客栈五步楼，比屋弦声乐悠悠。梦寐以求寄居地，旅客旋步三回头"便是当时桂峰繁华的真实写照。

据史料记载，自北宋名臣蔡襄之九世孙蔡长于宋淳祐七年肇基以来，迄今已七百五十多年。南宋中后期，金兵南侵，小朝廷偏安东南，作为名门之后的蔡长，选中岭头承祖训避世筑居、耕读传家。读书人中先后多人考中秀才、举人。本来因岭头广种桂花，改村名为"桂岭"。后蔡姓成为方圆百里的名门望族，外人开始称桂岭为"蔡岭"或"蔡岭头"，正名为"桂峰"。

导游告诉我，桂峰之所以繁荣昌盛，是因古时尤溪至福州的一条官道从这里经过。这个曾经作为达官贵人、商贾小贩和艄排工人往返于尤溪与福州两地的必经之地，是过客的食宿中转站，因而经济、文化十分繁荣，素有"小福州"之美称。

古往今来，桂峰人爱桂花，村里村外随处可见桂树。因时间紧迫，我无暇细赏那些古建筑，只好用镜头快速留下记忆，直奔为桂峰赋名的古桂树而去。在环境僻静幽雅的玉泉书斋附近，六百多年树龄的大桂树芳香四溢，绿荫如盖，树干需两人合抱。站在树下闭目凝神，即刻神清气爽，仿佛蔡氏先祖当年拓荒筑居的场景历历在目。

离开桂峰时，暮色渐浓，落日余晖之下，村外山坡上升起的薄雾，与古村炊烟一同随风起舞，俨然一幅世外桃源般的优美画卷。看着窗外延绵起伏的远山，我对同伴们说，择日定要再访戴云山脉深处这个国家历史文化名村，细细探询桂峰人耕读传世的文化品格和深厚底蕴。

烟雨高峰谷

汽车驶离高速公路,行进在蜿蜒的 357 国道上,距离高峰谷估摸不到六公里的路程。凭窗望去,天色虽显阴沉,一副山雨欲来的架势,但新绿醉人,远山如黛,溪水潺潺,倒也心旷神怡。

然而,刚出岭尾隧道,仿佛来到另外一个世界。转瞬间,眼前不见山水田园,四处烟雨霏霏,把憧憬已久的茶园隐藏得神秘莫测。一条隧道的距离,从举目千里到烟雨朦胧,同行友人略感失落,而我却暗自为邂逅烟雨霏微的高峰谷窃喜不已。

清明时节,来到细雨霏霏、难识真面目的高峰谷,除了收获城里少有的震撼视觉冲击,还有山脚山顶两重天的温差体感,而湿润清新的空气令全身每个细胞兴奋至极,感觉飘飘欲仙。

稍作小憩,欲推窗远眺,唯见四处烟雨,远山难觅踪影,近前茶园亦若隐若现,就连墙角的绯寒樱也羞羞答答,带给人雾里看花的别样滋味。一阵微风吹来,如烟雨雾好似清新剂喷在脸上,轻轻的、淡淡的,由表及里到达每根神经末梢。闭目聚神,清香即刻沁心润肺,全是春天茶园的味道。那一刻,有无美景已经不再重要,一个深呼吸足以让人心旷神怡。

不甘愿被淅沥春雨困住手脚,撑着雨伞徜徉在海拔近九百米的高山茶园里,虽视野极其有限,但移步换景让人动力十足。瞥见童真浪漫的蚂蚁王国,惊叹其集科普、娱乐、探索于一体的童趣之余,脑子里浮现出孩子们的幸福笑脸。沿蜿蜒步道前行,目之所及也不过十余米。行道树的花儿进入尾期,在雨雾中不再娇艳,有些甚至开始凋零,但吸食花蜜的鸟儿并不挑剔,觅食间隙不忘送上婉转悠扬的歌声。而受到惊扰的野鸡却不友善,边飞边叫,沙哑的叫声瞬间消失在雾海里。站在山顶极力举目,隐约可见茶园梯田三五阶，嫩芽新绿吮吸天地精华，尽显勃勃生机，却只是昙花一现。

翌日清晨，不见旭日东升，天气有些阴沉，但视线良好。登顶极目远眺，满眼绿海无边，白色云雾升腾宛若仙境，如黛远山峰峦起伏变幻，一会儿像沉睡的佛，一会儿像奔跑的骏马……眼前山谷的茶园，雾如轻纱缥缈变幻，一座座茶山好似倒扣的绿色陀螺，山谷里的步道恰似鞭绳，随时准备随陀螺起舞。尤其形似双乳的茶山格外惹人注目，浑然天成之美尽显大地母亲的哺育之情。高峰玻璃桥下深谷里柚海翻绿，炊烟四起，阡陌清晰，好一幅山野季春诗画。

烟雨笼罩之前，我用眼球与时间赛跑，贪婪地欣赏每一处胜景，对于虫鸣鸟唱早已置若罔闻。那一刻，如果你是摄影师，茶园美景会让你捕光逐影的快门咔咔不停；如果你是画家，如烟云雾会让你加速挥毫泼墨；如果你是诗人，恐怕得落笔记下脑袋装不下的烟雨意境。

暮春登大芹山

闽南名山本就不多，与灵通山、云洞岩、乌山相比，藏身闽粤边界、地处第五批"中国历史文化名镇"——平和县九峰镇的大芹山显得更为低调内敛。不知何故，她时常低调得连部分闽南人都不曾听闻，内敛得有些顾影自怜。

对于大芹山，我几年前因关注漳州第一高峰才得知，当我试着深度了解她时，却只获得零星资料。而这种原生态保护式的宣传，恰好给大芹山蒙上了一层更加神秘的面纱，令人愈发向往。

谷雨这天，我有幸抓着春天的尾巴登上大芹山，领略她别于闽南群山的独特风光。虽然天公不作美，多云间阴的天气无法举目千里，也没有蓝天做伴，但沿途的风景与乐趣，特别是登顶时刻视野辽阔带来的心灵震撼，却令人陶醉。

从镇区沿山间羊肠小道向大芹山进发，一路穿行在暮春的绿色海洋，目之所及是漫山遍野的柚子园，新绿层层叠叠，铺满一个又一个山冈，数次峰回路转，满眼绿意依旧。道旁的民居依势而建，新旧交错，别致得体。如果说黄墙黛瓦的古厝是山乡历史文化的沉淀，那么新式洋楼则是百姓发家致富的标志。

行至山脚处，只见一片漫无边际的茶园，从山谷延展到半山腰。抬头仰望，依稀可见群山之间一座貌似江西武功山风光的巍峨主峰，仿佛一尊身披绿铠甲的巨型雕塑屹立于山峦丛中。山上不见森林，更无奇石瀑布，只有满眼绿色和红星点点，风景之奇特令人浮想联翩。

在海拔 1000 米的简易停车场泊车后，开启零距离领略大芹山自然风光的登山之旅。从踏上第一级台阶直至山顶，沿途视野辽阔无比。回望山谷村野，好比嵌在大地上的微型沙盘，茶园与柚园新绿融为一体，但田垄清晰的形态很容易辨识。山坡上盛开的杜鹃花五颜六色，玫红的、洁白的、鹅黄的、淡紫的，竞相争艳怒放，引得游人不时驻足赏景拍照。而高山芦苇和草甸则甘当绿叶，虽然残留的枯黄略显几分荒凉，但草丛中冒出的新绿格外养眼，与漫山遍野开放的杜鹃花相得益彰。

依山势曲折起伏铺砌的石阶并不陡，登山如同爬楼道台阶一般容易，但 3319 个台阶着实考验登山者的耐力和毅力，童叟概莫能外。一路上走走歇歇，既没有发现前人留下的历史古迹，又没有文人墨客留下的半片文墨，大芹山仿佛一尘不染，倒是登山者的惊叹声和嬉笑声增添了无限乐趣。人群中，有搀扶老者的，有鼓励孩童的，还有歇脚补给的，随处可见挑战极限、突破自我的气概。一名不足两周岁的男孩神情自若，手脚并用向上攀登，引来不少登山者点赞，给心中想打退堂鼓的人以莫大的鼓舞。

大芹山海拔 1544.8 米，比泰山高出 12 米。登山估摸一小时到达顶峰，虽天色阴沉，不便极目远眺，但那一刻的惬意丝毫不亚于登泰山"会当凌绝顶，一览众山小"的豪情满怀。相对平坦的山顶有一奇石，长 2.5 米、宽 2 米、厚约 0.5 米，由 3 个石柱撑着，在不同方位敲击，会发出不同的音响，被誉为"八音石"。题刻"闽南第一高峰"的巨石，虽经历千年风雨岁月侵蚀而斑驳沧桑，却依旧是游人拍照留念的网红地标。

"还有多久到山顶？"这是下山途中我被游人问得最多的问题。面对气喘吁吁的提问者，我会用"台阶很好走，山顶风景特别美，加油！"来鼓励他们。

离开九峰镇时，我从当地游客那里得知，如果晴空万里时登上大芹山，不仅可以看日出日落，一览小芹山、鹅公髻、笔架山等 15 座千米高山，而且可凭借望远镜观看云霄县方向的浩瀚大海，领略霞寨、国强、大溪等十里八乡的美景。这何尝不是他日再登大芹山的动力所在呢！

山乡步云村

刚过立夏，五月的阳光照在波光粼粼的九龙江上，折射出无限生机与活力。与此同时，五月的阳光照在二百余公里之外的九龙江发源地梅花山上，把这个"北回归线荒漠带上的绿色翡翠"装扮得格外妖娆。

梅花山地处闽西南上杭、连城、新罗三县（区）交界处，平均海拔九百米，千米以上高峰三百余座。它是闽江、九龙江、汀江发源地，素有"八闽母亲山"之称，亦被誉为"华南虎的故乡"。

步云，是梅花山里一个山乡的名字。当地有传说，先有步云书院，后有步云乡。对于这个地名，我饶有兴趣去探究。

从郭车出口驶出厦蓉高速，途经梅花山南麓著名的"古田会议"旧址所在地古田镇，一路向东北进发，便是绿色翡翠般的天然氧吧——步云。五月的步云重峦叠嶂，层林叠翠，尤其是在青山环抱下的竹海里，清澈如镜的湖面、水声潺潺的溪流分布其间，醉人绿意无边，一阵清风吹来，留下沙沙声一片，仿佛置身古装武侠片情境。

在汽车发动机一路轰鸣声中，历经九曲十八弯，海拔已飙升到一千二百五十米。站在位于梅花山腹地的中国虎园门口，拂面清风沁人心脾，空气特别清新而又温润，整个人被负氧离子包裹得严严实实。放眼望去，苍翠欲滴的虎园里自然景观婀娜多姿，奇石遍地，流水潺潺，云雾缭绕，宛若人间仙境。

虽然错过了三百亩梅花的美景，但邂逅了这个天然基因库的珍稀动植物。

在散养虎区凭栏望去，威武健壮的华南虎毛色油光发亮。有的懒洋洋地躺着，闭目享受日光浴；有的精力充沛，三两只在追逐嬉戏；还有的变换表情与游人互动，似乎在显示百兽之王的威风。

猴山的猕猴可没那么安分，生性好动的它们一刻也不消停，要么相互梳理毛发，要么打闹嘶吼，更有甚者跃出围网在树梢捣蛋。

灵动机敏的梅花鹿起初有些警惕，但孩子手里青草的诱惑力让它们放下了尊贵的架子，一时显得温顺可亲。

漫步在园区，金钱豹、金猫、黑鹿、蟒蛇、金斑喙凤蝶、詹彩臂金龟等珍稀物种令人大开眼界。

来到步云，除了一睹濒危物种、我国特有虎种——华南虎的真容，还要去位于步云乡崇头村的植物基因库见识一下国家一级保护植物红豆杉。

乘缆车从空中俯瞰崇头，我并未察觉夹杂在山毛榉、甜槠、栲类等阔叶原始森林里的红豆杉。但落地步入奇峰耸峙、林深幽奇的园内，还来不及举目欣赏飞流而下的瀑布，眼前的高大乔木立刻给人一种宁静的震撼。伸手抚摸那棵需要五人合抱、高达三十余米的红豆杉王，仿佛穿越时空回到了一千七百年前。两株并体而生的夫妻红豆杉，千余年来恩爱相连。细看，红豆杉的树叶对称排列，极像两排钢琴的琴键，充满韵律感。

据园区文字介绍，二百多亩原始森林里耸立着树龄为五百至一千七百年的红豆杉三千余株。除了南方红豆杉外，园内还零星分布着福建柏、浙江楠、猴欢喜、乐东拟单性木兰等国家级保护植物。

站在树下，儿子即兴吟诵起唐代诗人王维的《相思》："红豆生南国，春来发几枝？愿君多采撷，此物最相思。"他把红豆杉误认为是王维笔下的相思树了。

王维《相思》里写的红豆，据考证，指的是红豆树或海红豆。红豆树，常绿乔木，生长的红豆叫相思豆；海红豆，落叶乔木，种子鲜红喜人。

南方红豆杉虽然不是相思树，但这个冰河时期就有的古老珍稀物种全身都是宝，其木质坚硬，纹理致密，形象美观，是一种建筑装修的高级用材。树干以及树叶、树枝都能提炼出一种治癌良药，其药用价值是黄金价格的一百八十倍。

时至五月，已经错过红豆杉三四月的扬花，九十月结果时也未必能再去，能否看到如樱桃般艳红的红豆还未可知，不免心生几丝遗憾。

离开步云前，我从当地史料馆了解到，梅花山步云乡得名与一段革命历史有关。1936 年 6 月，江西瑞金人罗步云奉命在龙岩溪口和长汀铁长乡一带打游击时，偶然来到步云书院，觉得"步云"二字文雅而又富有灵动之意，遂改其名为"罗步云"。他极力推行耕者有其田、废除高利贷等政策，受到群众拥护，但被地主豪绅极端仇视，惨遭杀害。中华人民共和国成立后，为缅怀烈士，弘扬其英雄事迹，当地政府将罗步云生前战斗过的地区更名为步云乡。

步云既是碧绿的，又是鲜红的。这个北回归线荒漠带上绿海无边的植物基因库不仅是生物科学研究的理想基地，而且也是缅怀革命先烈、牢记初心使命的红色革命圣地。

季秋登云洞岩

久闻位于漳州市龙文区蔡坂村,以晶洞花岗岩地质地貌著称的云洞岩风景区内山、水、林、泉、岩、洞、寺兼胜,尤以秋日登高览胜最为吸引人。

时已深秋,但在我眼里,闽南无秋。临近霜降,虽满城秋风飒爽、凉意袭人,但四处姹紫嫣红,季秋如春。

一个艳阳高照的午后,我只身前往云洞岩登高踏秋。行至山脚下,虽申时过半,但景区登高赏景者络绎不绝。

目之所及,只见广场上、树林里、山坡处人声鼎沸,幼小嬉笑追逐,老者步履轻盈,所有登山者喜形于色。

拾级而上,脚下石径时陡时缓,石板光亮而又沧桑。头顶树荫如盖,仅偶尔可见几丝阳光。山坡上,散落着大小不一的蛋形花岗岩或孤石,可供游人观赏休憩,很受欢迎。

至山腰处,最富特色的要数当地村民依势而设的服务站,有的以石洞为屋,有的以大树为亭,因地制宜,错落有致。各式各样的服务站供登山游人小憩,品香茗、吃盐鸡,不知何时成了登云洞岩的标配。

尽管云洞岩盐鸡远近闻名,一路上香气扑鼻,我却视若无睹,一心饱览沿途风景。

在夕阳映射下,沿西坡登山,途中多为以垂直节理发育的花岗岩构成的典型夹缝式形态的景色,如石壁、石柱、一线天等。除了"鬼斧神工劈山崖,岩洞一线冲天开"的一线天引人驻足,如擎天大柱的"得朋"石柱也格外惹人注目。相传,明代状元丰熙仰慕云洞岩洞主蔡烈的人品和学问,遂上山拜访,两人相交甚契。一日行至岩上一隅,只见面前矗立两块巨石,势形若"朋"字。于是,丰熙题下"得朋"两个大字,一语双关,耐人寻味。

穿行在逶迤险峻的山路上，不知不觉迂回到了山的北面。北面仍以约一亿年前形成的花岗岩景色为主，石林、石柱、孤石更具特色。令人印象深刻的，除了只身觅北宋仙亭未果，一路遇见的山洞、古道和幽林之外，要数一块巨石上的繁体石刻。我壮胆爬上巨石，审视一个个斗大的字，虽然字认不全，但也心旷神怡。事实上，云洞岩历来以丰富的摩崖石刻景观著称。历代众多学者、理学名家留下二百余处宝贵的题刻，吸引众多书法爱好者前往。

　　山中不知时辰。我意犹未尽之时，却发现夕阳快要西下。快步来到丹霞岩穴胜境、闽南第一洞天——千人洞，顿感洞中旷望深邃，曲径通幽，明暗相间，清凉宜人。这道自然屏障成为古时军事防御的坚固堡垒。元代诗人胡梅有"天生岩穴受千人"的诗章。途经"三月峡"，虽然在朱熹题刻"溪山第一"的巨石后的峡谷中不见那泓清水，但传说中每逢中秋月夜，天上一轮圆月映入水中，水中之月又照映在石壁上，形成的三月争辉奇观令人浮想联翩。

　　登上云洞岩主峰时，天色已近黄昏，但视野依旧开阔，四处一览无余。极目远眺江河山川，可见群山逶迤、青翠层叠、河港交叉、田垄阡陌纵横。北面的北溪和南面的九龙江像两条玉带，紧紧环绕着肥沃富饶的漳州平原；雄伟壮观的龙文塔矗立在西溪桥闸北侧，像守护母亲河的忠诚卫士；烟波浩渺处，隐约可见北溪饮水工程和几座横跨江面的大桥。

　　不舍收回视线，深感岩顶以水平节理发育的片石、孤石构成的云根洞、风动石等更为奇特壮观，颇受登高者青睐，想踏方寸之地望远或留影，都考验耐心和礼让品德。俯瞰南坡的陡峭山谷，大小不一的蛋形花岗岩，重重叠叠构成众多幽深的洞室，有狭小的石隙，有开敞的大洞，有山岩突兀，明暗相连，引人入胜。

　　岩顶秋风徐徐，人头攒动，惊呼声、感叹声、嬉笑声此起彼伏。在落日余晖映衬下，无数欣赏风景的人都有幸成了风景。

　　那一刻，置身"闽南第一碑林"风景文化名山峰顶，不见凉意，唯有胜意。

灵龙谷幽境

兴许是久居闹市的缘故，我特别爱探寻闽南的山野幽境，近距离感受大自然"世外仙境水连天，桃源景色醉人间"的恬静悠然，觅得几许自在与清静。

我漫游过大田美人峰高山茶天下，寻得戴云山脉茶香飘远韵的清新自然；到访过徐霞客闽游曾两次抵达的九鹏溪，在水上茶乡的青山绿水之间惬意泛舟，收获怡然自得；也曾夜宿云霄马铺百草园，领略过赤茅峰上"山中无闲草，遍地皆灵药"的中草药文化……但与陶渊明笔下桃花源的安宁和乐颇为相近的，要数平和大松村大湖头山的灵龙谷。

盛夏的大溪，群山叠翠，四处林木葱茏，惹眼的绿色让人未饮先醉。一阵雷雨过后，清新的空气中除了负氧离子的芬芳，还恍惚带有大溪豆干的浓厚醇香。

驱车缓慢行驶在前往大湖头山逶迤的柏油路上，首先映入眼帘的是被誉为"闽南第一"的灵通山国家地质公园，透过车窗玻璃，清晰可见绝顶凌空的"狮子嘴"之巅，巨石擎天，奇峻峥嵘，群峰延绵起伏，佳景多姿，掩映于蓝天白云之间。虽不能近距离欣赏七峰、十寺、十八景，但可从远处饱览它的险峻雄奇。

进入大松村山隘口，眼前豁然开朗，远山近水一览无余，群山环抱之间，满眼葱翠欲滴，山谷田园一派幽静。放眼望去，隐约可见依山而筑的千亩梯田，用绿意歌颂着当地村民的智慧与勤劳。一条小溪蜿蜒而过，阳光照射下的溪水波光粼粼，宛如一条银色腰带系在大湖头山的腰际。小溪两侧旧房与新楼颜色反差明显，各式民居错落有致，偶有几处炊烟袅袅，传来几声鸡鸣犬吠，绘就一幅天然山水田园生活画卷。

穿过山谷如诗如画的村庄，沿着略显蜿蜒陡峭的山路，继续驱车约十分钟，便抵达大湖头山灵龙谷。大湖头山海拔约五百米，位于漳州第一高峰大芹山南麓、灵通山国家地质公园西北侧，面朝千亩梯田星罗棋布的大松村，其地理位置得天独厚，是亲近自然、观景静心的绝佳选择。

我徜徉在灵龙谷天然氧吧，四处张望，不舍得错过一小片风景。山坡边依势而建的弯月形农耕文化展览馆，陈列着大松村祖辈们生产劳作的农具，用老物件诠释着数百年来的农耕文化。山坡上百果园中鸟语花香，碧绿的千亩油茶正竞相开花结果，茶园中蜂飞蝶舞，林下成群的土鸡追逐觅食，好不热闹兴旺。

沿着山道缓步前行，原生态丛林中不时传来嬉笑声。在纯天然绿色氧吧中，童趣旱滑、丛林探险、高空滑索、极速漂流、野外求生等体验项目充满挑战与乐趣，动静相宜。如果说童趣旱滑、极速漂流考验的是技巧，那么丛林探险、高空滑索则挑战的是胆量。再往丛林深处，可见情人仙舞、同心路温馨浪漫，恐龙公园惟妙惟肖，百年瓦窑历尽沧桑，舒心亭、观景亭将天地美景尽收眼底。

站在观景亭极目远眺，视野十分开阔，东南方的灵通山虽远犹近，在夕阳映射下显得格外青翠，延绵起伏的雄奇山巅云蒸霞蔚，直至消失在白云深处。虽相距数公里，但隐约可闻水声潺潺而泻出于峰峦之间。西侧的大芹山巍峨挺拔、层峦叠嶂，山顶云雾缭绕，高山草甸清晰可见，几簇白云不时升起，如烟似雾，宛若仙境。傍晚时分，山谷的大松村像即将入睡的婴儿，静静地躺在大芹山与灵通山的环抱里，美丽而又幸福。

夜宿绿树丛中傍着山坡而建的灵缘雅居吊脚楼，整个人被负氧离子包裹得严严实实，隔着落地玻璃门窗，便可欣赏那与山谷大松村点点灯光交相辉映的绝美星空夜景，顿时觉得地阔天长，仿佛置身于北极夜空，令人心旷神怡。在玻璃露台上沏一壶茶，肆意任性深呼吸，茶香的醇厚与空气的清新便一同沁入心脾，任由思绪驰骋，睡意全无。

我离开灵龙谷时得知，自然资源得天独厚的灵龙谷正在努力践行

"绿水青山就是金山银山"理念，走在当地产业扶贫、乡村振兴前列。回望山门楹联"华光万里威照灵通仙境；丰沛千秋豪藏花果洞天"，我不禁被这个藏身于深山，集返乡青年创业、村企共建、产业扶贫与休闲度假于一体的幽静胜地所折服。

游憩三峡大坝

早在学生时代，唐代诗人李白的千古名句"朝辞白帝彩云间，千里江陵一日还。两岸猿声啼不住，轻舟已过万重山"就令我十分向往长江三峡。

身为荆州人，离三峡并不远，多年因故未曾游过三峡，愧憾不言而喻。所幸，今夏探亲得以游憩三峡大坝，内心欣喜若狂。

当汽车驶入三峡大坝专用高速公路，路边"好客"的限速牌便热情提醒远道而来的客人放慢速度，邀请我们欣赏沿江雄奇险拔、清幽秀丽的景色。目之所及，群山逶迤，险峻雄伟，葱翠欲滴中，偶见壁立千仞。在骄阳照射下，江水混浊，波光粼粼，滚滚东去，每到险滩处，水流如沸，泡漩翻滚，汹涌激荡，惊险万状。远处轮船乘风破浪、勇往直前，近岸渔舟随波起伏、若隐若现。随手降下车窗，清凉的江风拂面而至，三峡的味道令人神清气爽。

我不急不慢驾驶汽车行驶在大坝专用公路上。虽于抵达目的地来说太慢，但于欣赏沿途风景而言却太快。无论快与慢，我已大概领略了北魏著名地理学家郦道元《三峡》中描写的错落有致的自然风貌。一路上，随物赋形，动静相生，情景交融，情随景迁，让人未饮先醉。

虽是小暑时节，但三峡库区下午四时的太阳并不毒辣。我们换乘三峡大坝专用客车抵达大坝游览区。下车后，首先映入眼帘的是"大国重器我自豪"7个大字。转乘三级陡峭电梯到达观景平台后，眼前豁然开朗，毛主席半个多世纪前在诗词中提出的"更立西江石壁，截断巫山云雨，高峡出平湖"的伟大梦想已然成为现实。那一刻，我情不自禁为宏伟壮观的三峡水利枢纽感到无比骄傲。

站在观景平台上，我迫不及待远眺整个库区。气势磅礴的大坝像一条 3 公里长的巨龙横卧在西陵峡江面上，坝体迎水面好比整齐排列的钢琴键，随时准备为祖国弹奏和谐水电华美乐章。永久性五级船闸宛如一座钢筋混凝土城堡，神秘而又忠诚地守护在大坝右侧，夜以继日护送过往船只翻越落差百余米的大坝。大坝上游湖面开阔，水天一色，苍翠群山和复古建筑倒映江中，好比海市蜃楼。放眼向东，大坝下游岸边怪石嶙峋，浊浪滔天，两岸崇山峻岭中，万木葱茏，各式居民建筑依山傍水，粉墙黛瓦与自然风貌相得益彰。大坝下游约 5 公里处，西陵峡大桥像一道彩虹横跨长江，为三峡大坝的建成作出了历史性贡献。

来到三峡大坝 185 平台（水电站大坝高程 185 米），近距离饱览大坝，让人顿生新鲜震撼。巍峨的坝体凭借自重力和巧妙设计，稳固蠹立在原本水流湍急的西陵峡江中，承载着最高 175 米的蓄水高度，其宏伟壮观令我始料未及。在平台上缓步前行，身边游人如织，无论长幼、不分肤色，无一不对壮伟的大坝赞不绝口。从简介得知，三峡大坝投资近 2000 亿元，施工耗时 15 年，上游淹没 129 座城镇，产生移民 130 余万人，是迄今为止世界上规模最大的水电站，也是我国有史以来建设的最大型工程项目。仅是这一串串惊人的数字，就足以让人震撼不已。

夜宿西陵峡，山区昼夜温差明显，阵阵江风徐来，让人感到格外凉爽。三峡库区的夜，四下里一片寂静，只见沿江两岸灯火点点，江面偶尔传来几声汽笛。躺在江边酒店的床上，我辗转反侧，思绪跟随奔腾不息的江水一同东去。

三峡此行，虽了却了夙愿，收获了震撼，但因时间仓促，我未能乘船畅游三峡，零距离领略江中险滩和两岸胜景，也未能前去秭归屈原祠拜谒伟大的爱国诗人，略感几许遗憾。

有朝一日，我会再游三峡，在观江赏景的同时，探询三峡的防洪、发电和航运功能。

美人树花开

在素有"田园都市，生态之城"美誉的漳州，四季赏花并非女性的专利，而是每个漳州人的福利。无论你是"老漳州"，还是外来人，即便只是匆匆过客，都概莫能外。

跟"老漳州"聊花，自然不必重申驰名中外、品格高坚的"凌波仙子"水仙，也无须提及五彩缤纷、璀璨夺目的三角梅。无论你是哪里人，倘若你有幸穿行在漳州的街头巷尾，哪怕只是不经意间驻足举目，必定花香扑鼻，满眼斑斓，不撩而自醉。

提及漳州的花，姑且撇开水仙花不说，单说阳春三月，纯白圣洁的木兰花傲立枝头，足以让人陡生敬仰之感；盛夏时节，紫色的蓝花楹如梦如幻，带给人一缕清凉缤纷；金秋时分，五彩鲜艳的三角梅铺天盖地，令人身心愉悦；暖阳冬日，怒放的蜡梅和茶花十里芬芳，绚烂而又喜庆。这是上天给予闽南的馈赠，更是闽南留给漳州的厚爱。

寒露时节，漳州秋意渐浓，周遭却一片姹紫嫣红。周末，我漫步时不经意举目，喜见头顶的美人树鲜花怒放，宛如一把淡粉红色的伞撑在天高云淡的低空，把秋高气爽粉饰得春意盎然。驻足细看，只见树冠如伞；树干挺拔，下粗上细，形似酒瓶；树皮绿色，密生圆锥状皮刺，令人生畏；花粉红色，带淡淡芳香，一到三朵腋生或数朵聚生枝端，与黄花有几分相似。树上只有红花，不见绿叶，十分惹人喜欢。

随手打开手机百度得知，漳州人俗称的美人树学名为美丽异木棉，原产南美，是木棉科吉贝属观花落叶乔木，先开花再长叶，花期从每年11月初开始，可以持续两三个月，冬季为盛花期。果实5月成熟后，厚厚的外皮自然脱落，一团白色的絮状物脱颖而出，悬挂在枝头，状如成熟开裂的棉花团，跟木棉花颇为相似。

惬意之余，我放眼远望，只见马路两旁整齐列队的美人树花朵竞相绽放，宛如一群浓妆淡抹的凌波仙子，撑着一把把花朵的伞，在金风送爽的千年古城夹道欢迎远方的客人，亲和中饱含高贵，热情又不失优雅，直至温婉淡出视线。

沿着树下的步行道悠然踱步，遍地都是深秋的气息：忙着冬储的小生灵来回穿梭，离别的、重逢的，尽情诠释着生命的意义；绿化带中怒放的三角梅争奇斗艳，红的、粉的、紫的、白的，共同演绎一场视觉饕餮盛宴；阵阵汽车轰鸣间隙，蟋蟀清晰的"唧唧吱"声仿佛吟唱着心底的秋愁。忽然间，一阵微风拂面，干爽中略带几丝凉意，虽然相比春夏少了些许温润，但依然清新宜人。

美人树，树如其名，每逢秋冬季盛花期，满树嫣红，秀色照人，名副其实。如果说路边成行的美人树花开是人造的画廊，那么绿树丛中的一棵独秀则是秋天的杰作。

"年年岁岁花相似，岁岁年年人不同。"又是一年秋风萧瑟，虽然闽南依旧姹紫嫣红，但江汉平原早已秋光无限。纵然美人树开花秀色照人，却无力安慰曾被金色秋光宠坏的游子。

百草园春晨

阳春，虽已蹒跚而至，但城里春意不浓。

周末的清晨，在清脆的鸟鸣声中醒来，推门拾级而上，迎面扑来一层薄雾，吹来一阵微风，送来一缕清香，即刻令人神清气爽，仿佛置身于另一个世界。

踏着蜿蜒的石阶，我并不急于迈步，一边不时远眺东方鱼肚白，生怕错过山野第一缕晨光；一边跟身边的小生灵打招呼，尽管只是一厢情愿。生性胆小敏捷的松鼠似乎不太欢迎陌生人，一眨眼的工夫便消失在树梢间。幸好枝头的鸟儿并不惊慌，不约而同为清晨歌唱，歌声婉转悠扬而又热情奔放。

只身穿行在山林间，鼻子、眼睛、耳朵忙得不亦乐乎，争相体验都市鲜有的乐趣和幸福。深吸一口气，顿时清新入喉，清香直抵五脏六腑，沁人心脾。目之所及，园中百草翠绿的嫩芽竞相吐露，纷纷张着小嘴吮吸晨露；五颜六色的花儿争奇斗艳，卖力招蜂引蝶。无须竖起耳朵，便有天籁之音萦绕耳旁，山乡交响乐章如此令人陶醉。

至山腰开阔处驻足举目，东方已是旭日初升，万道金光穿云而下，洒落在林木葱茏的群山之间，四处光芒万丈。光芒耀眼处，云海格外夺目，把延绵起伏的山峦装扮得宛若仙境一般。仙境之中，矾山卧佛愈加活灵活现。

转身眺望，西面的灵通山在霞光照耀下峰峦清晰、巍峨挺拔，像一只睡醒起身、昂首挺胸的雄狮，威武雄壮。眼前云雾升腾的山谷里，田垄阡陌时隐时现，鸡鸣犬吠清晰可闻，山坡上金灿灿的油菜花特别耀眼。好一幅山野春晨似的油画跃然眼前。

山里晨光特美，但美景稍纵即逝。置身清晨的百草园，两三小时转瞬即逝，虽收获满满，却意犹未尽，担心脑袋装不下的，都交给了镜头。

我喜欢春天，更喜欢春天的清晨，特别是百草园的春晨。唯有在那片"山中无闲草，遍地皆灵药"的中草药王国，远离都市喧嚣，独享一隅清静，方可让人放飞心灵，顷刻心情清朗。

沐浴久违的百草园春晨，我突然发现城里天空很小，看日出日落几近成为奢望。尤其是那片狭隘天空下的人心，有时也不可与乡下人的豁达、纯朴相提并论。

金色石井

　　我有幸生长在江汉平原的粮食生产基地，自幼在稻田里长大，按理说金色稻浪早已司空见惯，但新近却折服于深秋石井村的千亩梯田。

　　说起梯田，我多年前便向往云南哈尼梯田、广西龙脊梯田等知名梯田，虽数次隔着屏幕欣赏过那些魂牵梦萦的旖旎风光，却始终意犹未尽，余愿在心。幸而今年秋天，我目睹了华安县石井梯田的金秋美景，也算了却一桩心愿，自然喜不自胜。

　　我曾去过几次"八山一水一分田"的华安。这个国家级森林公园留给我的印象，除了大地土楼群、高山畲寨、九龙壁，便是山岭耸峙、群山重叠的无边绿海。绿色，理所当然是这个生态示范区永恒的主色调。

　　然而，如果你在深秋时节来到华安石井，大自然必将给你一个莫大的惊喜，毫不吝啬地赐予你一个金色的世外桃源。

　　一个秋高气爽的晴朗周末，我带着五岁的孩子去石井踏秋赏景，直奔那片醉人的金色梯田而去。

　　上午十时许，汽车驶出永漳高速后，沿着208省道向石井缓缓进发。碧绿的九龙江北溪随路蜿蜒，江面如镜，时隐时现。一江之隔的鹰厦铁路偶尔传来几声汽笛，打破了山里的宁静。隔着车窗举目，满眼苍翠层叠，若不是撞见几丝秋韵，会误以为自己行驶在春光里。

　　一路上绿意醉人，风景如画，令人心旷神怡，倒也不急着赶路。记不清历经多少次峰回路转，忽然眼前一亮，仿佛置身另外一个世界。

　　来到平均海拔八百米的石井，最先给人的是视觉冲击，从绿油油到金灿灿，只需要一眨眼的工夫。登高眺望，只见葱茏群山环抱的千亩梯田层层叠叠，错落有致，铺满山冈，被醉人秋光染得遍地金光闪耀，璀璨夺目，宛如仰望苍穹的金色"天眼"。碧绿的茶园和菜畦好比天然调色板，在金黄的地毯上调出了墨绿的色调。黄墙黑瓦的古厝、洋气现代的小楼镶嵌其间，醒目而又和谐。

陪满心好奇的孩子进入梯田稻海，深一脚浅一脚地行走在坎坷狭窄的田埂上，凉风习习，稻香阵阵，沁人心脾。周遭齐腰高的水稻宛如眼睛朝下的佛，又如沉默不言的俑，谦卑地弯腰列队在形状各异的梯田里。而在稻海中只能露出半个头的孩子忙着与小生灵交朋友，观蚂蚁、抓蚂蚱、捉虫子；尽情了解大自然的馈赠，赏香蕉、扯稻穗、刨地瓜。不时惊得叫天子冲上云霄，还恨不得飞上天去追，尖叫声响彻山谷。

一阵纵情撒欢儿后，我和精疲力尽的孩子席地而躺，定睛仰望苍穹。只见云淡天高，云白得纯净，形态各异，憨态可掬；而天蓝得清澈，如倒扣的大海，一望无垠。它们仿佛事先有约，选在风和日丽的深秋来到石井相会，共同绘就一幅金色山居图。

石井的金色梯田，可谓远近高低各不同。置身梯田环视或仰视，只有满眼金色，绿意全无，从低到高层次分明、轮廓清晰。而从高处俯瞰，黄绿映衬，黄色耀眼，绿色养眼，梯田犹如大地的手掌，纹理清晰。那一刻，如果你是诗人，无须深思熟虑便可吟诗作对；如果你是画家，只需借取秋光一瓢即可尽兴作画；哪怕你只是匆匆过客，金色石井也会让你满载而归。

徜徉在美丽的金色石井，我和孩子时时处处被纯朴善良的石井人呵护着，幸福感油然而生。不论是采茶的村姑，还是挖地瓜的老妇，抑或是割稻的汉子，个个笑脸相迎，热情备至，不时停下手里的活计跟我们寒暄几句。调皮的孩子被锋利的茅草划破手指后，热心的村民急忙送来应急药品，令人感动至极。我想，这不只是勤劳热情的石井人对我们父子俩的优待，而是他们给予所有访客最真诚的礼遇。

原本打算夜宿石井，细品民风习俗，静观日落日出，卧听竹涛稻浪，但因孩子发生小意外，只好披着落日余晖，抱憾离去。

在离开石井的路上，我们依依不舍地回望那个相机装不下的金色石井，发自心底敬佩感激和善好客的石井人。忽然，一阵秋风吹来，稻香扑鼻，让人神清气爽，险些乐而忘返。

　　或许来年春天，我会再次造访那个隐藏在九龙江"北溪明珠"深山里的绿色石井，领略她迷人的春光。

初登梁山

来闽南已有近二十年光景。曾多次途经云霄、漳浦境内绵亘百里、群峰并峙、峰如旌旗列戟、巍峨秀丽的梁山。虽然当时不闻其名，也不曾踏足半步，但每次隔着车窗玻璃都有不同的收获与喜悦，并一点一滴积聚成登梁山的冲动。

暮春时节的早晨，来到梁山脚下的荷步村，凉风习习，雨后的空气甚是清新，一同沁入心脾的还有夹杂其中的海腥味。停车驻足环顾四处，群山怀里的荷步村宛如刚从睡梦中醒来的少女，泛红的脸颊略带几分羞涩，连伸个懒腰也柔情似水，在鸡鸣犬吠中用翩跹舞蹈唤醒沉睡的梁山。云雾升腾中，随风荡漾的禾苗和豆秧一会儿倒向东边，一会儿又漫向北边，像幼儿园的孩子列队起舞，自由自在沐浴每一滴晨露。漳江口吹来的海风沿着山势起伏，与村庄的晨雾交织在一起，若隐若现的阡陌田垄和水网波光交相辉映，宛如仙境，一幅山水乡村油画跃然眼前。

还来不及感叹山脚村落晚春如画的美景，却已按捺不住登山零距离欣赏险峰奇石的激动。沿着羊肠小道驱车而上，路边的花草纷纷热情招手，从高处落到低处的水珠晶莹剔透，滴在汽车玻璃上溅起小小的水花，分不清是雨水还是露水。山涧里的潺潺流水与汽车轰鸣一道伴奏，流水的回音缭绕与马达的轰鸣声混合交响，打破了大山的宁静。丛林中远近交替起伏的鸟鸣声清脆而又悦耳，它们仿佛在为即将离去的春天依依不舍地歌唱，欢喜中带有几分惆怅。

山路崎岖难行，自然不可举目千里。一路隔着玻璃欣赏沿途余光所及的风景，早已心旷神怡。途中休息片刻，一次又一次贪婪地深呼吸，远离都市的神清气爽立竿见影，巴不得将所有的负氧离子装进自己的肺里。突然，哗哗的水声吸引了大家的注意力。循声望去，是昨夜雨后的飞瀑流泉从天而至，虽然没有"飞流直下三千尺"的磅礴气势，但足以让人陶醉。拐过一道弯，已行车至换乘点——梁山一级水电站。刚一下车，发电站碧绿如蓝的潭水抓住了所有人的目光，水面如镜，清可见底，青山苍翠倒映其中，有几分九寨沟的神奇，让人珍惜得生怕按动快门的咔嚓声打破它的宁静。

雨贵如油的季节，选个晴好至少不下雨的日子并不难。但登山这天，梁山似乎与天公有约在先。因山路泥泞湿滑，换乘的越野车被困，文友们只好徒步登山。随着海拔升高，凉意渐浓，空气更加湿润。每一次峰回路转处，先是云霭缭绕、峰峦显没，一派苍茫氤氲；继而清风徐徐，云淡雾薄，奇石险峰尽在眼前，点缀在青山翠谷之间。一路上，云雾在头顶升腾徘徊，娇羞欲滴的梁山犹抱琵琶半遮面，吊足了大家的胃口。去过梁山的文友，凭着记忆介绍雾涌云蒸时隐时现的十二座大峰，幸得一见其中三五峰已经心满意足。

登上云梁水库大坝，眼前一片开阔，水库湖面碧绿，微波粼粼，远处水中耸立的山峰青翠欲滴，裸露在水际线上的红土好似一条条腰带，小峰好似一朵朵浮在水上的蘑菇。闭目深吸，一阵茶香带走了我的灵魂。闻香而去，郁郁葱葱的茶垄呈梯田状分布，茶的海洋里烟雾缭绕，茶园中一块横卧巨石上"梁山好茶"四个红色大字格外醒目。种茶人说，从明代开始，巨石附近貌似神龟的奇石守望茶园已有五百多年。据史料记载，明正德年间，梁山的茶叶就属于漳州地区的贡品茶。如今，梁山种茶人一贯秉承原生态种植加工理念，茶香古早味历久弥新，获评第二十九届中国绿色食品博览会金奖也在情理之中。

梁山有大峰十二座，中峰名叫莲花峰，又名齐帝石（相传南北朝时齐武帝曾登临眺赏过，所以更名为"齐帝石"）。登梁山若不见其中峰，等于未登梁山。午餐小憩之后，文友们直奔中峰而去。一路上，神似二童讲书的双容峰，宛如东山风动石的四方石，还有被喻为玉乳、锦石、月桂、寿星、紫云、金鸡等的山峰接力陪伴我们前行。尽管天公不作美，但云雾迷蒙更增添了几许神秘。在内石空水库大坝上，面向莲花峰席地而坐，清凉的东北风湿润入喉，水雾宛若仙气，神奇之峰始终不得而见。坐等半小时有余，目不转睛，从云雾间隙朦朦胧胧窥见齐帝石的奇特，巨石像刀削一样陡峭，石峰峭壁周边草木不生，峰顶郁郁葱葱，它一枝独秀，其他山峰怎能不俯首称臣呢！倒是莲花峰西面的晋亭峰（传说晋代炼丹人葛洪率门徒住在这里，丹灶遗迹尚在）落落大方，弥补了我们不识莲花峰真面目的遗憾。

开车沿沈海高速离开云霄县东厦镇时，我不禁多次眺望窗外的梁山险峰奇石，"梁山重回首，翠峰三十六"的诗句令我的内心久久不能平静，也许不久之后我会再登梁山。

风过柚海

中秋这天，友人邀我去平和县文峰镇采摘蜜柚，我即刻心生欢喜。

在我内心，与品尝清甜微酸的瓤肉相比，我更乐意徜徉在漫山遍野的柚海，静心享受山里的清新悠然，亲身体验柚农的艰辛。

从市区开车沿 207 省道去文峰，估摸要一个小时。当日天公作美，一路云淡天高，秋风飒爽，满眼葱翠欲滴，清新自然。驶入七扭八拐的山路，降下车窗玻璃，每一次呼吸都是享受。极目处，山坡柚林里挂满了黄色、红色的小灯笼，一派丰收景象。耳边环绕着汽车音响传来的古筝民乐，令人心情舒畅。

到达文峰后，友人沏茶，稍作小憩，我们便迫不及待驱车向采摘目的地进发。柚农骑着摩托车在前面带路，大约十分钟后，汽车爬坡的吼声告诉我们，已经进入柚海了。山路不算崎岖，却狭窄蜿蜒，宛如一条麻花绕来扭去，仅容一辆车通行。行至陡坡处，只能半仰卧驾驶，视野里仅剩蓝天白云。而更让人心惊胆战的则是一百八十度的回头弯，弯大而且坡陡，必须倒车一次才能通过。幸好曲折的山路不长，大约过了一刻钟，便抵达柚园，大家提到嗓子眼的心终于放了下来。

刚泊车落地，便感到秋风习习，凉意袭人，阵阵清香扑面而来。步入柚林，仿佛置身绿海，一眼望不到边。柚树横成排、竖成列，树高和冠幅在二至四米，灯笼般的蜜柚挂满枝干，尽管神秘的柚子被红的、黄的纸袋包裹着，但丝毫不影响它的芳香浓郁。柚农告诉我，表皮光滑、外形圆润且底平、手感沉的，便是口感好的优质果。我们先后挑三棵树试吃了三个，口感印证了柚农的经验之谈。摘柚子并不难，双手捧着柚子来回旋转两次，使其蒂断即可。

趁着同行的朋友卖力摘柚子，我走出柚林站在高处远眺，只见碧空万里，群山逶迤，漫天遍野，苍翠无边，闭目呼吸，心旷神怡。那一刻，仿佛春天的"柚海布达拉宫"跃然眼前。

两年前的春天，我有幸赴高寨村学习参观。刚到柚海山脚，举目可见一片绿色海洋中神似布达拉宫的建筑，虽不巍峨，但也别具一格。据当地村民介绍，因兴建在海拔约五百米的半山腰上、被绿色柚海环绕的新式民居，远看犹如西藏的布达拉宫，"柚海布达拉宫"因此而得名。冲着如此有范儿的名字，我愈加向往那个神秘的柚海。

来到"布达拉宫"俯瞰柚海，心情截然不同。放眼望去，远山近林浑然一体，美不胜收。远山层林叠翠，逶迤延绵，绿意醉人；近林绿茵似毯，娇翠欲滴。沿着观光栈道进入柚海，最先吸引我的是清香扑鼻的柚花，洁白的花瓣、嫩黄的花蕊，引得蜜蜂忙个不停。驻足柚海中心外形如同蜜柚的观景平台四处张望，清甜的白色柚花漫山荡漾，阵阵秋风吹过，沁人的芬芳令人神清气爽。来到柚海一角，两棵高约四十米的古樟树正抽枝吐绿，因两树相距数十米、守望约三百年，被村民称为"夫妻树"，寄寓着百年好合的美好祝愿。一路上，认养认种的柚树生机勃勃，林间劳作的柚农喜笑颜开，动静相宜的柚海文化让人如沐春风……

突然，同行的朋友告诉我柚子已经摘好，准备下山返程。此刻，我分明站在秋天的柚园，分享柚农辛勤劳作的果实，却神游了一趟春天的"柚海布达拉宫"。幸好一阵秋风掠过，催促我从梦中醒来。

"橘生淮南则为橘，生于淮北则为枳。"平和蜜柚之所以成为地理标志，名声响彻四方，外因内因兼而有之。如果说得天独厚的自然环境是外因，那么一代代勤劳聪明的种柚人接力研究改良蜜柚品种就是内因。

春华秋实，一分耕耘一分收获。离开柚园时，山里的秋风不请自来，一阵接着一阵。风过柚海，一股天然清香，如同柚农日益红火的日子，清新醇厚。

古堡盼新生

南宋理学家朱熹故里尤溪，可谓遍地皆古，活脱脱一本历史书。古往今来，这颗"闽中明珠"璀璨夺目，荣获联合国地名专家组命名的"千年古县"，实至名归。

这个冬天，我去尤溪，纯粹为寻古而去。如果说在中仙古银杏群享受的是视觉盛宴，在桂峰古民居接受的是文化熏陶，那么书京土堡带给我的则是诗情画意之外的思考。

下午时分，走进书京村光裕堡时，天色略显昏暗，堡外景象有些萧条，整座土堡并不像想象中那样光鲜亮丽。偌大的土堡，除了我们一行几人，别无他人，幸好村里能说会道的解说员紧紧抓住了大家的兴头。

站在大门外仰望，土堡倚山傍势而建，前方后圆，粉墙黛瓦，整体为围廊式的土堡一览无余，仿佛群山怀里一件珍贵的马蹄形建筑艺术品。定睛看去，外观与方土楼有几分相似，门楣上方"宽厚流风"四个大字格外醒目，据说是道光三十年尤溪县令所题写。

踏进石拱门，在通道举目望去，整座土堡由高堡门、两级门厅、前楼、天井、厢房、主堂、护厝、后花台、后楼、碉式角楼、阶梯跑马道等组成，错落有致，布局合理，处处讲究力学、建筑学，令人叹为观止。

站在厅堂环顾，土堡布局对称合理，属于典型的以厅堂为中心的院落式民居，也被称为围廊式土楼。土堡坐西向东，前低后高、前方后圆，占地约两千六百平方米，因地制宜，依山势分四级台基构建，前后落差近五十米，四周围墙高达六米，厚两米多，兼具防御安居功能。

在土堡内慢行细品，木构建筑的装饰、装修极富闽中特色，木雕、灰塑、彩绘等栩栩如生，传统文化色彩十分浓郁。特别是堡墙上不同高度、不同角度、不同方向设置的斗形条窗、射击孔和注水孔等防御设施，构成多方位、多角度的立体防御系统，处处展现出邱氏先祖的智慧。

　　来到土堡制高点后楼书房眺望，远山如黛，近林似海，整座土堡仿佛天马在山坡上留下的神奇脚印，让人思绪万千。土堡曾经的繁荣兴盛可以穿越时空去想象，而如今人去楼空的荒芜难免令人扼腕。

　　我们行将离开土堡时，现今堡内唯一住户邱姓大叔刚好从田间劳作回来，一边收油茶籽，一边跟我们攀谈。大叔自豪地告诉我们，光裕堡地灵人杰，繁衍后裔四百多人，靠耕读传世，走出不少读书人，可算书香门第。他如今坚守，只为留住那抹乡愁。

　　据当地人介绍，书京村由书坪、京岭两个自然村组成，两村各取一字而得名。书京村地处丘陵地带，自然资源匮乏，交通闭塞，住户散落，属于经济落后村。村里日子过得紧巴，村民收入主要靠劳务输出和粗放经营的竹业、茶叶、茶油等项目。

　　深山藏古堡，便有致富路。令人欣慰的是，当地政府已经意识到，书京村青山绿水之间现存的两座清代土堡，正是乡村振兴的最大资源优势。更加巧合的是，晚上在县城用餐时，光裕堡唯一住户邱大叔的儿子刚好坐在我旁边。他兴奋地告诉我，书京土堡于 2013 年获准省级文物保护单位，目前政府正在筹划引资修缮土堡，开发乡村旅游项目。

　　种下梧桐树，引来金凤凰。我和书京村村民一样，翘首企盼古堡新生的那一天早日到来。

金光闪耀金鸡山

早有听闻，福州城有一名山，山势高峻，林木茂盛，有泰山之形，且历史文化积淀深厚。古籍《闽中记》载："秦始皇时，望气者云：此山有金鸡之祥。"山形似鸡，故名金鸡山。

也曾晓得，位于浙江温州境内，有"东瓯第一山"、瑞安最高峰之称的金鸡山，以幽谷奇景、革命史迹引人入胜。据传，因遥望主峰，宛如一老者披巾端坐，故得名"巾子山"，谐名金鸡山。

2020 年之前，我不曾登临这两座金鸡山览胜，自然心存遗憾。然而，2020 年立冬不久，我却有幸领略了漳州市东郊金鸡山的自然风光。

一个晴好的初冬，郊外暖如春日，四处林木葱茏，满眼姹紫嫣红。汽车驶过郭坑大桥，沿着北溪大堤一路向东。江堤路面较窄且蜿蜒起伏，刚好满足了我贪婪的双眼。透过汽车挡风玻璃望去，南面优美逶迤的北溪，宛如一条巨龙，江面如镜，波光粼粼，偶有一叶扁舟打破宁静，两岸绿意如洗，好比守护巨龙的两条绿带。北面阡陌纵横，不时传来农人的欢声笑语，粉墙红瓦处，鸡鸣犬吠不断，周遭一派繁忙祥和的景象。

来到霞贯村生态农庄渡口，竹木结构的渡船颇似画舫，深受孩子们的喜欢。泛舟东溪江面，倒映在水里的游人笑脸、两岸的花红柳绿，与一列过江的货运列车一道，任由清澈的江水绘就一幅多彩画卷。

不到五分钟的水路，便离船登岸。最先吸引众多游人眼球的是七彩滑草道、拓展训练、射箭、摸鱼和蔬果采摘等玩乐点位，而近岸巨石上镌刻的"金鸡山"三个烫金大字，才是我此行的最终目的。

关于金鸡山，我先后问了几名当地的工作人员，唯有年长者告诉我，山名是祖祖辈辈传下来的，至于典故传说，知之甚少。同行的游人各自玩赏之后，我只身沿山谷羊肠小道往山里踱步。两旁山势不高，但坡度不小，虽没有群峰耸立之险峻，但有绿海养眼之惬意。撇开生态环境话题不说，漫山遍野的白皮桉树树干笔挺，树皮呈灰白色，树高数丈，好比列队摆阵的忠诚卫士，静静地守护着金鸡山。一路上，野花芬芳，彩蝶群舞，如果忽略柿子树上的红柿子和绿树丛中的红枫叶传递的讯息，我一定会误以为自己漫步在早春的山野。

顺坡而上，步行数百米，山谷略微开阔，可见数片层叠荒芜的梯田和几口池塘，顿感萧瑟荒凉。驻足举目仰视，赫然发现郁郁葱葱的山巅巨石耸立，巨石顶部的独立奇石犹如一只抱窝的母鸡，目视东方，在阳光照射下金光闪闪，呈祥瑞征兆。移步数十米，来到山脚拐弯凸出部，抬头望去，巨石西侧散落在稀疏山林里的独立石跃然呈现，而山巅奇石则顷刻化身为带着一群小鸡崽的母鸡，一切栩栩如生。不知是看山不是山的灵感所致，还是哪位远古神匠的厚爱，偏偏把九龙江北溪与东溪交界处的这片山乡渲染得如此富有奇幻色彩。

天地万物皆有灵，山川河流亦如此。我虽爱名山大川，但同样向往穷乡僻壤。在我眼里，与欣赏名山大川自然奇观相比，在穷乡僻壤繁衍生息的人们更加值得敬佩。单就游山玩水而言，温州、福州的金鸡山算是名山，而郭坑镇霞贯村的金鸡山则是藏在偏僻山乡、濒临北溪而名不见经传的小山，但同样令我折服。

与当地村民闲聊得知，位于郭坑镇东南部的霞贯双溪生态农庄是当地"三抓三比，十项竞赛"项目。当地镇村两级坚信绿水青山就是金山银山，乘着实施乡村振兴战略的东风，凭借金鸡山的自然资源，充分发挥生态环境优势，因地制宜，创造性传承农耕文化，先后引资数百万元打造多处观光创意景点，吸引大量游客，带动周边经济发展，持续增加农民收入，并吸纳带动贫困村十户以上的低收入村民增收。

离开霞贯村前，一位在农庄工作的当地长者悄悄告诉我，如果站在郭坑大桥远眺，山顶奇石则更加神似一只面向东方傲立的大公鸡，气势非凡。千人千眼，在不同时辰、不同视角，或许奇石会呈现千万种不同形态。但无论何种形态，在当地人们的心中，都是祥瑞之兆，寄托着世世代代追求幸福的希望。

　　返程途中，我特意在郭坑大桥上隔着车窗玻璃远眺落日余晖映射下的金鸡山，只见山顶光芒万丈，从山顶到整个村庄，遍地金光闪耀，照亮了所有霞贯人幸福的脸庞。那一刻，我更加希望山顶伫立的是一只为霞贯人报晓的金雄鸡。

登山闲趣

闽南多山，但名山很少。山不出名，登山者自然不会多，所以不必担心登山途中摩肩接踵。若选一座原生态的山登之，也许会面对一路荆棘坎坷，但那份悠然自得一定是绝无仅有的。

我喜欢登山，不只源于对都市生活的烦腻和对山野风光的向往，关键在于登山能对浮躁的心灵进行安抚。

我更喜欢登无名之山，独享游人寥若晨星的清静与悠然。虽然登山很苦，但仅限于皮肉之苦，而那种苦尽甘来的神清气爽和怡然自得，是花钱也买不到的心灵洗礼。

在闽南，四季皆可登山，而登山乐趣则各不相同。

春回大地，山中万物争春，让人目不暇接，不禁驻足。小溪旁边、枯叶丛中、岩石缝里，随处可见春的踪影。如果说嫩芽初吐象征生命的力量，那么姹紫嫣红的花儿则绘就了春天的颜色，悠扬悦耳的天籁之音便是山间交响乐。置身山林，无论看到的、听到的、闻到的，样样都是春的味道。

炎炎夏日，山林绿荫如盖，登山不失为避暑、静心一举两得之美事。酷暑来临，五彩缤纷的花儿早已退场，虫鸣鸟叫不再婉转动听，反而多了几分烦躁，似乎山里的生灵们跟人类一样不太喜欢酷热难耐的夏天，只有那些郁郁葱葱的林木忙着生长。此刻，择一处岩石小憩，或掬一捧涧水洁面，便是满心清凉。

秋冬季节，山里气候差异甚微，登高览胜，惬意无限。拾级而上，红的、黄的、棕的落叶纷飞，耀眼夺目，秋意拂面，亲切而又热情。驻足打量，忙着冬储的小精灵格外勤奋，忙碌中尽显灵动。举目仰望，秋光不浓，绿意依旧，但生命的味道却远不及春夏浓烈。一阵轻风吹过，干爽醉人。

　　不同时节登山，自然收获不同的心情。但无论在哪个季节登山，每一次侧耳聆听，都是对生灵的尊重；每一次呼吸，都是身心与自然的深情交互；每一次峰回路转，都有一种新的感触与提升。特别是每次登顶的那一刻，仿佛脱离尘世，拥抱苍穹，内心收获的空灵震撼无以言表。

　　"世上无难事，只要肯登攀。"每一次登山不仅收获了自然美景，而且提升了内心修为。大概受我影响，五岁小儿也经常跟我爬山，而且他那股不达终点不罢休的勇气十分可嘉。

　　"爸爸，我的目标是山顶最高处的红旗，没有任何困难可以阻挡我的，你说对不对？"听着发自那颗幼小心灵的铮铮誓言，我已心满意足。

龙门场的 "a ba" 声

小雪时节，正是龙门场古银杏群每年的最佳观赏期。

汽车刚驶离厦沙高速坂面出口，我便迫不及待地四处张望。目之所及，林木葱茏，碧空如洗，倘若不是绿海之中那几点金黄和深红传递出季节的讯息，我也许会忘了时已到了初冬。

沿迤逶山路向中仙乡进发，一路上空气清新，凉意袭人，倒还令人神清气爽。途经几处山野人家，又见炊烟袅袅，再闻鸡鸣犬吠，宛若田园诗画。

山路难行，有绿海为伴，也便心旷神怡。一个多小时的颠簸之后，眼前突然一片开阔。最先撞击眼球的自然是那片神奇山野的主角——古银杏群，它们仿佛身披独有的金色铠甲、喜迎山外来客的勇士，热情而又不失威严。

站在村口举目眺望，远山如黛，层叠起伏，延绵不断；近处黄绿相间，云雾升腾，好似神仙把龙门场紧紧环抱。群山环抱的龙门场宛如刚从梦中醒来的仙女，身着金色拖地裙，一笑一颦尽显清丽脱俗；犹如沉睡千年的神俑，金刚之躯屹立不倒，书写亘古不变的忠诚。

赏景之前，虽说农家饭店软糯的地瓜、回甘的芥菜、原生的松耳……清一色地地道道的山货令人回味无穷，但饭店隔壁那位独居的哑巴更让人敬佩和怜悯。

大家用餐闲聊间隙，我竟然对土木结构的老房子产生了好奇心。从轻抚黄泥土墙，到细看木榫结构，我不知不觉来到了餐馆隔壁一间老屋，只见一位老乡背对门坐着，正不停地忙活什么。我边走边叫了两声老乡，他没有搭理。我上前站在他背后仔细打量他手里的活计并再次搭讪，他依旧没有做出反应。直到我轻轻拍了他后肩一下，他才本能地起立转身，然

146

后静静地看着我，顷刻间满脸微笑，笑容里带有几丝惊喜。他没有跟我说话，而是不停地发出"a ba""a ba"声，甚至有点手忙脚乱。

我瞬间明白了一切，尽可能用肢体语言跟他交流。不大一会儿，他热情地拉着我往里屋走。我们穿过有几缕阳光透射的堂屋来到后门，走出后门就是山坡。山坡的路又陡又窄，他走在前面，一边把杂草和树枝捡开，生怕我不好走，一边不时地指着山坡上一字排开的竹席上晒满的柿子干和地瓜干，告诉我那是他的劳动成果，嘴角写满欣慰。

当我云里雾里附和他的肢体语言时，他又指着身后更高的山坡，然后摊开双臂指向我们面前山谷里的银杏树，并指着我的手机，比画出观景拍照的手势。顿时，我心头一酸，向他点头微笑并竖起大拇指。他兴高采烈地拉着我爬到高处，像孩子一样看我拍照。那一刻，虽然风景装进了我的手机，但我却无心赏景。

估摸几分钟后，他带我回到他的屋里，给我品尝他亲手制作的柿子干。我一边慢慢咀嚼柿子干，细品甜腻可口的果肉和口感清甜的柿霜，一边四处打量那栋土木结构的古厝。那栋古厝内部陈设简单，家具简陋，物品老旧，甚至有点凌乱，但总体整洁而又干净。

参观房屋时，他读懂了我赶时间，急于观赏银杏的心情，便带着我走向门前不远的那片古银杏林，用肢体语言和面部表情给我解说，与导游并无二样。

我跟着他踏着遍地金灿灿的落叶，徜徉在那片古老的树林里，仿佛瞬间进入了时光隧道。古银杏林间，羊肠小道依坡势起伏，曲折石径写满沧桑，几处破败的老屋别具一格，不正是时光的见证者吗？方圆约四百亩的龙门场内，星罗棋布着百余株古银杏。山坡上，有连理相生的，有单株傲立的；山坳里，有数株成片的，也有排列成行的。这些古树中，最长树龄高达八百多年。

站在山坡俯瞰山坳，满眼金色，游人的红衣和碧绿的兰草镶嵌其间，仿佛艺术大师调色的作品，醉人眼球。站在山坳仰望山坡，经过太阳光照耀的山坡呈现金色，格外夺目，就连一向高贵的蓝天白云也甘愿当作背景。举目环顾，周遭群山的绿海的层次变化正好给眼睛切换频道，如此美妙自然。

一路上，他陪着我观景拍照，并竭尽所能读懂我的心思。当我问及古银杏群的传说时，他就近叫来一位年近花甲的村民给我介绍。据那位老人说，南宋开禧年间，朝廷因战事资金紧缺，委任当朝郡马卢人瑞前往尤溪龙门山一带寻矿炼银。天长日久，因受采矿炼银污染，炼银的劳役们身患怪病，浑身出现红色斑点，奇痒难忍。当地一郎中认为银杏树叶能治此病，于是，郡马命人火速从北方移植银杏树到中仙善邻一带。时隔数百年，龙门场世世代代流传着这个古老的传说。

我与老者交谈得知，那位陪我赏景的热心肠老乡是哑巴，年过半百，他没有娶妻，憨厚善良，一人独居，靠双手养活自己，是村里的精准扶贫对象。

离开龙门场前，我和同伴们毫不犹豫地买走了哑巴老乡的所有柿子干。而哑巴老乡的眼神让我读懂了山里人的质朴和劳动者的辛苦。

此去尤溪中仙，我不只欣赏了向往多年的龙门场古银杏，而且收获了一份最纯朴的无声友谊。

每当我翻看古银杏的照片，或者嚼着口感清甜的柿子干，耳边都会萦绕熟悉的 "a ba" "a ba" 声，便情不自禁惦记起那位朴实善良的朋友。

采柑生趣

虽然对于六月前后绽放的金柑花，我是迟到者，错过了漫山遍野的洁白与芬芳。但对于初冬成熟的金柑而言，我的到来恰逢其时，怎能不怡然自得？

小雪时节的闽中尤溪，早晚已有几分凉意，需要一件薄毛衣保暖，但正午时分在太阳底下多站一会儿，面颊和肩背仍有秋燥的不安。而此时，八字桥和管前镇深红色山丘上的金柑树们却欣喜若狂，无论是新栽的幼苗还是开始结果的老树，叶片都像绿色的小嘴，在微风中贪婪地吮吸，把戴云山脉深处的天地之精华通过经脉输送到枝干和根须，然后用时间制造出色泽橙黄、皮薄核少、汁鲜味甜、芳香悦人、甜酸可口、连皮带肉均可食用的国家地理标志保护产品——尤溪金柑。

八字桥是尤溪金柑的发源地，可惜那里没有熟悉的朋友，我们只好应邀就近去管前镇采摘。从县城驱车去管前镇，大约四十分钟可以到达柑园。一路上，虽山路逶迤，但满眼皆绿水青山，山野薄雾升腾，宛若仙境，让人神清气爽。

十时许，汽车停在一排依山而建的三层洋楼门前。单看房前屋后的菜园、稻田和竹林，和普通山乡的初冬景色并无二样。但举目远眺之后，视线即刻被马蹄形山坳里绿树丛中多如繁星的金色小灯笼锁住，一刻也舍不得离开。远看，景象与江西南丰蜜橘园有几分相似。

打完招呼，热情好客的主人用板车拉着手套、纸箱、竹篓等器物，一路谈笑风生，带领我们去柑园。来到柑园边，他一边麻利地用胶带粘装金柑用的纸箱，一边给我们讲授采摘要领："你们一定要戴手套，树上有尖刺。色泽鲜艳、表皮光滑的更好，记得先试吃再摘，青黄色的可以存放更长的时间……"主人一阵叮咛之后，我们各自拿着纸箱跑进柑园里。

大概前一天下过小雨，深红色的泥土粘满了鞋底，着实考验那些没有在山上干过活的城里人。身处层层叠叠、一望无垠的柑海，我和同伴们激动不已，遵照主人交代，先选树挑果，随便在衣服上蹭几下便放入嘴里试吃。瞬间，味蕾留下了汁鲜味爽、甜酸可口的最美冲击。试吃几个之后，我并未感觉出有多少差异，于是专心享受采撷的乐趣。

"摘金柑不能直接拔，果蒂掉了就很容易烂。要两手协力拧断果柄，才能保鲜存放更久。"尽管主人的叮嘱在大家脑海里打转，可动作要领并非轻而易举就能掌握的。采摘的同伴中，有的正反来回转几圈不见柄断，急不可耐，直接一拔了事，果汁渗出，甜香四溢；有的快速总结出左手握果，右手旋转，两手反向发力的小窍门，十分管用。朋友家读小学二年级的孩子特别聪慧，比大人们心灵手巧，采摘动作有模有样。可他并不专注于金柑，而是在柑园里尽情撒欢，一只蟋蟀，或者一只叫天子，哪怕只是一群蚂蚁，都足以让他的笑声响彻山坳。

柑园里一会儿就人声鼎沸："你摘了多少？""我这棵树上的特别甜！""你帮我来拍照！"……大家你一言我一语，好不热闹。一会儿鸦雀无声，个个专心致志采摘，因为进园之前有时限和"多劳多得"的约定。在欢声笑语和寂然无声的间歇交替中，手表分针足足转了两大圈。

热火朝天的两个小时里，柑园主人最忙碌，他除了给我们九个人分拣装箱做记号，还来回穿梭于采果人之间，现场传授挑果的经验，手把手地教采摘方法。我定睛一看，汗水从他头上那顶旧军帽帽边渗了出来，破旧的迷彩鞋上粘的黄土足有两斤重，但他堆满皱纹的脸上始终洋溢着丰收的喜悦，看不出半点疲倦。

在离开柑园回村里的路上，主人告诉我，他家主要靠种金柑发家致富，这几年经济效益好，家里盖了新楼房，日子过得红红火火。当地干部也跟我们介绍，尤溪金柑已有三百余年的种植历史，因得天独厚的自然条件，出产的金柑以果大、皮薄、色艳、味美而著称，是当地农民主要的收入来源，龙溪也因此成为中国金柑五大产区之一。

离开老乡家时，太阳光正好射在他家大门上"光荣之家"的匾牌上，金色的反光把他黝黑的脸庞映得铮亮，也把我的心照得暖烘烘的。

第四辑　知己，何其贵

> "人生得一知己足矣，斯世当以同怀视之。"人生旅途中，同学、同事、战友、文友、球友……大凡志趣相投者，或将成为知己，结下一段珍贵情谊，写进美好的人生篇章。

廿念不忘

每到毕业季，遇有同学邀约聚会，难免触景生情，且随着时间的脚步渐行渐浓。大学毕业后的二十年里，我鲜有机会参加同学会。其间十六年，我因身着军装，责任所系，虽有遗憾，但也无愧。

岁月如白驹之过隙。人生并不漫长，青春年华尤为短暂。并非年过不惑才恍然大悟，而是终生难忘的同窗情谊深深烙在脑海，把那些年轻的心永远系在淡妆浓抹总相宜的西子湖畔。

恰逢大学毕业二十周年，同学们一致同意回母校重温青葱岁月，并采纳我提出的"廿念不忘"聚会主题。然而，临近聚会，我却因故未能前往，内心愧憾至极。我虽未到现场，但微信群的实时信息令人身临其境，勾起一幕幕回忆。

二十年时过境迁，人是物非，但那些曾经的青春懵懂即刻跃然眼前。虽然我只参加了十分之一的两次同学会，但同样分享并珍藏了每次聚会的美好记忆，幸福感油然而生。

看着同学们分享的那些老照片，西子湖畔那人生最美好的四年历历在目。

记得大一入学时，怀揣青春梦想的新同学来自五湖四海，虽然素不相识，却又一见如故。1995年刚入学的那个金秋，全班集体游西湖，虽然没有断桥残雪，但三潭映月、柳浪闻莺、曲院风荷、花港观鱼和雷峰夕照等景点，把大家紧密团结在一起。特别是分组泛舟西湖时的嬉笑打闹，吃饭时上菜太慢，不到十秒光盘的滑稽，在大家心里烙下了永久的印记。

大学期间，热情的同学先后邀请全班游绍兴东湖，坐着乌篷船穿行在江南水乡，品尝了咸亨酒店的茴香豆；游诸暨五泄，在那个春来飞雪的日子，领略五泄的雄奇险峻，把欢乐洒在鸟语花香的西施故里；游宁波美丽的海滩，在尽情拥抱东海、观潮听浪之余，享用美味海鲜大餐……这些永不磨灭的青春依旧如新。

理工院校男生多女生少，但联谊寝室搭建了友谊的桥梁。有了联谊寝室，给班级集体活动增添了更多活力与乐趣。比如，某个同学生日，或者哪个同学有喜事，谁的家乡有旅游胜景，自然就有了纵情燃烧青春的由头。但女生宿舍是不能随便进出的，幸好有联谊寝室这个通行证，才得如愿以偿。而火眼金睛的宿管大妈像保护自己的亲生女儿一样，按分秒精确掌控男生的出入时间，回想起来甚是幽默。

大学相对独立的学习生活，需要良好的班级文化引领。如今回想，学习生活在一个凝聚力强的先进集体是何等幸福。全班二十七名同学特别团结而又积极上进。自大一开始，陆续有同学递交入党申请书，加入校、院两级学生会，积极参加家教、志愿者服务等社会实践，个个朝气蓬勃，处处充满正能量。到 1999 年毕业时，全班入党人数、获得的奖学金数额、社会实践评价和各种考试考级都在学院名列前茅。

除了班级文化，寝室文化同样丰富多彩。当年条件有限，一个寝室四架床住八个人，于是就有了上下铺兄弟之说。我们寝室室友之间无话不说，甚至多得有点八卦。比如，谁写情书给暗恋的那个女生，谁去录像厅彻夜未归，谁有单放机大家轮流借着听，谁考过了英语六级，谁买了 BP机，等等。后来，室友熟悉到相互起绰号，于是每个人都有"雅号"。这些绰号既顺口好记，又富有鲜明个性。室友各有才华，现如今，有的改行从政，有的自主创业，而睡在我下铺的兄弟依然热爱健美，并已成为知名律师。

岁月不居，时节如流。青春是美好的，却又是短暂的。虽然西子湖畔的珍贵光阴一去不复返，但那些刻骨铭心的同窗情谊和青春故事永远镌刻在每个人的心田。人生没有几个二十年，而放飞青春的时光则更显金贵。念念不忘，不正是每个热爱青春、热爱生活的人应该珍惜的当下吗？

尘封的汗酸味

　　每个人的内心都珍藏着不同的人生滋味。而在我的内心深处，有一股浓烈的汗酸味永远挥之不去。那股陪伴我燃烧青春年华的汗酸味，虽已尘封许久，却历久弥新，已成为我人生的味道。

　　我对汗酸味最早的记忆，来自双亲身上。大集体时代，勤劳的双亲因忙于挣工分，几乎每天日出而作、日落而息。他们回到家里通常是一身泥一身水，除了气温较低的秋冬季节，其余时间都散发着刺鼻的汗酸味。分田到户后，父母为了养育五个子女，身上的汗酸味更是从未间断过。

　　我闻着父母汗酸味长大的那段艰苦时光里，不仅快乐而又充实，而且学会了劳动，懂得了珍惜，培养了独立能力，为人生启航奠定了基础。

　　携笔从戎后，陌生而又熟悉的汗酸味重新唤醒我的嗅觉。那种味道特别悠长，大同小异。相同的是，它们和军营有一个保家卫国的约定，是在同一座大熔炉里激情燃烧青春的味道。不同的则是，它们来自天南海北，略带几丝家乡的味道。那种味道像战斗力催化剂一样充斥在火热军营的每个角落，深深镌刻在我的记忆中，陪伴我走过了五千多个日日夜夜。

　　刚披上绿军装时，正值闽南酷热时节。一群热血沸腾的直招大学生在厦门后溪一个叫东蔡的地方集训，完成地方青年向合格士兵的蜕变。夏练三伏的艰苦瞬间击碎了所有艺术视角里的橄榄绿梦想。头顶烈日军姿定型连续两个小时，即便有蚊虫叮咬也不能拍，哪怕有人晕倒也不会停。除了被视为福利的理论课，连轴转的高强度军事训练让人精疲力尽。无论在教室、排房、食堂，还是在训练场上，随处都是一股浓烈的汗酸味。两个月里，那股味道凝聚了大家的梦想，传递了奋进的讯息。

　　即便是南昌的寒冬腊月，也无法抑制青春热血秘制的无价酸味。与闽南不同的是，南昌陆军学院三九寒冬里的汗酸味更加隐秘珍稀。尽管摸爬滚打汗流浃背，但气温很低，难成酸味。而每当紧闭门窗休息时，室内刺鼻的味道来源于每一双作训鞋、每一套作训服、每一个暖烘烘的被窝，谁也没有例外。那是军校学员宿舍特有的味道，是扬帆起航的号角气息。

分配到基层部队任职后，我记忆里的汗酸味来自五湖四海，来自每一名努力奔跑在强军征程上的军人。他们无论年龄大小，不分学历高低，没有岗位之别，都是为了同一个强军梦而挥洒青春热血，酿造相同的汗酸味。

任连队指导员期间，我重视"五同"，经常跟战士摸爬滚打在一起，不论大事小事都要过问一遍，每晚睡前到排房巡查一遍，在嗅到的汗臭味中察觉他们思想情绪的变化，及时引导疏导，帮助解开思想疙瘩。

从到"随营军校"走马上任教导员的第一天开始，我不仅从格外整齐响亮的呼号声中听到了军中之母的澎湃激情，而且从特别浓烈的汗酸味中嗅到了军中之母的精武本领。参加集训的预提班长、新选士官都是士兵中的佼佼者，个个训练刻苦，人人积极上进。我任职两年先后搭档王姓、甘姓队长，他们都是从士兵成长起来的干部，教学能力强，管理水平高，为基层部队培养了大批优秀人才。没有士兵经历的我，带着首长期待我注入新鲜血液的嘱咐，坚持向实践学习、向搭档学习、向士兵学习，特别珍惜那些汗酸味背后留下的财富。

虽然军旅十六年，我大部分时间在机关工作，但基层至上、士兵第一的工作指导要求，时刻提醒我要接地气，督促我多往基层跑，在与士兵同堂听课、同桌吃饭、同室睡觉中增进了解，在倾听士兵的牢骚话、闻士兵身上的汗酸味、聆听士兵的呼噜声中增进感情，用实际行动体现关心基层、关爱士兵的要求，从而更好地促进战斗力跃升。

时空隔不断，岁月不能摧。尽管我现在鲜有机会闻到年迈双亲身上的汗酸味，但那曾经哺育我成长的味道依旧令人回味无穷；虽然我已卸下戎装，但那些汗酸味凝结成的战友情永远刻在我的内心深处。

"橙"意

接连三年冬至，我都奔百草园而去，不但为了脆嫩浓甜略酸的橙，更为了那位带领群众脱贫致富的人。

初访百草园，是在几年前一个云淡天高的秋日。当时的想法很简单，利用国庆假日带孩子去山里走走。从灵通山下高速后，到马铺百草园十几公里的山路，汽车足足走了将近一小时。我边走边看，一边感叹那片山乡的原生态之美，一边好奇那里乡亲的收入来源。

"很多人都说我是'疯子'，放弃好好的事业，投资那么多，跑到深山里来种草药。"这是初次见百草园园主何友福先生，他留给我记忆犹新的一句话。

冲着这句话，我决心与友福推心置腹交朋友。初次见面，一个多小时，我们俩徜徉在他引以为豪的赤茅峰中草药王国里。他滔滔不绝，从当年开荒餐风露宿的点滴辛酸，到如今对漫山遍野的珍稀草药如数家珍，脸上洋溢着坚定与自信。我洗耳恭听，免费享受了一堂十分有料的中草药科普和养生课，他对一草一药充满感情的讲解着实令我肃然起敬。

夜宿百草园，两人促膝长谈。友福告诉我：他以前从事酒业销售，生意做得有声有色，但一场怪病改变了他的人生轨迹，幸好中草药挽救了他的生命。重病康复后，死里逃生的他师从一名德高望重的老中医，并就此立志弘扬中医药文化，走上了开荒种草药的坎坷之路。一时间，亲友的不解，乡亲的嘲讽，各种质疑声接连不断。"与被口水淹没相比，更艰难的是资金短缺问题，我几度产生打退堂鼓的想法，但终究不甘心放弃！"说到这里，我俩面面相觑，林间小木屋里一片沉默，窗外的虫鸣鸟叫声突然令我惆怅起来。

在离开百草园的日子里，我跟友福保持着联络。令我由衷高兴的是，我能够经常收到他的好消息。诸如，百草园得到市、县两级政府的重视和支持，政府扶持修路，帮助建停车场，种植中草药入选十佳农业项目；友福积极参与精准扶贫，成立合作社，带动群众种草药和贡品御橙，产生了不错的社会效果；有外省、外地客户前来洽谈合作，决定引苗建百草园分园；等等。谦虚的园主还请我建言献策，而我纸上谈兵的想法堪用与否，不得而知。

今年冬至，百草园贡品御橙丰收之后，我特地带了一箱外地脐橙去百草园。用网络时髦的话说，没有对比，就没有伤害。一个简单的试吃对比，游客和员工一致对百草园御橙赞不绝口。这个答案其实早已揭晓。因为，近几年贡品御橙以高出普通橙二三倍的价格销售，仍然供不应求。

橙好何愁山高路远？友福用中草药反复试验嫁接成功的贡品御橙，生长在赤茅峰那片宛若仙境的山上，得天独厚的自然条件孕育出独一无二的口感，很受消费者的青睐。更值得庆幸的是，友福打算借乡村振兴的东风，推广御橙种植，带动乡亲致富，努力把这张名片打造得更加亮丽。

晌午时分，我们站在半山腰远眺东面的矾山，一尊卧佛跃然眼前。心存善念的友福指着身旁的地涌金莲给我布置作业，让我拍出一张具有"借花献佛"意境的照片，并附上文字送给他。虽然我的三脚猫功夫完成的任务不尽如人意，但愿能尽我对友福的心意。

如果说舌尖上的记忆，唯有对比，方知何为珍馐，那么心窝里的情感，唯有真诚，方可地久天长。祝愿友福先生的那份"橙"意，从赤茅峰再扬帆起航，走出马铺，享誉四方，继精准扶贫之后，在乡村振兴战略征途上再立新功。

方圆之间

年至不惑，而幸得几位志趣相投的友人一道分享快乐、品味人生，岂不美哉！

五年前，十八名年近不惑的朋友因为一个共同的爱好——篮球运动而结缘，球队起名"方圆不惑"。这个队名既隐含篮球运动场方球圆的特征，又蕴含不惑之年的为人处世哲理，在业余篮球运动圈里博得不少球友的好奇和关注。

孟子有曰：不以规矩，不能成方圆。在长二十八米、宽十五米的篮球场上，边线、底线、中线、罚球线、罚球区、限制区等，颜色各异，标示清晰，细致规范着这项深受欢迎的群众性运动，严格约束参与运动的每一个人的行为。裁判的哨声与手势好比法官手里的法槌，对每一个篮球队员做出公平的判罚。倘若违例则丢失球权，犯规则遭受惩罚，次数过多甚至恶意犯规，则可能被罚出场。

篮球场上的界线、规则和裁判，就是篮球运动的方与圆，成就了篮球运动的无限魅力。人生的赛场又何尝不是如此？早有"畏法度者最快活，守规矩者最自由"的古训。在人类文明中，无论古今中外，凡是知敬畏、守底线的人，都懂得严格自律、循规蹈矩、洁身自好，在为社会作贡献的同时，方便他人，快乐自己。而反观那些无法无天、行为不轨者，必将受到惩罚，付出应有的代价，最终危害社会，累及他人，毁掉自己。

《论语·子罕》曰："知者不惑，仁者不忧，勇者不惧。"岁月不饶人，青春不复返。"方圆不惑"球队并不看重比赛的胜负结果，而在于享受运动快乐的同时，迈向遇事皆能明辨不疑的人生境界。年届不惑的球友们都有过血气方刚、激情四射的青葱岁月，曾经打过只求动作潇洒、不管结果如何的少年篮球。而在历经岁月洗礼、尝过凡人的苦乐之后，如今在篮球场上视花哨动作如浮云，以团结协作为珍宝。同样，在为人处世上，一改年轻气盛的争强好胜，挺起做人方的脊梁，怀揣处世圆的锦囊。借时髦的网络语言来形容，"方圆不惑"打的不是篮球，是人生。

这既是对球队名称方圆二字的解读，也是对文明打球、坦荡做人的警醒。至于不惑，既有步入中年的成熟，又有遇事明辨不疑的期待。在篮球场上，进攻靠团队默契配合，各司其职，明确合理；防守靠精神底色，各负其责，韧劲十足。在场下，同样守规矩、知敬畏，在为人处世的点滴中彰显积极的人生态度。

对于所有热爱篮球运动的人来讲，方的场在脚下，圆的球在手里。如何在方圆之间循规蹈矩、享受快乐，个中大有学问。

球友们喝茶侃球常说到，人到中年，做人如打球，打球如做人。无论在场上场下，对己要方，待人要圆；对内要方，对外要圆。在方圆之间分享运动快乐，不惑之余感悟做人哲理，力求实现在方中做人，在圆中归真，真正做生活的智者。

追念望城岗

每逢八一建军节，心底的军旅情怀必定油然而生，并且随着时间的推移越来越浓烈。

近日，军校原学员队组建微信群，联系一些失散多年的同学加入群聊。时隔近二十年，那种久别重逢的喜悦不言而喻。在微信群里，同学们话军旅、忆往事、聊人生，风趣幽默，处处流露出深情厚谊。但因离别多年，话题基本都聚焦在望城岗那百余个日日夜夜。

望城岗，位于江西省南昌市西郊，是隶属新建县的一个普通丘陵山区小镇。这个军旗升起的地方、原本名不见经传的小镇，因1949年华中军政大学江西分校成立而被世人熟知。七十年来，望城岗紧跟新中国的脚步，不忘初心，牢记使命，历尽风雨沧桑，赓续华中军政大学血脉，如今已肩负起新时代中国人民解放军陆军步兵学院的光荣使命。

1999年10月，原南京军区各部队九十名来自五湖四海的地方大学生干部，相聚在那个金秋美如画的望城岗，一同开启军旅生涯新征程。在那个收获的季节里，我们怀揣从军梦，从满地尽是金黄色香樟落叶的学员大道，幸运地走进那个光荣的地方大学生学员二十六队。

因为学员都是从地方大学直招入伍的，没有当兵的经历。在不到半年的时间里，要完成从一名青年学生到合格士兵，再从合格士兵到合格基层指挥员两个转变，学习训练要求之高、时间任务之紧迫可想而知。但这在带队经验丰富的队长、教导员面前并不算难题。

队长、教导员在工作上可谓是黄金拍档，角色分明，分工不分家，把学员队带得风生水起。他们两位善于言传身教，注重交心通气，教育管理更是别有一套。队长是国字脸，皮肤黝黑，一脸军事干部的严肃，特别是那句生气时冷不丁冒出的"蹲下"口令，虽然让学员们心有余悸，但依旧对他肃然起敬。教导员笑脸常在，操着湖北口音，特别懂得察言观色，把"双四一"工作做得细致入微，是确保学习训练质效的幕后英雄。

三名区队长比学员略长几岁，综合素质好，带兵能力强，像兄长一样无微不至地关心学员。一区队长高强，浓眉大眼，平头方脸，是土生土长的士兵学员，军事素质过硬，亲和力十足；二区队长陈小庆，武警出身，幽默诙谐，又不失严管厚爱，特别是器械水平令人羡慕；三区队长游海，儒雅阳光，能说会道，善于跟学员打成一片，尤其是文字功底了得。而那些每周参加班务会、重大演训任务跟班的学员班长，个个热情严格，勤奋低调，见缝插针地给我们传授当兵、带兵之道。虽然当年没有深入了解他们，但他们的帮助和关心如今依旧历历在目。

追念望城岗的记忆，除了队领导、区队长、班长和同学们那些感人至深的难忘情谊，刻骨铭心的要数学习训练的印象。给我印象最深的是雷打不动地执行教学训练计划，不管雨雪风霜，周表计划从不更改。记得暴雨天开展战术训练，卧倒在满是积水的沙地上可以滑出去好几米，虽然有的人手掌、膝盖破皮流血，但笑声与激情才是训练场上的主旋律。在打霜下雪的寒冬腊月进行器械训练更是考验意志力，尽管热乎乎的手与冰冷的器械接触的一刹那令人畏缩，但心中的热血很快温暖了冰冷的器械。

南昌的三九寒冬格外冷，有时候冷到滴水成冰。虽然学院有热水澡堂，但我们很少去洗热水澡，通常在体能训练后，洗冰冷刺骨的冷水澡。当接近零度的水冲在热血澎湃的躯体上的那一瞬间，整个浴室里烟雾升腾，叫喊连天。年轻气盛挑战极限，冰爽并痛快着。我清晰地记得，最冷的时候，只需要挤牙膏的工夫，军绿的牙缸便被冰冻得无法拿起。

在所有训练科目里，每个周六早上的十公里武装越野，是一件痛苦而又幸福的事。痛苦的是清晨口吐白雾全副武装绕行西门外的平顶山高地，穿行那个遍地茅坑陷阱的龚家村。幸福的是完成越野训练任务，可以原地休息，或者轮流请假进城放松一下。记得有一次越野训练穿过龚家村时，一名同学不慎掉进那个伪装得与周边环境无法分辨的茅坑，连人带武器装备都是臭气熏天，就连他跑过的路线也是一路"芬芳"，回到学员队后，整栋学员楼飘"香"四溢。那种珍稀的味道永远刻在我们的记忆深处。

除了紧张的学习训练，内务设置、劳动生产也是必修课。内务设置除了把被子折成棱角分明的"豆腐块"，所有物品都必须各安其所，整洁整齐规范，看起来赏心悦目。劳动生产从整菜地、挑大粪、育菜苗，到浇水、施肥、间苗、疏果等，样样要学，人人得会。这对于跟我一样来自农村的学员来说十分简单，而对于那些城市出身的学员来说并非易事。他们捂着鼻子浇粪、对蔬菜瓜果不知其名的滑稽，时常引得田间地头一阵捧腹大笑。种菜讲究菜畦平整、方正，垄沟笔直、干净，菜如果能长出班、排、连队列那样整齐划一的效果，便达到了生产的目的。虽然当时无法理解那些直线加方块的目的之所在，但分配到基层任职后十分管用，而且一生受用。

或许是为了劳逸结合，提高学习训练效率，学院经常安排室内课与室外课穿插进行，一天更换两三次服装是常有的事。换衣服不仅考验速度，还得兼顾内务与军容。如今回想起来，那一次次不起眼的换服装，不仅提高了学习训练效率，而且培养了我们雷厉风行的良好习惯，也为更好地适应第一任职需要奠定了基础。

对军旅生涯而言，望城岗的百余个日日夜夜十分短暂。但在那段短暂而又珍贵的时光里，中华人民共和国成立五十周年国庆大阅兵的滚滚铁流让人激动自豪，"小平楼"里一代伟人的革命乐观主义精神令人钦佩振奋，新世纪的零点钟声始终萦绕在耳旁……那些永远累积心底的能量，时刻催人奋进。

光阴荏苒，二十年弹指一挥间。虽然望城岗那些铭心刻骨的记忆已成往事，但那段艰苦而又珍贵的磨砺终生难忘，已然成为人生最宝贵的财富。

东哥，冬歌

美丽的西宁，魂牵梦萦的青海湖，是我向往多年的地方。这个初秋，我不仅缺席了《歌向远方》西宁首发式，而且错过了千载难逢游览青海湖的机会，愧憾无以言表。幸好有主编黄玉东先生的深情厚谊抚慰了我心中的遗憾。

唐代诗人张九龄诗言"相知无远近，万里尚为邻"。与远在北京的军旅作家黄玉东先生结缘，可追溯到多年前。

那年，他在北京海军机关任处长，我在驻闽某师政治部任科长。一个身处首都的海军，一个远在东南沿海的陆军。无论时空距离还是工作交集，似乎我们本不可能结识。但一切机缘巧合似乎在冥冥之中早已注定，因为文字，我们俩在全军政工网平台结识。

当时，黄处长是全军政工网建言献策频道执行主编之一，负责终审全军每天刊发的网文。网文既面对军委机关，又面向全军部队，其规格之高，政治性、专业性、前瞻性、建设性等要求之严是可想而知的。而我那时从投稿者成长为一审编辑，承蒙素昧平生的黄主编悉心指导和提携。

初次结识黄主编，源于数千公里外的他打来电话解释终审撤稿的原因，并耐心指导我如何修改文章。一通陌生的电话，一个陌生的声音，给我送来了一个温馨的结果——文学路上的引路人。那通电话打消了我的顾虑，迅速拉近了我与他的心理距离。他作为总部机关领导、全军政工网执行主编，如此平易近人，如此谦虚务实，着实让我始料未及，钦佩之情油然而生。

据悉，身为执行主编，黄处长除了应对繁忙的机关业务工作之外，还牺牲了大量的业余时间进行审稿。用他的话说，为了个人价值追求，经常"5+2""白＋黑"不算什么，那叫作"干别人的活，长自己的本领""快乐他人，成就自己"。自那时起，这些金玉良言就镌刻在我的心底，指引并勉励我在写作的道路上砥砺前行。

接下来的几年里，军旅阅历丰富、文字功底深厚、工作勤奋踏实的黄处长像兄长一样，不厌其烦地指导我的写作，关心我们单位建言献策工作。在他的悉心指导和帮助下，我们单位获评全军建言献策先进单位，我从作者成长为全军年度"十大建言献策之星"，被平台聘为一审编辑。而这些成绩的背后，是他这位素未谋面的大哥在默默帮助和支持鼓励着我。我发自内心地称他为东哥。

岁月不居，时节如流。转瞬即逝的那几年，虽然我与东哥素未谋面，但他对我的关心和帮助与日俱增，那种熏陶感染无时无刻不在鞭策我奋进、引领我成长。尽管我对东哥的了解仅限于全军政工网建言献策平台，但一次次推心置腹的交流，一个个语重心长的指点，一份份倾心无私的厚爱，让我深深为东哥的人格魅力和执着追求所折服。

困于时空，直到我脱下军装那年，都不曾与东哥谋面，更无从当面表达敬意与谢意。这不得不说是一种遗憾。但恰恰是这种遗憾，为我们升华友谊播种了收获的种子。

2017年，我转业到地方工作后，与东哥的联系少了很多。原本以为不再有机会与东哥交流，更不曾奢望有朝一日与他谋面，但他2016年创建的微信公众号文学平台"冬歌文苑"给我创造了新的机会。我得知"冬歌文苑"是以他笔名"冬歌"命名的文学平台后，内心欣喜若狂，不假思索地关注了他的公众号，加入了那个温暖的文学交流大家庭。

本来可以悠闲度日的东哥没有选择安逸，而是继续追逐自己的文学梦。近年来，他笔耕不辍，创办微信文学平台，为志同道合者创造学习交流的机会，十分难能可贵，可喜又可贺。

一花独放不是春，百花齐放春满园。三年来，在东哥的苦心经营下，文苑作者群日益壮大，知名度日渐提升。文苑作者来自五湖四海，分布在各行各业，无论科技工作者、教师、医生，还是工人、农民等，应有尽有。他们中，既有现役军人，也有退役军人，年龄跨度从 40 后到 00 后，着实令人羡慕钦佩。

功夫不负有心人。时至 2018 年 5 月，东哥历经近六百个日日夜夜，从文苑平台精选主编的散文集《四季恋歌》顺利付梓，并选择福建云霄为新书首发式举行地。云霄是漳州下辖的县，首发式的消息对身处漳州的我而言，无疑是喜从天降，用心花怒放来形容实不为过。

2018 年 8 月 18 日天刚破晓，我迫不及待驱车前往云霄。得知我要到酒店后，舟车劳顿的东哥不顾疲惫，洗漱整理后像接待贵客一样沏好茶等我。我敲开门的一瞬间，只见身着海军军服的东哥留着军人青年型发型，国字脸，浓眉大眼，虽然他头天下半夜才抵达云霄，却依然精神抖擞。我与东哥虽是首次谋面，却一见如故。一阵寒暄之后，东哥拿出新书邀请我合影留念。这种礼遇让我深深体会到了他的修为与涵养。那一刻，整间屋子里都散发着文学的芬芳，令人神清气爽。

虽然我与东哥在云霄相聚的时间十分短暂，但却让我面对面接触了这位多年来一直待我如兄弟的领导、师者与兄长。那种因文学结缘、因志趣凝结的友谊，似乎用再多的称谓都无法表达心中的感激之情。

不久，东歌文苑的第二部新作《歌向远方》出版了。看看新书，我心里虽略有惆怅，但更多的还是喜悦，发自心底为冬歌文苑骄傲和自豪。虽然我因故不能远赴美丽的青海西宁参加新书首发式，但我的心早已跟随他们一同乘上列车，奔赴魂牵梦萦的西宁，并把西宁深深烙在心底。

从《四季恋歌》到《歌向远方》，从福建云霄到青海西宁，无不倾注了东哥大量的心血。2019 年 10 月，在举国欢庆祖国七十周年华诞的伟大时刻，书香四溢的"冬歌文苑"满三周岁。我和文苑所有作者一样，坚信她必将一路高歌，像青海湖畔的格桑花一样，绽放更加绚烂多彩的美丽，用文学的力量续写更加灿烂的明天，为伟大祖国的繁荣昌盛作出新的贡献。

我和"大余"倾盖如故

古人有曰:"白首如新,倾盖如故。"

我有几个倾盖如故的友人,或文友,或球友,或渔友。"大余"就是我倾盖如故的球友。

"大余"本名余乐平,重庆人,知名篮球运动员,身高 2.16 米,体重 135 公斤,是 20 世纪 90 年代国内知名的篮球中锋。大家都叫他"大余",我也跟着这么叫。至于为何叫他"大余",估计是他人高马大的缘故。

20 年前的毕业季,在美丽的西子湖畔,在那个激情四溢的夏夜,我和"大余"在浙江省体育馆因篮球而倾盖如故。如故得像一杯清水,纯净而又清澈,不掺任何杂质;如故得好似一颗篮球,圆润而又张弛有度。

那个刻骨铭心的夏夜,我有幸作为代表参加浙江万马篮球俱乐部与在杭高校大学生的互动。经现场抽签决定,我很荣幸跟"大余"分在一组,对手由名宿郑武领衔,喜悦之情溢于言表。当我跟内敛的"大余"握手时,瞬间觉得自己的小手已无觅处,他那巨大的身躯令人略感惊怵。

当晚的交流,是我平生第一次与篮坛巨人的同场竞技,激动胜过紧张,但也能快速进入比赛状态。掩护、挡拆、突分……我灵巧地穿梭在"大余"身边,与他有着心照不宣的默契。除了进攻,他出色地完成了护筐任务。两轮比赛下来,因为拥有篮下"巨无霸",我们组获得冠军,我当选为最佳球员,获奖一台捷安特山地车,并有幸在央视五套露了脸。

因为篮球,"大余"成了我朋友圈里身高最高的朋友;因为篮球,我现场感受了职业篮球的魅力。正因为喜爱篮球,我和"大余"的友谊纯洁而又真挚,不受球技制约,没有身高妨碍,更无学历影响。

20 个寒来暑往,除了"大余"给我寄篮球和球衣,我给他寄闽南特产外,彼此互动并不算多。这些年,我们仅见过两次面。

一次是毕业后的第六年,我和新婚的妻子去杭州旅游,一通电话之后，正在带稠州青年队的"大余"忙中拨冗热情接待了我们。虽然时间很短暂，但那份心意像地道的杭帮菜一样，让人记忆犹新。

另一次是在一个秋高气爽的早晨，我的手机来电显示余乐平。接通电话前，我早已按捺不住内心的激动，猜测一定是倾盖如故的"队友"要来福建了。果不其然，电话那头陌生而又熟悉的声音言简意赅。"大余"说他率队到福建龙岩参加全国"篮校杯"U17南区比赛，正在杭州至龙岩的动车上，特邀我去现场观看比赛。当我还沉浸在惊喜之中时，那熟悉的四川口音已被动车的疾驰声淹没了。

有朋自远方来，不亦乐乎！更何况是十多年未曾谋面的好朋友来了呢！我邀约两位球友，带了琯溪蜜柚，次日驱车赶赴比赛现场。当球队大巴抵达后，眼前的"大余"略显消瘦，眼眶有些凹陷，但亲切的眼神丝毫未变。短短几分钟的寒暄之后，他指挥队员进场热身，准备比赛。

我坐在看台上，与其说是看比赛，还不如说是在观察远道而来的朋友。盯人、联防、×号战术……曾经的大中锋拿着战术板在场边不停地徘徊，一会儿向场上球员吆喝着，一会儿又向替补席说着什么。每当暂停，他便立即见缝插针地布置战术，并像父亲一样鼓励那群尚未成年的孩子，忙得满头大汗，却也不亦乐乎。

一天两赛的强度，"大余"没有更多的时间与我叙旧。在午餐饭桌上，话题还是篮球，得知他年仅15岁、身高达2.21米的儿子已赴美国接受更高水平的篮球专业训练，我由衷地敬佩这位篮球人的辛勤付出和不懈追求。

下午离开比赛场馆前，我们和"大余"的球队合影留念，重情重义的"大余"特地单独与我合影。而更为幽默的是，回到杭州的"大余"发微信告诉我，他和我照相时站错了位置，在龙岩的合影与在杭州的合影左右互换了。

我和"大余"因篮球而倾盖如故。相隔20年的两次珍贵合影，他连左右都记得如此清楚，着实让我感动至极。看着桌上相框里的合影，我默默地祝福"大余"的篮球世家幸福美满，为祖国的篮球事业作出更多的贡献。

敦厚的"狐狸"

跟球友伟杰交往几年，我始终无法把他的为人处世与外号"狐狸"联系起来。于是，一直想借机打探，却终未启齿。

五年前，两群志趣相投的人，因爱好篮球而结缘。年过不惑的老大哥球队起名"方圆不惑"，年轻的一队则叫作"蓝狐"。"方圆不惑"既有场方球圆、处世方圆的含义，又有人到中年、不惑而获的寓意。而"蓝狐"的 Logo 是一只妖媚的狐狸，着实让人一头雾水，甚至有点浮想联翩。

一个偶然的机会，得悉"蓝狐"由地名蓝田和其领队伟杰的外号"狐狸"各取一字而来。"蓝狐"可谓言简意赅，只是伟杰的外号"狐狸"令人好奇不已。

初识伟杰，是在五年前的一场友谊交流赛上。他衣着简朴，理着平头，方脸，始终洋溢着微笑，话语简单，性情温和，给人敦厚老实的感觉。场上的"狐狸"球风朴实，攻防简单利索，除了出神入化的勾手投篮让防守人摸不着头脑外，并无变化诡异的技术，给大家留下深刻印象的要数那只"金左手"，的确让对手防不胜防。

球场外，事业有成的"狐狸"可算是一名农民企业家，把木业公司经营得风生水起。虽然工作繁忙，但丝毫不影响他对篮球的热爱，以及对球友的挚爱。这几年，他经常风尘仆仆地从几十公里外的工厂赶往球场，一阵大汗淋漓之后又赶回工厂，然后夜以继日地洽谈业务、研究生产、维护设备。他的兢兢业业与厂里工人相比，有过之而无不及，让陌生人很难一眼判别他是工人还是老板。于是，球友们隔三岔五看见他满手油污打球，甚至穿着工作装上场，就完全不以为怪。

生活中的"狐狸"与球场上别无二样：待人热情，为人直率真诚，又不失诙谐幽默，经常惹人捧腹大笑；生活节俭低调，穿着打扮大众而又俭朴，甚至朴素得跟厂里的工人一样，走在人群中，打着灯笼都不好找；常怀恻隐之心，时常助人为乐，力所能及地帮助身边朋友，对工人无微不至，可谓有口皆碑。

这几年来，在"狐狸"的真诚感召之下，"方圆不惑"与"蓝狐"两支球队秉承"以球会友，运动快乐"的宗旨，坚持每周至少一场球赛交流。事实上，知根知底的两队同场竞技，球友们早已将比分置之度外，无人再去关注比分结果，而是尽情享受那个酣畅淋漓的过程。

年过不惑，因一兴趣爱好，而得意气相投的良师益友，何其珍贵。而我与伟杰的友谊，缘起于篮球，又不止于篮球。时至今日，伟杰因小时候聪慧而得外号"狐狸"的缘由，我已不用再去追根溯源了。

火龙果花开

　　我没有见过昙花，更无从欣赏这位"月下美人"惊鸿一瞥的惊艳。一天深夜，我在微信朋友圈晒出洁白妖娆的火龙果花，被尚未见过此花的朋友们误认为是昙花。友人对火龙果花的不识，与我对昙花的不识，似乎不约而同，引得我们捧腹大笑。

　　昙花与火龙果同属仙人掌科植物，原产于南美热带沙漠。它们为适应恶劣的自然环境繁衍生息，经过天长日久的进化，在夜间短时间开花的特性逐渐形成。由于昙花夜间开放，而且开放的时间很短，人们便用成语"昙花一现"比喻美好的事物或景象出现了一下，很快就消失。

　　两年前，我错过了自家火龙果的首次花开。我清晰地记得，那天入夜前，长约十五厘米的火龙果花蕾只是含苞待放，天亮后却发现花已凋谢，只有蜜蜂的嗡嗡声告诉我花开花谢的讯息。经查阅资料并调看监控，我才找到了其中的答案。

　　因为有前车之鉴，我亲眼见证了火龙果的第二次花开。炎热的夏天，夜幕降临之后，四处仍旧知了声声，虽然露台上的石板余温未了，散发的热量让人体感不适，但这丝毫不影响我赏花的激情。大约九点，攀爬在栏杆上的火龙果开始开花。起初，花蕾顶部鼓起像圆球，花托粗壮，呈倒圆锥形，随着小苞片打开，约一刻钟全部开放。花呈漏斗状，外部黄绿色，花丝黄白色，芳香浓郁，沁人心脾。不多一会儿，嗅觉灵敏的蜜蜂从天而降，忙碌穿行于花丛中，生怕错过转瞬即逝的花蜜。为留下珍贵记忆，我用手机延时拍摄记录了火龙果花开放的全过程。

　　火龙果花结束短暂一现的美丽之后，便开始了馈赠美味果肉的新使命。谢花后约一个月时间，宽卵形到球状的果实在烈日滋养下日渐膨大，由绿色变为明亮的洋红色。成熟的果实色泽红艳，富含葡萄糖、维生素 C

和多种矿物质，具有低脂肪、高磷脂、低热量等特点。那深红色的果肉细腻爽口，黑色芝麻粒般的种子带有独特香味，特别讨我的两个儿子喜欢。

立秋前夕，望着露台上火龙果花的球形幼芽一天天膨大，我在满怀期待今年第三批火龙果花惊艳绽放的同时，情不自禁想起四年前赠予我火龙果苗的蔡先生。

四年前，一个偶然的机会，我结识了来自台湾嘉义的蔡志阳先生。初次见面，皮肤黝黑的蔡先生热情幽默，国字脸上那副黑框眼镜既明亮又时尚。他带我们参观他的漳浦基地，耐心介绍红毛丹、黄晶果、太平洋莎梨等各种我们从未见过的水果，并盛情邀请我们品尝。虽然是首次谋面，却有种一见如故的亲切，特别是他的朴实厚道令我肃然起敬。我们离开基地时，蔡先生特地送我三棵红心火龙果苗，外加一袋农家肥，并悉心教授我火龙果的种植技术。

自从结识了蔡先生，我收获了来自宝岛台湾的友谊，便有幸见识了昙花一现般的火龙果花，既目睹了它的绝美惊艳，又享用了它的美味可口的果实，心底的喜悦不言而喻。

据悉，蔡先生出生在农业世家，血液里天生流淌着曾荣获"台湾十大杰出农家"称号的祖父爱拼才会赢的家族基因。他于2014年怀揣梦想，把台湾的先进农业技术带到福建落地，并逐渐形成了别具一格的水果王国，多次承接各级领导调研参观，先后荣获团省委"福建101台湾青年创业扶持计划"第一名、福建省"十大潜力创业青年"等多项荣誉，2019年被东南卫视《台青筑梦季》第二季誉为"水果暖男"，并被《今日头条》等多家媒体报道。

这个闷热的夏夜，我坐在露台上，静静地看着那十几朵竞相绽放的火龙果花，不只折服于这位台湾友人来大陆创业的艰辛付出，而且感慨这些年来两岸关系的积极发展。那一刻，我情不自禁地默默诵读起余光中先生的《乡愁》，并衷心祝愿两岸一家亲不是像火龙果花那样倏忽一现，而要像百合花一样长久而圣洁。

球场之悟

　　普通人的一生无非就那几件事，学习、工作、生活……生活内容包罗万象，但一生的最爱往往就只有几样。

　　这些事看似有别，实则相通——为人处世，以德立身。做人讲品德，为官讲官德，打球讲球德。

　　喜欢篮球运动的人都知道，在篮球场上，一支队伍里的五名队员尽管分工明确，职责不同，但目标相同。最终决定胜负的，不在于个体有多强，而在于五个人配合有多好。中锋是禁区之王，挑起内线攻防大梁，除了担当好最后一道防线外，还应起到牵制和策应作用；大前锋辅佐中锋，理应扛起内线攻防重任，除了低位进攻，护筐、策应也是分内之事；小前锋应技术全面，攻时能突能投能传能快，可当战术核心，守时能成为尖兵，灵活机动，内外兼顾；得分后卫顾名思义以得分为第一要务，理应跑位积极，出手果断，投篮精准，当然对位防守也是职责所系；组织后卫掌控全局，理应合理分配球权，控制快慢节奏，把全队黏合在一起，除了组织能力，还得具备攻防本领。这五个位置，谁也替代不了谁，缺一不可。这大概也就是代表当今世界最高篮球水平的 NBA 没有出现五个乔丹或者五个奥尼尔组成豪华阵容的原因之所在。

　　实践证明，在篮球场上，虽然中锋、大前锋没有后卫的灵巧和球性，但在内线一柱擎天，起着中流砥柱的作用。虽然后卫没有锋线队员高大强壮，能守护禁区，但穿针引线、灵活机动的作用是内线队员无法做到的。所以，在球场上，只有五个位置科学搭配、各负其责，才会相得益彰。

　　在实战中，倘若五个队友不明确攻防责任，不清楚攻防区域、跑位路线，战术执行将会无头无尾。如果有人越俎代庖，顾此失彼，则会制造漏洞，防不胜防。如果有人喜欢单打独斗，搞个人英雄主义，则会影响士气，导致疲于奔命，事倍功半。如果有人重攻轻守，则会挫伤队友的积极性，破坏攻防整体性。一支球队就是一个整体，只有步调一致、同舟共济，各司其职、分兵把口，默契配合、及时补位，攻防兼备、快慢有度，充分信任、谅解包容，整体作战、团结一致，才会产生更加强大的战斗力，催生更加强大的凝聚力。

阅历是最好的老师，时间是经验的财富。如果说年轻时打篮球靠个体技术和身体条件，那么年龄大了之后靠的就是整体的配合和场上的经验。在球场上，不变的是规则，变的是战术，但攻能取分、守能奏效才是硬道理。离开这个王道，无论球风多华丽，无论技术多出众，犯规、违例同样都要付出代价。

万丈高楼平地起，一砖一瓦不可缺。在人生的职场当中，一个单位的人形形色色，各有所长，参差不齐，但缺一不可。如何取得最好的建设成效？靠的是团队配合，而非个体素质。只有扬长避短、取长补短，密切配合、高效运转，做到人尽其用、人尽其才，才能达成 $1+1 > 2$ 的效果。反之，如果各行其是，相互掣肘，就如同一盘散沙，内耗空转，挫伤士气，影响团结，轻则降低效率，重则一事无成。

古人讲，守规矩者最自由。不以规矩不能成方圆。在人生的赛场上，何尝不是如此？党纪国法纪律法规等，都是约束言行的有效规则。只有敬畏规则、遵守规则，才会更加自由，才更容易获得成功。

将飘逸风格进行到底

俗话说："一根篱笆三个桩，一个好汉三个帮。"方圆不惑养生篮球队一贯遵从"众人划桨开大船"的理念，得益于合营互助的良好氛围。这个良好氛围的形成，要归功于球队年龄最大的领队兼教练钟志刚。就某种意义而言，如果没有他的执着与付出，运动快乐未必能逍遥分享。

在方圆不惑养生篮球队，与"耿三分"外线火力相比，钟领队的球风更为飘逸。他进攻手段丰富多样，能突能投，能里能外，经常让对手捉摸不透。虽说他已年过半百，但运动能力依旧保持得不错，运球突破瞬间变速变向节奏清晰，突分或投篮时机合理、手段多样，特别是外线横向飘逸远投让人眼前一亮，仿佛年轻时候的影子重现当场，令人赏心悦目。

认识钟领队将近二十年。他曾经是我的领导，也是我的球友，当然如今乃至余生都必将是我的球友。与工作相比，我们俩关于篮球更加无话不谈，也因同样爱好篮球而惺惺相惜，成为挚友。

军人世家出身的钟领队性格豪爽，待人耿直热情，身为球队教练兼领队，像兄长一般，凭着一股喜爱篮球、分享快乐的精气神把大家凝聚在一起，心甘情愿付出于无形，从无半句怨言，着实令人佩服。

当年认识钟领队，最初的印象还是篮球。每到下午体能训练时间，基本都在篮球场上度过。当时风华正茂的他可谓春风得意马蹄疾，素质全面，能力出色，敢说敢干，是重点培养的优秀年轻干部。在球场上也是如此，作风麻利，英勇果断，一腔热血传递着干一行、专一行的青春活力。

于快乐而言，相聚的日子总是短暂的。后来因工作关系，我们鲜有机会同场竞技，彼此享受着各自的篮球运动快乐。

我与钟领队重新携手分享篮球运动快乐，是四年前的事。当时，他已扎根漳州工作生活了。后来得知，他离开漳州在外省工作，包括重回漳州的那四年里，几乎很少参加篮球运动。我们重聚之后，谈到继续篮球运动快乐，可谓一拍即合。另基于其他球友的提议，方圆不惑养生篮球队便应运而生。

方圆不惑养生篮球队成立之初，脚踝伤病严重的他并没能登场，但坚持到场指导。直到 2016 年年底基本伤愈之后，他才带着自己的忠实粉丝——嫂子出场亮相。他久疏比赛，手感生涩，但有老底在。在嫂子的呐喊助威下，他连续命中三分，赢得一片赞叹声。事实上，嫂子高兴在脸上，担忧在心里，生怕他那曾经损伤的脚踝旧伤复发。

球友们常议论，老钟一把年纪了，打球还是很犀利。可他们不曾了解，钟领队年轻时是师篮球队队员，多次参加原南京军区的比赛，与驻地广泛交流切磋，以球风飘逸、投射精准而闻名。

如今，虽说他已半百年事，但我们依旧能通过他那颗年轻的心领略到篮球运动的魅力，从那弹指之间的飘逸风格中依稀看到他年轻时候的影子。

岁月不居，时节如流。五十之年，忽焉已至。他依旧用那份挚爱续写着自己的篮球故事，用行动感染并带动着身边的球友一道分享方圆之间的快乐。

回味阿嬷的花生

我见识过很多地方的花生，也品尝过多种做法与口味。但最让我惦记的，当数桥仔头村黄阿嬷的水煮花生。

桥仔头村位于福建省漳浦县前亭镇火山岛附近，背靠大寨山，南面江口湾，是一个风光旖旎、民风淳朴的闽南滨海小村。普通而又善良的黄阿嬷就生活在这个美丽的小村里。

初识黄阿嬷，是在六年前那个火热的夏天，缘于那年濒海训练借宿。因桥仔头小学住宿容量有限，我和几名战友便去周边群众家里借宿。几次尝试未果后，我的心凉了半截。当我们准备返回学校时，一位正在小院子里晒花生的阿嬷热情地迎了过来，用一口流利的闽南话和我们说着什么，并不时指着那栋看起来新建不久的漂亮小楼。幸好当时有一位年轻人路过，帮忙用普通话翻译了阿嬷的一片好意。

当阿嬷得知我们是驻漳州的部队之后，备感亲切，连忙切好自家种的西瓜，去楼上腾房间，收拾卫生。约半个小时后，三个房间整理得干干净净，而阿嬷早已汗流浃背。看着满头大汗的阿嬷喜笑颜开，那种沐浴母爱的欣慰之情油然而生。

阿嬷年过花甲，身材瘦小，但精神矍铄，双眼炯炯有神，心地善良。花白的头发梳理得一丝不乱，用发簪插着；脸上黝黑的皮肤爬满了曲折不均的皱纹，记载着沧桑岁月留下的痕迹，一颦一笑尽显讨海人的生活艰辛；那双长年累月劳作的手，皮肤粗糙，满是老茧，看起来有几分像男子汉的手。阿嬷十分健谈，虽然她的闽南语于我们，如同我们的普通话于她一样听不懂，但我们之间的沟通日渐顺畅。

跟阿嬷交流得知，前几年她家里盖新房和操办儿子婚事欠了外债，一家人都要打工挣钱。除了她留守看家兼做临工，其他人都在厦门打工。

阿嬷在言谈之间，既径直流露出当奶奶、住新房的幸福感，又难以掩饰年过花甲仍要劳碌奔波的艰辛与无奈。

那段借宿的日子，时值仲夏，黄阿嬷除了插空收花生、种蔬菜外，每天都要早出晚归打临工。阿嬷告诉我，做临工没有固定的地点和工种，只有固定的工作时间和辛勤付出。比如，张家有牡蛎需要挖肉，就去张家挖牡蛎肉；王家有渔网需要补，就去王家补渔网……阿嬷就这样日复一日来回奔走于渔村之间，从来没有睡过一次懒觉，也没有一次天黑前回到家过。

在我们借宿期间，阿嬷忙于生计奔波，几乎没有时间与她促膝长谈。然而，天公作美，临近海训快结束时，一次台风给我创造了机会。那天中午，狂风暴雨来临前，阿嬷提前收工回家，端着一筐水煮花生来到我们借宿的三楼露台，并亲自泡功夫茶给我们喝。阿嬷告诉我们，她家以前靠种植花生谋生，因海边含咸水的沙地种出的花生口感独特，深受市场欢迎，家里的日子过得还算宽裕。但盖新房、娶媳妇之后欠了债，单靠花生种植难以维系。于是乎，她顺理成章成了肩负重担的空巢老人。

我品着阿嬷泡的闽南功夫茶，嚼着软糯香甜的水煮花生，虽有几分惬意，却无法喜不自胜。那一刻，我想到千里之外年逾花甲、像阿嬷一样俭朴热情、劳碌奔波的母亲，同样过着日出而作、日落而息的生活，心中顿时涌起一股莫名的惆怅。

海训结束离开小村的前夜，我跟阿嬷结算水电费，并希望她收下二百元的借宿补偿。阿嬷不但谢绝借宿补偿，就连水电费也分文不收。这既在意料之外，又在情理之中。意料之外的是生活拮据的阿嬷没有义务替我们承担水电费，而情理之中的是纯朴善良的阿嬷早已将对我们的关心升华为新时代的拥军情怀。也许是得益于跟我们的交流，阿嬷居然能生硬地讲出几句勉强可以听懂的普通话了。

临行前，阿嬷送了一袋花生给我，并放鞭炮为我们送行。虽然鞭炮的嘈杂声干扰了离别时的祝福言语，但透过烟雾隐约能看见阿嬷依依不舍的眼神和用力挥舞的双手。那一刻，我们都沉默不语。

三年后的暑假，我带着妻儿去火山岛游玩，特意拐去看望阿嬷。正在晒花生的阿嬷喜出望外，一眼就认出了我，并热情地招待了我们。跟阿嬷告别时，她又送了我一袋新鲜的花生。

后来，我再没有去探望过阿嬷。但每当我吃水煮花生时，慈祥善良的阿嬷的形象都会浮现在我脑海里。

"苏哥"的篮球人生

　　人的一生难得有几个志趣相投的友人。因爱好相同而无话不说，甚至偶尔红过脸，过后愈加情深意重，则更难能可贵。

　　相比写作，我热爱篮球更早，迄今已有三十年了。

　　这些年，我结识球友无数。但在球友当中，钟爱到把篮球融入生活、视为价值追求的人并不多见。"苏哥"就是如此。

　　三年前，我进入新的工作生活环境，寻找新的篮球圈子。一个偶然的机会，因一句宣传口号"在漳州打篮球，找苏哥"，我隔着手机屏幕结识了素不相识的"苏哥"。

　　初见"苏哥"，他与我想象的模样相差甚远。一米七五左右的身高，国字脸上嵌着一双圆溜溜的大眼睛，眼睛清澈明亮得仿佛可以看透心灵。还算矫健又略微显胖的身材，古铜色的皮肤显得特别健康，利落清爽的短发看起来特别精神。交谈之中，他操着带有闽南口音的普通话，风趣幽默，出口成章，凡是关于篮球的话题，几乎都能娓娓道来。这完全是一副儒雅书生的模样，或者媒体人的形象，让人很难将之与篮球联系在一起。

　　想着那句"在漳州打篮球，找苏哥"，我渴望深入了解这个跟我一样钟爱篮球的同龄人。接下来的半年里，从舒心打篮球，孩子学篮球，到看球品茶聊人生，只要与篮球有关的事，"苏哥"都给予我莫大的帮助和启发，令人肃然起敬。如今看来，那句宣传口号并非是夸海口，而是追逐梦想的铮铮誓言。

　　"苏哥"原名苏文勇，出生于改革开放前夕，地道的福建龙海人，农林大学畜牧专业毕业，原本供职于效益很可观的大型国企，不知何故辞职做起了"草根"篮球人。这个答案我暂未正面去探究，就连他的妻女也未必知晓。

"在闽南金三角中，漳州的民间篮球运动明显落后于泉州和厦门，除了经济水平的差距，主要还在于缺少篮球文化和土壤，特别缺乏从娃娃抓起的氛围。"这是"苏哥"最鲜明的观点。基于这样的忧虑和担当，他辞职下海做篮球人也就在情理之中了。

　　巧妇难为无米之炊。举办正规的草根篮球联赛，光靠满腔热情远远不够，必须要有专业的团队和充足的经费保障。开设青少年篮球培训班，考验的不只是专业技能，同样检验教学训练寓教于乐的能力。服务保障日常篮球运动，看似简单轻松，实则是缠人费神的差事。这三年里，我每周都会去"苏哥"篮球活动中心，亲眼见识了他的艰辛与不易，发自内心为他点赞。

　　"爱篮球，没理由"，这是"苏哥"篮球活动中心的一句横幅标语。的确如此，在千千万万的篮球爱好者心里，喜爱篮球都有着这样或那样的故事和理由。以我来看，在一年三百六十五天都离不开篮球的"苏哥"心里，爱篮球早已超出锻炼身体的范畴，达到舍弃小我的境界，成为一种生活方式，成为一种价值追求，成为一份微薄的责任担当。

　　每当看到我们中年篮球队员们，挥汗如雨给"苏哥"一次远投助攻，或者看见那些练习篮球的孩子们喜形于色的笑容，我都是那样心旷神怡，仿佛又回到了学生时代。

　　因为热爱篮球，注定遇见"苏哥"。因为遇见"苏哥"，让我们续写新的篮球故事，享受新的运动快乐。至于"苏哥"选择篮球人生的原因，我一定会找到答案。

粗中有细的"阿瘦"

初闻"阿瘦"这个称呼，是三年前的记忆。当时没有接触这个人，更无从谈起了解他。

说起这个在漳州的晋江人，在漳州业余篮球圈可谓小有名气。无论是花甲长者，还是几岁孩童，大家几乎都叫他"阿瘦"。我当时想，这应该是他在篮球圈的雅称或者说是标签。

每当遇见一个志趣相投的朋友，特别是球友或文友，我都如获至宝，特别珍惜。跟"阿瘦"结缘，还是因为篮球。刚到漳州工作生活的那段日子里，我经常去学校、单位或者江滨公园打篮球，虽然大汗淋漓，也酣畅舒心，但是总觉得没有真正体验年至不惑的运动快乐。

一个偶然的机会，结识了"阿瘦"。一群年已不惑的篮球爱好者，组建球队"方圆不惑"，时常由他安排场地并联系球队进行友谊赛。那种久违的宾至如归的心情让人备感温馨。

第一次见到"阿瘦"，心情好比过山车，似乎觉得大家的称呼很幽默，甚至有点滑稽。从体格来看，用五大三粗来形容他毫不为过。他身高一般，但虎背熊腰特别抢眼。黝黑的皮肤不仅彰显了阳光与活力，而且透露出篮球人风里来雨里去的艰辛。头发略显稀疏，但也有型，一看就是个讲究人。满口的闽南普通话，听起来既风趣又热情，就连微信的语音转换文字功能也经常被"调戏"，给我转换成乱码。

一段时间的接触之后，年龄相仿的"阿瘦"加入"方圆不惑"打养生篮球。如果说之前"以貌取人"的想法是错的，那么同场竞技的见识则让不少人折服。难怪"苏哥"经常说他是"最灵活的胖子"。将近二百斤的体重，在场上司职后卫，不仅控球灵活，视野开阔，而且具备很强的投射能力和配合意识。虽然速率早已不如青春少年，但扎实的基本功一眼就能识破。后来了解到，他二十年前也是漳州业余篮球后卫线上的"一把好手"，是同样司职后卫的我的学习榜样。

"阿瘦"原名李植寿，二十多年前扎根漳州。我跟他结识几年，虽然没有得到他客居漳州的明确答案，但他二十多年如一日痴爱篮球的行动，已经证明了一切。据传，就连妻子怀孕时，他也扔下她几个小时不管，骑自行车数公里去比赛。父亲如此，儿子长大后喜爱篮球，从事篮球相关工作，一点也不意外。

在漳州的这些年里，"阿瘦"的生活从来没有离开过篮球。除了配合妻子经营篮球运动装备养家糊口外，他把主要时间和精力都用在了那个长二十八米、宽十五米的场地上。

当篮球裁判，不只是考验他对篮球规则尺度的掌握，更需要熟悉业余篮球水平和氛围，尽管一身汗水只换得有限报酬，但乐在其中才是他拿起哨子的真正追求。如果不被球员理解，除了一笑了之，别无他法。

在一般人看来，当业余球队教练似乎很简单，但没有相对专业的战术素养和临场指挥能力，岂不贻笑大方？我见识过"阿瘦"的一丝不苟和严谨细致。无论是水文地质队、中国人民银行漳州支行，还是中石油漳州公司等，他都能在有限的训练时间提升球队技战术水平，着实让人佩服。

从表面上看，认识"阿瘦"和"苏哥"几乎是同时的。这对黄金拍档在青少年活动中心篮球训练中心合作多年，从组织草根联赛、培训孩子，到赛事保障、日常管理等，他们在工作上的默契度很让人惊讶，甚至胜过篮球场上一次次妙传助攻。这也许正是所有篮球人血液里天生流淌的洒脱与默契！

如今仔细回想起来，"认识"他是在 2015 年。他儿子参加"9·3"阅兵回来后，他作为家长代表出席欢迎仪式。那时，我俩已经同框，只是相互不认识。但还是缘于篮球，我们并未错过那份注定的友谊。

古人讲，有志者事竟成。对于"阿瘦"来讲，也许一生都不会离开篮球，那个面积有限的长方形场地就是他的人生舞台。正因为他那粗中有细的态度，我没有理由不相信他的篮球人生会绽放更加绚丽的花朵。

唐老师的黄挎包

结识唐老师是金秋十月的事，源于《漳江文学》与云霄百草园举办的"百草园杯"征文活动。他是《漳江文学》主编，征文活动的组织者。我因国庆节去百草园领略过园里的中草药文化，于是报名参加了征文。两人就此结缘。

三个多月来，群里文友都尊称他为唐老师，我也跟着大家这么叫。我和唐老师并未谋面，连声音都不曾听见，只是通过微信相互了解，交流写作体悟。作为"半桶水"，我突然觉得自己的世界被压缩得很小，跟他交流备感压力，于是提醒自己要虚心当听众，把他传授的精华截屏收藏起来。

漳州市区离云霄县城百余公里，不算太远。现在回想，当时没有及时当面拜访唐老师，说没时间只是个借口。实际上，自己学识浅薄、底气不足才是胆怯的原因。于是，每一次隔着屏幕与唐老师聊天，我都试图从字里行间中想象唐老师的模样，或尝试刻画具有四十一年文学创作资历、从事《漳江文学》主编工作二十一年的长者的形象，这样可以从心理上慰藉自己。

第一次见到唐老师，是在百草园召开的征文大赛颁奖暨座谈会上。座谈会那天，百草园里暖冬如春，到处生机盎然、书香四溢，好不喜庆。出于敬重，我比往常周末起得更早，从市区驱车两个小时，提早到达百草园等他们。唐老师下车后，我连忙上前打招呼（因为在微信群见过一次漳江文学采风团的合影照），但老人家并没有认出我是谁，礼节性地握手寒暄后，急忙用手抓住右肩那个差点滑落的黄挎包，迈出与精瘦身躯并不匹配的矫健步伐，背影消失在三味书屋大门后。

现实与想象总是有差距的。初次目睹唐老师，一米七三左右的个头，体重估计百斤左右，显得有些"弱不禁风"。带小灰格的白色衬衣抄在浅绿的长裤里，衬衣半新不旧，干净而平整，长度刚好，但显得特别宽松，透过圆领衫可以清晰地看见脖颈下凸起的锁骨；黑色的皮带似乎不堪重负，很难向上扯住那条腰间有多处皱褶的长裤；一双跟我同样的棕色皮鞋，是唯一能衬托出时尚的穿着。我不敢猜测，在台风频繁的闽南地区，遇有"莫兰蒂"来袭，他是不是应该停止户外采风，而改为伏案爬格子更合适。

让我印象最深最难忘的还是唐老师的黄挎包。我无法推测它陪伴唐老师有多长时间了，也无从知道它是唐老师用过的第几个挎包，但我估摸它对唐老师特别重要。临近会议前，唐老师还在忙前跑后，因到会人员临时有变，需要制作席卡，调整颁奖、发言等工作细节。我凑上去想搭把手，好奇地发现了唐老师挎包里的宝贝：粉色A4纸打印的会议议程和获奖名单、手写稿、《漳江文学》期刊、照相机、创作采风胸卡……好一个"百宝箱"，还有几个夹层，不知里面还有何"神器"。在百草园参观的时候，挎包承载着保障照相、采风的使命；吃饭的时候，挎包在屁股后面，跟他同坐一凳；喝茶的时候，挎包背带挂在肩上，挎包还在他怀里；整个座谈会下来，唐老师的挎包不曾离开过他那比背带略宽、肩峰凸出的肩膀。

我忽然想起，黄挎包不仅是儿时读书的记忆，更是当年知识青年上山下乡的标配。难道是有这情结在？当我试着侧面深入了解唐老师的时候，凑巧在微信群看到了一位资深文友晒的图片，上面清晰地写着：唐镇河，1975年上山下乡当知青，1978年开始文学创作，诗歌、散文、报告文学曾在《中国作家》《文艺报》《中国文学》《青年文艺家》等刊物获奖。著有诗集《梦中的蔷薇花》《岁月的回声》《精神的制高点》等，文学作品集《唱响故乡的颂歌》《情感的温度》，长篇报告文学《春风惠物恩泽长》《百姓忧乐挂心头》等。看完这张图片，我并没有一丝惊讶。我坚信自己的判断，谦逊内敛的唐老师的创作成果一定远不止这些。因为我清晰地记得，座谈会那天，唐老师身为征文比赛的主要负责人，却不肯在会上发言，就连宣读获奖名单还是在几位文友的动员下才勉强答应的。这种先人后己的品格令人动容，为人作嫁的精神特别值得点赞。

座谈会那天是第一次，也是迄今唯一一次见到唐老师。百草园临别前，文友们争相与唐老师合影。我借机面对面打量唐老师。他满头汗水浸湿了头发，前额出现了几个小的发束，花白的鬓发诉说着创作的辛酸，眼眶深凹但双目炯炯有神，清瘦的脸庞在夕阳映衬下轮廓分明，两个"大酒窝"或许正是岁月年轮的见证。合影时，我站在唐老师右侧，有意把身子挨得跟他近一点，左手刚好能触碰到他那宝贝般的黄挎包，心想可以零距离汲取一点营养。

日月不肯迟，四时相催迫。从几个月的了解来看，年过花甲的唐老师依然笔耕不辍，不仅为痴爱一生的文学行走在闽南山水之间，而且不辞辛劳地培养了一茬又一茬弟子。这或许正是知青父辈们上山下乡留下的优良学风，也是如今信息社会年轻一代亟须汲取和传承的宝贵财富。虽然我年至不惑，也梦想像唐老师一样背起黄挎包，用文字让生命的颜色变得更加绚丽多彩，为中国梦贡献微薄之力。

"零度"先生

乍一听"零度"先生，让人不知所云。这个称呼，既有演艺界的味道，又不失儒雅风范。在我眼里，"零度"先生是特指在底线零度角投篮很准的王大哥。

年龄即将奔五的"零度"先生是河南南阳人，板寸头，四方脸，耿直不二的性格，干净利索的作风。与他交往，隐约可见的酒窝立刻给人热情而又豪爽的感觉。

球场上的"零度"先生，球品如人品，简单而又干脆。在队友眼里，他很少持球，几乎不占球权，仅凭标志性的"零度"一投，足以让人防不胜防。而让防守人惊讶的是，"零度"先生虽然因年龄大，运动能力下降，但没想到他投篮如此果断，动作如此稳定，命中率如此之高。

尽管"零度"先生跳投离地只有三厘米，但空中协调舒展的投篮姿势丝毫不亚于年轻人的身姿，一气呵成的投篮动作，特别是球离手指后的跟进几乎机械般地固定，让人看了赏心悦目。虽然跳起离地仅有三厘米，但那三厘米跳出的是果敢的信念和习惯的节奏，跳出了自信与稳健。

我与"零度"先生结缘，可追溯到十六年前。当时我们都在机关大院工作，办公室就在斜对面，他先去，我后到。因同样喜欢打篮球而结识。虽在不同科室，但隶属同一部门。在工作上，经验丰富的他是我的老师。小到日常业务，大到重点工作，他不厌其烦地指点帮助，令我受益匪浅。

一年之后，我们成了大院楼上楼下的邻居。自那以后，无论运动、工作，还是生活，我与"零度"先生的距离越来越近。站在楼梯口喊一嗓子很方便，打篮球、拉家常、聊人生，串门是常有的事。兴致浓时，对饮三五杯，那时我是"零度"，他不少于"四十五度"，一切简单的快乐看似随着乙醇挥发了，却悄悄融进了彼此的血液。

很多球友不曾见过身着军装、英姿飒爽的"零度"先生，而我却有幸见识了。刚健乌黑的平头，标致的国字脸，健硕匀称的身板，亲和热情的笑脸，可谓魅力十足。他与嫂子的爱情就是最好的证明。嫂子是潮汕人，本不可能与他有姻缘。但大埕湾的那场演习让两个年轻人走到了一起，收获了"世纪婴儿"的爱情结晶。如今，他们又积极响应国家号召，养育着即将年满两周岁的第二个结晶。

从有限的接触中了解到，"零度"先生的母亲是一位历经坎坷的小学教师，一位教子有方的慈祥母亲。她一边坚守岗位，一边含辛茹苦养育几个子女，用伟大的母爱滋养自己的孩子和像孩子一样的学生。"零度"先生客居闽南后，头发花白的母亲一心几头牵挂，辗转多地看望照顾子孙后代，并不忘读书看报，关心国家大事，令人肃然起敬。

正因为有了母亲的培养和鼓励，"零度"先生从一名士兵成长为团职军官。每当聊到这个话题，"零度"先生的感恩之情溢于言表。的确，成功除了个人的努力付出外，更关键的是背后那份貌似唠叨却又无价的母爱。

人生无限美，青春最宝贵。虽然青春不再，但美好依旧。在方圆不惑，"零度"先生不仅投出了果敢与自信，而且投出了人生的信念与执着。在酒的口感上，或许"零度"不如"五十三度"劲爆，但那种悠柔绵醇越品越有味道。

烙在心底的笑脸

在我内心深处，珍藏着无数美好，尤以笑脸居多。要说刻骨铭心的，莫过于当指导员那半年的收获。

2003年年初，可怕的"非典"已流行蔓延至闽南，火热的军营同样高度戒备。那年三月，我走马上任连队指导员。作为部队末梢神经，连队工作千头万绪。这对于没有半天当士兵经历的我来说，一切陌生且又新鲜。但于我而言，与防"非典"相比，踢好工作"头三脚"更具挑战性。

上任伊始，在我心里，每一项日常工作都是新的开始，每一次重大任务都是新的挑战；在我眼里，每一轮朝阳升起都有新的目标，每一张黝黑脸庞绽放的笑容都是一幅写生画。在那可贵的半年时间里，一切都充满激情与挑战，而最让我永生难忘的是那些烙印在心底的笑脸，惠风和畅而又催人奋进。

我的"搭档"姓苏，福建三明人，军事素质好，管理方法活，亲和力与凝聚力强，对连队建设可谓驾轻就熟。更加难能可贵的是，他身为老连长，不仅像兄长一样关心初来乍到的我，而且善于跟我交心通气，同心合力谋划领导连队建设。

苏连长中等身材，浓眉大眼，精明能干，既有军事干部干脆利索的行事作风，又有政治干部春风化雨的温文尔雅，特别是那张会做思想工作的笑脸，不仅能给官兵带来欢声笑语，而且常常起到破解难题的作用。

记得在一次研究官兵立功和入党问题的支委会上，支委们意见存在一定分歧，经验老到的连长微笑着讲了一段他当排长时的类似经历，并建议临时休会。休会期间，他跟我深入交换意见，并和我一同找支委再次酝酿。正因为他始终微笑着坚持原则，动之以情、晓之以理，令问题迎刃而解，全连官兵十分信服，创造了新的团结。

部队有句俗话，"单位建设行不行，关键要看前两名"。他身为一连之长，那张会说话的笑脸对全连官兵的熏陶感染是潜移默化的。从干部骨干到所有士兵，时常津津乐道连长做教育管理工作的艺术，并学习效仿，付诸工作实践。耳濡目染中，遇事多沟通、凡事带微笑渐渐成为官兵关系的鲜明导向，为连队争创先进奠定了坚实基础。

当年五月，连队进驻滨海基地，参加实弹射击效应试验。闽南的五月已酷热难耐，特别是中午时分，野外帐篷像蒸笼一样，气温高达四五十度。加之训练任务十分繁重，驻扎在炮阵地的官兵面临的考验不言而喻。正当大家咬紧牙关坚守阵地训练时，何姓班长挖炮工事时意外受伤，进一步激发了大家的斗志。

那天上午，全连正在换阵地挖驻锄时，通信员告诉我：何班长的一根食指被镐挖伤了。当我随车赶到镇卫生院时，疼得满头大汗的何班长微笑着对我说："指导员，我没事。"可我分明看到有泪水在他眼眶里打转。而当医生清理伤口时，我发现他的食指第一节只剩一点皮连着，恻隐之心油然而生。更让我终生难忘的是，为了减少后遗症，何班长选择不打麻药进行手术。整个接手指的过程，他强忍着痛却说不痛，始终含着泪水用微笑面对大家。那一刻，我彻底被何班长微笑背后的坚强所折服。

回到阵地后，我向大家讲述了那张令人敬佩至极的笑脸带来的震撼和启迪。驻守阵地的官兵感动之余，以崭新的精神面貌投入军事训练。正因为有了"斗酷暑、夺第一"的精气神，连队出色完成试验任务，喜获集团军"效应试验神炮连"称号。

时至七月，连队转入濒海训练。对官兵而言，游客眼里的蓝天碧海就是练兵熔炉，金黄的沙滩便是意志锻造基地。除了被骄阳烤到起泡的皮肤让人心疼之外，一次潮汐变化带来的意外伤害更令人痛心疾首。

记得一天下午，训练即将结束上岸时，一个滔天大浪冲散了训练编队。两分钟后，大家陆续上岸。让人触目惊心的是，包括我在内，约有四分之一的官兵被群众固定抽水管的树桩上锋利的牡蛎划伤，伤口以下肢居多，也有的在上肢、躯干甚至面部。看着一张张黝黑稚嫩的脸孔，我愧疚至极。但同志们面带微笑齐唱《团结就是力量》，让我顷刻血脉偾张。回到宿营点，我帮几名列兵涂药，他们的坚强与成熟让我感到意外而又高兴。

半年时间如白驹过隙。无论成功与失败，或喜或忧，官兵们总是笑脸面对一切。每逢喜事好事，大家必定喜笑颜开，乐得其所；即便难事坏事，大家同样患难与共，痛并快乐。

追忆那半年里的一幕幕往事，一张张笑脸立刻浮现在眼前。正因为有苏连长润物无声的管教艺术，遇事笑脸相迎的引领，大家在耳濡目染中自觉拧成一股绳，齐心协力争创一流成绩，当年获评先进连队。虽然我因8月上调师机关，年底未能与大家分享收获的喜悦，但是那一张张坚毅而又亲切的笑脸早已深深烙在我的内心深处，陪伴我攻克一个又一个人生难题。

书写优美弧线

那支起名"方圆不惑"的业余篮球队，一贯秉承以球会友、运动快乐的理念，不畏风雨艰辛，数年如一日，用这个简单的爱好续写着篮球故事。

虽说篮球是集体运动项目，讲究团队配合协作，但是团队也少不了核心与箭头。没有箭头的进攻，无疑是重点不突出的进攻，好比脚踩西瓜皮，滑到哪里算哪里，容易陷入乱局。

记不清从何时起，老迈的"方圆不惑"业务篮球队出现了令不少年轻队员心有余悸的外线射手，甚至可以说小有名气。"钟三分""耿三分"都是对方防守形影不离、重点照顾的对象。

"耿三分"以出手快、弧线高著称，战术意识强，能嗅到稍纵即逝的出手机会，投篮坚决果断，而且命中率高，让对手防不胜防。在 2018 年住建系统比赛中，"大器晚成"的他因决赛中投中关键一球，一举荣膺最有价值球员，年过不惑后获得篮球人生的第一个"MVP"。

机遇从来只眷顾那些有准备的人。"耿三分"的远投能力不是一朝一夕练就的，而是把业余爱好当作追求之后历经千锤百炼换来的。说到他的篮球经历，我多半是侧面了解得来。

"耿三分"原名耿军海，是地道的山东人，有着二十年的军旅经历，年轻时篮球打得好，体能出众，攻防兼备，尤以三分投射见长，多次参加各类比赛，用双手画出了无数彩虹一般灿烂而优美的弧线。

结识"耿三分"是四年前的事，虽然早前在一个大单位，但是基本没有交集。后来，因为篮球而结缘，成为一起打球的朋友。他人如其姓，耿直而又真诚。耿直的他那与山东大汉反差明显的普通身材也掩盖不住籍贯，真诚得每一根毛细血管里都流淌着军人的血液。球如其人，正是这种坦诚豁达，潜移默化地决定了他的作风与球风。

　　我和"耿三分"场下是朋友，场上是搭档。身为控球后卫，打球的最大快乐莫过于为队友送出精彩助攻。"耿三分"是跟我分享快乐最多的队友之一。分球、跑位、挡拆、防守……一切都是那样默契，默契到无须言语，只需一个眼神，有时甚至连眼神都不需要，彼此都能心领神会，共同分享协作的喜悦。

　　去年秋天，"耿三分"的受伤让我充分相信了"投篮是从脚开始的"的真理。自那次赴厦门灌口友谊赛之后，他的左脚脚踝受伤，缺席比赛半年多。那段时间，很多朋友给他介绍治疗、理疗的专家和偏方，他辗转多处寻医问药，效果并不理想。也许是旧伤复发，也许是年龄大了的应激反应，各种猜测都被核磁共振结果否定了，这才打消了大家的担忧。

　　"耿三分"不能登场的那段日子，球队不仅失去了强有力的外线火力和后场防守，留下了需要弥补的得分空白，更关键的是因为没有他在外线牵制，对方的防守阵型更加紧缩，球队处于内外受困的境地。每当进攻受阻的时候，在场边观战的"耿三分"，比在场上挥汗如雨的队友还要着急，一副无能为力的表情幽默而又温暖。

　　生活中的"耿三分"，爱好养花种菜，踏实而又直爽，一家三口客居他乡，过着平淡简朴的生活。放眼未来，他把人生的追求定位得像三分球的瞄准点一样，总是在篮筐的远端，时刻催促自己举起那双勤劳的手，去努力画出一道道优美的弧线。

刘师傅的咸水鸭

这几年，我们一家子吃的咸水鸭估计有八成是从刘师傅那里购买的。渐渐地，我与素昧平生的刘师傅成了熟人。

"左边托盘里的鸭子更老，比右边的好吃，一斤贵三块。"三年前，第一次去市场买咸水鸭，刘师傅热心向我介绍他的鸭。我瞥了几眼隔壁摊位上的咸水鸭，不假思索地跟刘师傅买了半只。其实，单看卖相是无法判断好不好吃的，打动我的也许是山里人写在脸上的真诚。

刘师傅年纪不到六十，长相憨厚，平头，头发有些花白，四方脸上的两道眉毛又浓又粗，没蓄络腮胡，但胡印颇为清晰。他讲话慢条斯理，声音低沉沙哑，一边低头斩鸭装盒，一边忙着跟我唠嗑。短短五分钟，让我佩服的不只是他过硬的刀功，还有他边说话边抽烟的本事，而我对烟灰掉落的担心完全是多余的。

回到家里，一家人大快朵颐之后，纷纷赞不绝口，并一致认为，与以往吃过的咸水鸭相比，刘师傅做的咸水鸭鲜嫩异常，皮肥骨香，油润光亮，咸甜清香，滑嫩可口，令人回味无穷。自那以后，我经常舍近求远去找刘师傅买咸水鸭。

有一天，刘师傅称好鸭子笑着轻声对我说："你经常在我这里买，以后每斤比别人便宜一块。"当我恍然大悟得了便宜的缘由之后，跟他拉起了家常。

"我是南靖南坑人，在市里卖咸水鸭很多年了，食材都是从家乡山里拉过来的，比一般的鸭子要好，每天做十只二十只不愁卖……"当我打听刘师傅的基本信息时，不善言辞的他打开了话匣子，一副十分得意的样子。

"您做的咸水鸭口感与众不同，是不是有什么祖传秘方，或者有什么添加？"我指着他身后热气腾腾的桶锅说。

或许是担心"添加"二字玷污他的诚信，刘师傅顿时瞪大眼睛认真地看着我说："祖传秘方谈不上，但添加绝对没有，那样做生意对不起良心。"两个人之间气氛一度有些尴尬，幸好那个鸭屁股话题又让我们笑开了。

　　原来，大部分顾客买咸水鸭都不会要鸭屁股，刘师傅会在征求顾客的意见后，把鸭屁股留下来积攒，每隔三五天回南坑时带给年过八旬的父亲吃。他父亲爱吃鸭屁股，是早年卖咸水鸭、生活艰辛时养成的习惯，如今生活富裕了也未改变。

　　当我笑着说以后我买的鸭屁股都送给他孝敬老爷子时，他转身装了一大碗煮鸭的鲜汤给我，并叮嘱我以后自己带汤盆去，想要多少打多少。虽然这碗汤在别的摊上只需花两元钱，但它见证了我和刘师傅日渐加深的交情。

　　几天前，我照常特意去找刘师傅买咸水鸭，走到那个熟悉的摊位前，我一愣，没有看见刘师傅，对面那个他常去喝茶的牛肉摊也不见人影。大约过了半分钟，一位妇女来到摊前向我介绍咸水鸭，台词与刘师傅如出一辙。听完她的介绍，我心中的问号瞬间拉直了。

　　刘师傅的老伴告诉我，老刘回山里看望老父亲了，明天才能回来。当我提起跟刘师傅相熟时，她便开始滔滔不绝地赞美自己的老伴："老刘不但人勤快，本分忠厚，而且很有孝心……"说话间，幸福感不禁溢于言表，引得对面摊主好奇她为何如此开心。

　　当我使用微信支付没有听到熟悉的到账语音提示时，便把手机屏幕给她看，并提醒她打开语音提示。霎时，大大咧咧的刘嫂回我一句："我家平时都是老刘收钱，语音提示在他口袋里，我只是给他打工的。"尽管她嘴上这么说，脸上却是乐陶陶的。

　　"等刘师傅回来了，我过去跟他请教做咸水鸭的诀窍。"我说笑着转身离去。

如"铁"金银

福建有一种色香味形俱全的小吃，名曰"金包银"。因其成型美观，色泽红亮，食客喜爱有加。

"别人的性命是框金又包银（包银），阮的性命不值钱（不值钱）……"曾几何时，闽南语歌曲《金包银》唱出了那个年代的辛酸与不易，饱含人生沧桑和悲情。

从古到今，金银二字意蕴深远，备受欢喜。若为人名，则象征富贵。而在"方圆不惑"篮球队，阳光热情的金银既有"铁"的硬气，又不失本我特质。

十多年前，结识金银缘于工作，并非篮球。与其说是因为工作，还不如说是对金银二字充满好奇。二十来岁的他，标准刚健型平头，乌黑浓密的头发刚劲有力，灿烂的笑容十分亲和，相处起来给人一种金包银的豪放与质朴。

2009年，赴井冈山参加红色之旅教育实践活动，我有幸与金银同行，并同居一室。八角楼的灯光，枫树坪的改编，井冈山的故事，挑粮小道的体验，沙洲坝的"红井"……一路上接受革命精神洗礼，并与金银深入学习交流，结下了深厚的友谊。

那次红色之旅，这位地道的四川人给我留下了深刻的印象。如今与这些年的情谊融合起来看，他身上有着川人三大典型性格特征：像冲出峡口的山洪，有些"叛逆"，但"叛逆得瑰丽而惊人"；像终究会燃起的湿木"疙兜"（树根），以"忍耐"性强而著称；像疾风中的"劲草"，富有"忠勇牺牲"精神。

而在我们球友的眼中，川人的三大特征在金银的身上烙印明显，在篮球场上体现得淋漓尽致。有人赞誉他是防守"铁闸"，有人戏称他是

"董存瑞式"进攻，还有人说他具备90后的活力……

的确，身高一米七左右的金银身板结实，技术全面，球风硬朗，拼劲十足。他防守时特别积极，作风顽强，让对手很不适应。他进攻时有一手稳定的中投，冷不丁有三分得手。他反击时快速高效，有时拿脑袋开路，把自己扔在防守人堆里，投入得忘记自己已年过不惑。但赛后的腰腿不适和膝盖酸痛却又暴露了岁月的残酷。或许这种痛并快乐的体验让人乐在其中。

在我眼里，篮球场上的他，人不如其名，没有半点金银的高贵与矫情，只有赴汤蹈火的一往无前。除了球场上的拼劲外，金银在场外的协调保障也做得一丝不苟。他协调队伍与场地，通知队友、安排茶水等，靠一如既往的默默无闻赢得口碑。如果说背后有一种力量在支撑，这种力量的名字肯定叫作钢铁意志。

绿水青山就是金山银山。在"方圆不惑"篮球队，铁一般的金银好比运动快乐的金山银山，既是大家的缘分福气，又是和谐快乐的密码之所在。

街边裁缝

接送儿子经过菜市路老街，常看见街边一对中年夫妇在忙活缝纫、补鞋等活计。因来往匆忙，我没空上前搭讪，但心底总有一股冲动。

初识裁缝，是在一个冬日的中午。

我去接儿子放学，顺路找裁缝把新裤子的裤腿改短。那时，菜市路赶集的人群已散去，冬天的太阳洒在身上暖烘烘的，街角的清静逐渐代替了喧嚣。

"是要缝衣服还是要补鞋子？"未等我开口，朴实憨厚的裁缝便热情地跟我打招呼。我定睛看去，一个平头中年男子低头在缝纫机上忙活着，两脚有节奏地踩着踏板，双手娴熟地操作压脚和针线，"嗒嗒、嗒嗒"的声音很有韵律。

"帮我把新买的裤子裤腿改短一下，需要多长时间？"我继续好奇地打量着那台老旧的蝴蝶牌缝纫机和裁缝身边的那堆鞋子和衣服。

"如果不急，先放在这儿，下午来拿；如果急，稍等一下，这两条完了就给你改！"循声望去，裁缝的妻子正坐在他身后的矮凳上埋着头手工纳线补鞋。

其实我并不急，因为我是有备而去的。那股冲动缘起于心底数次浮现的一个念头——为什么如今还有夫妻档常年在街边设点做传统手工缝补活？这似乎与周边的繁华景象并不协调。

"大哥，你做裁缝多少年啦？日晒雨淋不容易，怎么没有开家店？那位补鞋的是你妻子吧？"我像记者采访一样拉开了话匣子，惹得旁边两位等着拿衣服的男子投来了异样的目光。

没等裁缝开口，他妻子便接了过去："做这行挣点生活费，开个店每月租金加水电等费用大几百，没钱赚哦！"她的话音里明显透露出几丝无奈。

"我一岁多时发高烧，给赤脚医生打针伤到坐骨神经，一条腿残疾，小学毕业就去学了裁缝，十六岁进工厂当裁缝，后来工厂倒闭了，就来漳州菜市路干这个，至今有十多年了……"没等我插半句话，裁缝又接过他妻子的话开始滔滔不绝地说起来。一旁的那两位顾客还是没有搭话，当起了忠实听众。而我在心里琢磨，或许我是为数不多过问他们生活的顾客吧！

大概十分钟的讲述里，我知道了裁缝姓陈，莆田仙游人，比我小一岁，有两个女儿，大女儿在老家念高二，小女儿在漳州念小学四年级。他们租房蜗居在老街旧小区，平日在街边设点，起早贪黑地做缝补手工，以此养家糊口，每月除了开销可以节余一千多元，基本上可以供两个女儿读书。

问起裁缝生意好不好时，他信心满满地告诉我："在街边做了这么多年，主要靠价廉和服务赢得顾客的口碑。现在的活计越来越多，万达、天宝甚至更远的地方都有人拿来缝缝补补。"听着这番话，我内心踏实了许多。

这时，一位少妇来取缝好的衣服，问裁缝多少钱。"三块，微信支付吗？"裁缝用莆田腔十足的普通话回答她。"三块钱，很便宜嘛！"我开玩笑地插了一句。"觉得便宜，待会儿你就多付一点！"那位少妇笑着离开了。

轮到改我的裤子时，我特地凑上去看裁缝量尺寸、画线、裁剪、穿针……那双满是老茧的手似乎记录了所有的辛酸，十根手指第二关节背面都是厚厚一层老茧，有的甚至已经开裂。裁缝告诉我，他长年累月地在缝纫机上干活，有时补鞋还用胶水，手慢慢就变成这样了。那台跟随他二十七年的蝴蝶牌缝纫机虽然老旧，但依然堪用，已然成为他最忠实的伙伴。

"有没有想过改行做点别的？比如，打工或者什么的。"我觉得他们夫妻俩的收入有点少。"我们没有文化，年纪也大了，不敢再折腾了。踏踏实实缝缝补补，够孩子开销就知足了。"裁缝幸福地应答我。那一刻，我对眼前这对在外漂泊且又知足常乐的夫妇肃然起敬。

转眼到了学生放学的时间，裁缝的小女儿蹦蹦跳跳地过来了，一阵撒娇后问裁缝要两元钱。裁缝给她十元。小女孩在隔壁食杂店换零钱后如数还回八元。接到儿子的电话后，我按照裁缝所说数目的十倍扫码支付工钱后，在裁缝妻子的道谢声和女孩的欢笑声中离去。虽说几十元钱并不起眼，但愿它能在这个冬天带给裁缝夫妻一些精神鼓励。

几天后，我收拾好自己那些虽旧如新的衣服，送给了身高与我相仿的裁缝。

"飞人"牙医

在野球场上，年轻人打球做花哨动作习以为常，人们把这叫作青春。而在队员年过不惑的"方圆不惑"养生篮球队的赛场上，还能飘在空中，靠出色的弹跳赢得喝彩的人少之又少。但军人出身的肖云做到了。他因超出同龄人的爆发力，赢得"飞人"的美誉。

结识"飞人"缘于篮球，成为朋友缘于常在一起打篮球。从而立到不惑，他的运动能力几乎没有下降多少，令人惊讶。如果忽略岁月在他脸上刻下的烙印，只看打球的背影，人们一定会误以为他是青春少年。

在十多年前的一次友谊赛中，我并不知道那个会"飞"的人的姓名，但他出色的弹跳让人印象深刻。那时，他留着稀疏的短发，一米七五左右的个头，纤细修长的四肢，身上没有太多腱子肉，但拥有黑人一般的肌肉线条，特别是小腿跟腱异于常人，积蓄了超强的弹跳爆发力。看似细长的双腿，造就了过人的弹速和弹跳高度。飘逸投篮、原地抓筐、头顶摘板，每一个操作都如此轻盈，让人赏心悦目。

岁月不饶人。对于大部分爱好运动的人来说，岁月的确是残酷的。那些曾经的飘逸、高难度的空中作业、动作不做完决不投篮的风骚，如同滚滚长江东逝水，一去不复返，默默地变成了"地板流"。但军医出身的"飞人"深谙运动健康之道。

在他看来，运动健康与健康运动二者密不可分。若要保持运动健康，健康运动至关重要。除了量力而行的剧烈运动，热身准备、放松运动一环都不可少。更为关键的是，随着年龄的增加，要适量服用氨糖补钙，有的放矢地做好力量训练。比如，膝盖韧带老化，可骑行增加韧带力量。腰腹力量、上肢和腿部力量都需要经常性训练保持。

宝剑锋从磨砺出，梅花香自苦寒来。原来，"飞人"年过不惑依旧能飞，不是依赖天赋，而是有科学的运动秘诀做支撑。因为常在一起打篮球，大家不只与他分享运动快乐，而且学会了如何健康运动、怎样保持运动健康。

在球场上，"飞人"的飘逸让人眼前一亮。在球场外，军医出身的他不仅业务精湛，而且骨子里都是热情和豪爽。他经常加班加点，多次错过球约。几年来，他曾多次前往第二、第四军医大学深造镀金，业已成为漳州少有的种牙专家之一。我得知他的冠城口腔医院日益建立起良好的口碑，甚是欣慰。

如今，"飞人"的头顶已像乔丹那样油光发亮，但矫健的身姿依旧飘逸优美。那种大幅度体前变向、飘逸的滞空依旧让人赏心悦目，看似不经意间的投篮几乎都是空心入网。而身着白大褂一丝不苟工作的"飞人"却如此精心静心，一副专家学者的模样，很让人敬佩。

或许，几年之后，年过半百的"飞人"不再飞翔了，但他曾经飞过的那些美妙早已深深刻在我的脑海里。那时，牙科专家或将用牙齿上的舞者身姿赢得新的赞誉。

那朵凋零的白荷花

大暑时节，太阳像火炉一样炙烤着大地，海滨邹鲁四处酷热难耐。偶有几丝海风吹来，依旧体感闷热。漳州如此，二百余公里之外的潮汕地区也不例外。

近日，一位汕头文友的微信朋友圈一反常态，出现乡村风光美图，有令人垂涎欲滴的家禽、时蔬、瓜果，还有荷花、稻席、老屋、小桥流水……美得让人眼馋，美得让人身临其境，不知勾起多少人的乡愁。

在我眼里，那些乡村风光照片中，最美的要数那缸被文友誉为"远近高低各不同，昨日含苞今日放"的莲。一口大缸能种的莲并不多，但同样荷叶田田，菡萏妖娆，特别是那朵冰清玉洁的白荷花格外醒目，高贵得令我有些崇敬。

接连数日，这位文友的朋友圈都是美得令人嫉妒的乡村生活画面。对于久居闹市未远行的枯燥生活来说，那些原生态之美特别引人入胜，甚至让我和其他友人不约而同地产生了去那里看看的想法。

就在五天前，文友跟我说了实情——她心如刀绞，并不是在乡下度假，而是在陪伴生命进入倒计时的母亲，每天在朋友圈分享花花草草是为了解压而已。那一刻，我羞愧而又缄默，一时找不出半个字来安慰她。

这天 14 时 06 分，文友微信朋友圈惊现一朵凋零的白荷花图片，并附文字："妈妈离苦得乐，一路走好！"刷到此处，我不胜悲伤，回复了"节哀顺变"四个字和"合十"表情图三个。

我自小爱荷，不只爱她的醉人清香，不只爱她"接天莲叶无穷碧，映日荷花别样红"的夏日美景，还爱她"出淤泥而不染，濯清涟而不妖"的高贵品格。而那一刻，我更爱她伟大母亲般的冰清玉洁和无私奉献。

道家认为，生老病死乃自然规律、人之常情。但人生的旅程各不相同，生离死别情景各异。虽然我与文友仅限于文学方面的学习交流，生活之事概莫能知，但承蒙文友信任，透露给我有限的信息，我已感激不尽。而那份书写伟大亲情的坚强和孝道令我折服，说五体投地实不为过。

古语云："羊有跪乳之恩，鸦有反哺之义。"我断定，身为作家的文友对此有更深层的感悟，并用真情真爱付之于行。子女在病榻前的最后一程陪伴，哪怕是喂一口粥、擦洗一下身子，甚至紧攥那只已经没有知觉的手……都是血浓于水的终极守护，给即将离去的生命最后的告慰，让人生的句号画得更加完美。

看着那朵凋零的白荷花，我不仅为逝去的生命悲伤，而且为至深亲情感动。

第五辑　情意，时正浓

中国红特别耀眼，代表着喜庆、欢乐、热闹与祥和，它已经成为中国人的文化图腾和精神皈依，几千年来一贯如此。跨入新时代，神州大地一山一水愈加精神抖擞，情深意浓正当其时。

独爱中国红

我对颜色本不敏感，但有一种例外。它时常令我血脉偾张，特别是每年 10 月 1 日这天，更让人欣喜若狂。

这种颜色特别耀眼，代表着喜庆、欢乐、热闹与祥和，它已经成为中国人的文化图腾和精神皈依，几千年来一贯如此。

在灿烂的中华文明历史长河中，它以农耕文化为依托，以家族意识为核心，经过多少代潜移默化的熏陶，深深地嵌入了中国人的灵魂，成为当之无愧的安身立命的护身符，镇守着儒释道三教合一的理想疆土。它不仅氤氲着古色古香的秦汉气息，而且延续着盛世气派的唐宋遗风；不仅沿袭着灿烂辉煌的魏晋脉络，而且流传着独领风骚的元明清神韵。以中华民族独有的丰富历史文化内涵，盘成一个亘古不变的中国结。

这种颜色特别鲜艳，代表着不屈不挠、舍生忘死的伟大革命精神，它是革命烈士用鲜血染成的，百余年来从未褪色。

在中国近代史上，无论是充满灾难、落后挨打的屈辱史，还是探索救国之路、实现自由民主的探索史，或者是抵抗侵略，打倒帝国主义以实现民族解放、打倒封建主义以实现人民富强的斗争史，无不流淌着革命先烈的鲜血。这部鲜血染红的历史，承载了中国人太多的红色记忆。

这种颜色的名字叫作中国红。

在艺术家眼里，中国红吸纳了朝阳最富生命力的元素，采撷了晚霞最绚丽多彩的光芒，蒸腾着熊熊烈火的极限温度，流淌着血液最浓稠活跃的分子，表达了相思豆最细腻的情感，诠释了枫叶晚红的秋意……

而在我看来，中国红是中国人的魂。尚红习俗的演变，记载着中华民族的心路历程，经过世代承启、沉淀和扬弃，传统精髓逐渐嬗变为中华文化底色，弥漫着血浓于水的情结，象征着热忱、奋进、团结的民族品格。

近代以后一百多年，中华民族面对积贫积弱、受人欺凌的悲惨命运，在最危险的时刻，牢记中国红的品格，开展艰苦卓绝的伟大斗争，不惜一切代价努力改变自己的命运，于1949年10月1日站起来了！

1949年9月27日，象征革命胜利的中国红被确定为新中国的国旗颜色。1949年10月1日，在那个令全世界瞩目的伟大历史时刻，第一面五星红旗在天安门广场冉冉升起。迎风飘扬的中国红与伟大领袖毛泽东一道向全世界庄严宣告"中华人民共和国中央人民政府成立"。

从此，中国红更加骄傲地烙印在所有中华儿女的心里。

每年的十一国庆节，从北疆到南国，从雪域高原到东海之滨，无论街头巷尾，还是田野阡陌，整个中华大地一片中国红，可谓寸土必染，鲜艳而又喜庆。人们脸上、公交车上、公共场所……张贴着夺目的五星红旗。《我和我的祖国》《歌唱祖国》等动人旋律随处可闻。中华儿女用最吉祥的中国红迎接祖国母亲七十岁生日。

如果说国庆前夕全国各地的宣传、庆祝活动是为国庆节造势和预热，那么10月1日天安门广场的盛大阅兵仪式和群众游行就是令全世界刮目相看、举国欢庆的高潮时刻。

国庆节七十周年那天清晨，五岁的儿子跟我要小国旗，并问我国旗为什么是红色？五颗星表示什么意思？回答这些问题对我来说并不难，但对话间一股莫名的情绪突然涌上心头，或许是为新中国站起来、富起来到强起来感到自豪和骄傲，又或许是为今天的小康生活感到幸福和激动，五味杂陈，无以言表。

国庆节当天，妻子特地给两个孩子换上中国红T恤，表达心中的爱国之情。我邀请他们俩合影，并约定从今往后每个国庆节都要身着红色盛装合影留念。也许，这种仪式能给孩子们潜移默化的熏陶。

当今世界，中国红无处不在、无时不在，无时无刻不在宣传中华人民共和国的富强、民主、文明以及和谐美丽，无时无刻不在传递中华民族伟大复兴的中国梦。

"如果奇迹有颜色，那一定是中国红！"中国人对中国红的喜爱可见一斑，所有人概莫能外。

漳州的水

一切生命皆是水成就的鲜活精灵。海滨邹鲁漳州也是属水的。古往今来，水既是漳州的灵魂和生命，又是漳州的眼眸和心灵。

虽然漳州的水不及濒临长江、太湖的水城苏州的水文化丰富而深刻，也比不上山东聊城水在城中、城在水中、城湖相依的独特水城风貌，但漳州的水记得乡愁、弘扬精神、爱憎分明、天赋灵性。

年复一年，九龙江、漳江、鹿溪、龙津溪、东溪等主要河流，延绵七百余公里的黄金海岸线，还有无数纵横交错的溪流水巷，孜孜不倦地滋养着享有"花果之乡"美誉的漳州平原。我们暂且先不说家喻户晓的"凌波仙子"如何赢得"天下水仙数漳州"的美称，平和蜜柚、天宝香蕉、程溪菠萝如何给漳州农业名片加分，单说哺育漳州的水是怎样丰润漳州的。

漳州的水记得乡愁。在余光中先生笔下，一枚小小的邮票为魂牵梦萦的故乡传递思念，一张窄窄的船票搭载着无数期盼团聚的奔波，那一湾浅浅的海峡，无时无刻不勾起两岸一家亲的浓烈思乡之情。海峡西岸的漳州，数十年如一日坚守祖国母亲前哨阵地，无数像东山铜钵寡妇村一样的泪水汇集成河，夜以继日奔流不息，注入那湾浅浅的海峡，用咸淡杂陈的味道诉说心中的思念。现如今，两岸一家亲枝繁叶茂，漳州的水肩负新的使命，把祖国母亲的乳汁输送到宝岛的每一寸土地。

漳州的水弘扬精神。古人讲，春雨贵如油。1963 年年初，百年罕见的旱情笼罩着闽南大地，漳州平原水贵如油。正因为水，龙海人民在抗击百年罕见的特大旱灾的斗争中，谱写了一曲发扬共产主义风格的赞歌，形成一种团结协作、无私奉献，顾全大局、舍己为人的龙江精神。这种精神与集体主义精神、共产主义精神一脉相承、高度契合，已然成为时代精神典范。京剧《龙江颂》曾被周恩来总理指定为招待外国首脑和驻华使节的电影，他在观看时多次被龙江人顾全大局、无私奉献的精神感动而落泪。近六十年来，龙江风格与时俱进，这种因水铸就的共产主义精神，已然融入社会主义核心价值观，成为中国先进文化不可或缺的组成部分。

漳在道家学说里，水性绵绵密密，微则无声，巨则汹涌。据记载，近百年来，漳州的水先后两次洪浪逞凶，四处为害。1908年9月，南靖山洪暴发，九龙江堤岸相继决口，漳州郡城入水，上千民房倒塌，死亡二百余人，其状至惨不言。1960年6月，漳州遭遇台风袭击，发生特大洪水，倒塌房屋四万余间，死亡三百余人，损失十分惨重。塞翁失马，焉知非福。还是因为水，勤劳勇敢的漳州人民积极顺应自然，灾后开展生产自救，大兴水利设施，修建九龙江堤防工程，凭借智慧和汗水驯服了滔滔江水。

漳州的水天赋灵性。俗话说，一方水土养一方人。漳州的水自然养漳州的人。从被乾隆皇帝赞誉为"不愧一代完人"的黄道周，到"两脚踏东西文化、一心评宇宙文章"的世界文化大师林语堂先生，漳州的水细心呵护着人杰地灵的漳州平原上的每一个人。漳州的水，对孕育"漳州110"精神功不可没。同样，作为中国女排"娘家"的水，在孕育女排精神中不可或缺。今天，无论你走在街头巷尾，还是踏进田间乡野，到处可见水灵灵的美。因为，无论男人女人，还是大人小孩，个个脸上都写满了和谐、诚信与友善。

水养人，人随水。漳州人至善至柔，既大方包容、质朴善良，又柔韧坚强、以柔克刚。今天的漳州，坚持走人与自然和谐共生之路，用"生态+"理念催生的"五湖四海"（五湖即碧湖、南湖、西湖、西院湖、九十九湾湖，四海即水仙花海、荔枝海、香蕉海、四季花海），正以崭新的面貌迎接八方宾客，为田园都市、生态之城谱写新的华美篇章。

逢 "9" 更喜不自胜

1949 年 10 月 1 日，每一个中国人理应铭记在心的伟大历史时刻。国庆节，一个中华民族值得骄傲与自豪的节日。

七十年前，伟大领袖毛泽东主席在天安门城楼向全世界庄严宣告"中华人民共和国中央人民政府成立"，标志着饱受深重灾难的中华民族从此站起来了。正因为有中国共产党带领人民开展艰苦卓绝的伟大斗争，中华民族才得以告别血雨腥风的苦难岁月，把 1949 年 10 月 1 日这个神圣的历史时刻永远镌刻在每个中国人的心里，并且确定每年的 10 月 1 日为中华人民共和国国庆节。

每当耳边响起《义勇军进行曲》时，我都会情不自禁血脉偾张。每逢国庆节，每个中国人都欣喜若狂。这是流淌在每一个中国人血液里的爱国主义情愫，我自然不能例外。

虽然读小学时，内地农村学校条件较差，但我如今依旧清晰记得，衣着俭朴的老师拿着粉笔，站在破黑板前，满脸自豪地给我们讲解什么是爱国主义精神，教育我们庄重对待唱国歌、升国旗，把国庆节的伟大意义永远牢记在心。

而今年过不惑的我，对于深深烙在心底的爱国主义情怀，或许是伟大时代印记所致，又或许是年少记忆力强使然。但不管何种因由，对于祖国母亲的爱，正如歌词所唱，无论何时，无论何地，心中一样亲。

在我的印象中，自从我长大成人，特别是携笔从戎后，每逢祖国整十周年国庆，心底的喜悦与自豪不言而喻，甚至可以说是更加喜不自胜。

1999 年，我临近大学毕业前，喜闻军队从地方大学直接招收干部的政策，便不假思索报名应征入伍，圆了从军梦。当那年 10 月 1 日天安门广场举行气势磅礴的阅兵仪式时，我跟来自五湖四海的八十名学员一道，身着绿军装，在秋高气爽的厦门某教导大队收看电视直播盛况。每一个英姿飒爽的方队通过天安门城楼都让人热血沸腾，每一声震天响的呼号都激动人心……那一刻，深厚的爱国热情催生了爱军精武的豪情壮志。

时至2009年，我任驻闽某师教导队教导员第二年，适逢中华人民共和国成立六十周年，肩上思想政治工作责任不言而喻。当年四月，我有幸作为代表赴江西井冈山、瑞金等地参加红色之旅教育实践活动，现地学习了解井冈山精神、红军精神，重走挑粮小道，登上黄洋界，感受建军伟业的苦难与辉煌。回部队之后，围绕"喜庆中华人民共和国成立六十周年，扎根岗位奋斗奉献"主题，在官兵中开展形式多样的教育宣传活动。而当天安门广场盛大的阅兵仪式结束之后，旌旗猎猎、铁流滚滚带给官兵的鼓舞与激励才刚刚开始。于我而言，那年的国庆盛况鞭策我奋勇向前，迈向新的工作岗位。

时至2018年，我陪祖国母亲过了四十二个国庆节。2019年，对我而言是普通的第四十三个国庆节，但对祖国母亲而言是伟大而又特别的第七十个生日。这个伟大的时刻具有划时代的现实意义。今天，中国特色社会主义已经进入新时代，在面临多重威胁与挑战，距离全面建成小康社会业已进入倒计时，距离第一个"一百年"目标仅差两年的重要历史时刻，举行隆重的国庆仪式，既是向世界宣示强大与自信，又是激发和凝聚更多更强的力量，激励和振奋国人努力奋斗、砥砺向前。

临近国庆，主流媒体持续深度报道伟大祖国七十年来取得的辉煌成就，讲述党带领人民从站起来到富起来、从富起来到强起来的伟大奋斗历程，十分鼓舞人心。各级党政机关带头宣传党的丰功伟绩和人民的智慧与力量，令人信心倍增。此情此景，可谓举国上下一片繁荣，华夏大地一派喜庆。

如今，虽然我已脱下军装，但同样翘首企盼以阅兵仪式为主要标志的国庆系列活动。2019年10月1日，祖国母亲的第七十个生日，这个对于实现中华民族伟大复兴具有重大意义的历史时刻，必将载入人类发展史册。

2029年、2039年……我更期待在每个逢"9"的整十年国庆节那天，亲眼见证伟大祖国的强大与自信，与祖国人民一道分享她的发展成果。

春思

　　自懂事起，我对春天的向往，都是从冬天开始的，年年如此。

　　记得童年时光，鄂东南的三九寒冬积雪过膝，冰溜逾尺，可谓滴水成冰。但我的玩心似火，叫上三五个玩伴，在冰天雪地里堆雪人打雪仗，或支个筲箕捕麻雀，又或在田里追野兔，再或用小木凳在河面上溜冰……一番闹腾之后，个个嘴里哈着热气，手脚冻得通红，却从不觉得冷。如果大人不来抓，自己是不会回家的。

　　那时，人徜徉在冰雪冬日，虽怡然自得，但内心却格外期待春天。一旦春回大地，幼稚的心灵便像冰雪融化一般，放飞在那片姹紫嫣红的沃野之上。且不说如今被城里人捧为网红的金色油菜花海、一望无际的紫云英、城里孩子喊不出名字的蒲公英等是何等引人入胜，单单玩赏稻田沟里晒太阳的泥鳅、蝌蚪就足以让人乐此不疲。累了就地躺在草皮上来个日光浴，或者骑在牛背上打个盹儿，多么畅快惬意！一阵春风拂过，乡野清新沁人心脾。

　　离开故乡，告别四季如画的荆楚大地，我曾数次梦寐以求能重温冰天雪地的乐趣，期待放飞春天的心情。

　　然而，这个冬去春来之时，一场疫情席卷神州大地，梦想再度落空。客居异乡，足不逾户赏春，一半靠心，一半靠庭院。

　　居家的日子，心里起初只希望能走近自然，享春风拂面，看嫩芽初吐，听流水潺潺；进而，便幻想去听蛙鸣鸟唱，闻油菜花香，望杨柳依依，忙趁东风放纸鸢；然而，心底最期盼的还是徜徉武汉大学樱花园后登上黄鹤楼望大江东去，再搭上那趟开往春天的列车，欣赏沿途的山花烂漫。

　　说靠小庭院赏春，着实有些汗颜。我虽爱养花种树，但迫于朝九晚五的工作状况，加之惰性，时常无心赏玩，便对它们照料不周。幸好花草不记仇，每个冬去春来，照旧满庭芬芳。小院角落里的墨兰率先吹响春天的号角，青葱的绿、浅淡的红、淡雅的香，朴素又不失幽雅。接着，粉白的蓝莓、火红的石榴、艳丽的吊钟海棠陆续粉墨登场，引得蜂蝶满庭飞舞。而相对高大的巴西樱桃和嘉宝果尽管来不及绽放美丽的花朵，但它们也不甘示弱，奋力吐出新芽，嫩绿特别养眼。还有三角梅、迎春花、澳洲指檬等，此刻同样异常惹人喜欢，让人宁静。

凭栏而坐，品一壶香茗，赏满庭春芳，虽能暂时得到一些慰藉，但在疫情肆虐的日子里，赏春不论靠心还是依赖于庭院，人总是忧心忡忡，思绪万千。

这个春天，注定无心赏春，唯盼春速归。

沙洲甜蔗有"风格"

时值小寒，北国一片银装素裹，闽南却暖如春日。此时，勤劳的沙洲人习惯在劳作间隙，啃几口清甜的甘蔗犒劳自己，而他们脸上丰收的喜悦看起来比甘蔗更甜。

几年前，我就听说沙洲甘蔗以清香甘甜著称，与沙洲食用菌一样深受市场欢迎。我虽曾多次领略那清甜可口的味道，却未知美味背后的辛酸过往，一直心存向往。

"来，拿一瓶尝尝！"突然，一个熟悉的声音跟我打招呼。

"没想到我们在角美沙洲首届甘蔗文化节又遇见啦！"我简直不敢相信自己的耳朵，定睛细看那位榨甘蔗汁的热心大哥。没错，正是他——经常在市区石仓路附近卖甘蔗的沙洲人。发际线慢慢向头顶位移，大腹便便，嗓门洪亮，这是他在爱喝甘蔗汁的孩子心中留下的印象。

沙洲，地如其名，是九龙江中下游的冲击小岛行政村，四面环水，宛如北溪、西溪合抱的一颗水上明珠，靠丰沛的水土资源养育世世代代的沙洲人。勤劳的沙洲人因地制宜以农耕传世，用智慧与汗水培育出了两张特色农业品牌：食用菌和甘蔗，日子过得红红火火。

以前驾车去沙洲，第一印象是水多、路险，需要打起十二分精神，幸好有红墙黛瓦、田垄阡陌可以缓解视觉疲劳。行驶在北溪大堤上，一边是奔腾不息的碧水，一边是鸡犬相闻的村庄，好一幅天然水墨油画映入眼帘，令人心旷神怡。

站在村头极目四望，远处水天一色，高架路如长龙穿过。眼前多彩缤纷，一垄垄喜笑颜开的甘蔗身子胀得鼓鼓的，正低头恭迎远道而来的客人；一幢幢形似碉楼的蘑菇房十分抢眼，潜心孕育着菇农期盼的金山银山。眼望而今的富庶与祥和，很难让人将之与五十七年前那场百年不遇的特大干旱联系起来。

在甘蔗文化节展览馆里，当地村民告诉我，1963年春，九龙江流域发生了百年不遇的特大旱灾。在当年北溪堵江中，沙洲人积极响应龙海县委"九龙江有水不算旱"的号召，自觉发扬舍己为人、顾全大局、无私奉献、团结协作的精神，涌现了"损失八百算啥，救活六万要紧"的角美公社沙州大队典型事例，为培育享誉全国、可歌可泣的"龙江风格"作出了牺牲奉献。而作为特色农业品牌的沙洲甘蔗，在那场特大干旱中跟沙洲人一样坚不可摧，面对自然挑战选育出了更优的品质。看着一张张旧照片，仿佛当年抗旱救灾的场景历历在目，不免让人肃然起敬。

勤恳的沙洲人懂得忆苦思甜，世代赓续传承伟大的"龙江风格"，用智慧与汗水浇灌出小康之花，而今又奔跑在新时代乡村振兴的康庄大道上。沙洲的朋友告诉我，沙洲人致富不忘本，现有部分村民技术骨干踊跃参加国家结对扶贫工程，离乡背井远赴外省担任食用菌技术指导，深受当地群众的欢迎和好评。

夕阳西下，站在沙洲特大斜拉桥上俯瞰，纺锤形的沙洲岛宛如一艘锚泊在九龙江中下游的巨型航母，沐浴着祖国深化改革的春风，期待借道厦漳同城大道远航，让更多的人尝到有"风格"的沙洲甜蔗。

追云

已过处暑，秋意却无处可觅。虽早晚偶有几丝凉意，但酷热并未远去，让人感到暑忧犹在。

周末的清晨，在东北风的呼啸声中醒来，开门凭栏仰望，只见头顶天高云淡，碧空如洗。深吸一口干爽而又清新的空气，即刻令人神清气爽。

这不正是我梦寐以求的秋高气爽吗！

对于闽南的秋天，我似乎有些愚钝和怠慢，直至漫天的云朵唤醒我记忆的那一刻。原来，秋姑娘跟随台风"白鹿"的脚步已悄然而至。

我曾数次见识闽南的台风。记忆中，暴风雨前的鱼鳞云密布苍穹，如同漩涌翻江倒海，甚是恐怖。漫天飞舞的鱼鳞云一会儿散开，从数不清的缝隙中射下刺眼的阳光，一会儿融成一片，让人感到天昏地暗。火烧云极为妖艳壮观，宛如烈焰烘烤大地，但可远观不可近玩焉。

望着格外湛蓝的天空，我骑上单车满城追云。穿行在大街小巷仰望穹苍，虽然视野受限，但楼宇之间的天空尽是蔚蓝，蓝得如此清澈纯净。偶有稀稀拉拉的几朵白云随风掠过，顷刻便无影无踪，不留一丝痕迹。路过狭长老街的繁华早市，店家的吆喝声与顾客的还价声此起彼伏，好不热闹。那一刻，除了古老的牌坊和游逛的我，似乎再无人理睬天上的云。

追着云的脚步，骑行在大街小巷，收获一种别样的美。因为平日很少在城区游逛，觉得满街都是生动的风景。估摸十岁的男孩给街边乞讨的长者递上自己手中的肉包和豆浆，怜悯的表情特别温馨；斑马线上搀扶老妪的女交警已然是一道亮丽的风景线；人行道上的扫地车不时停靠，过往行人主动避让环卫工人下车捡拾那些机器打扫不了的垃圾……我断定，街上那些感人至深的画面里的主角都无暇顾及天上的白云，但白云和我一样发自内心给他们点赞。

来到九龙江大堤上，江风徐徐，热浪袭人，但云淡天高，眼前一片开阔，令人心情舒畅极了。仰望天穹，满眼湛蓝，茫无际涯，宛如大海倒扣在天空，一眼望不到边。千姿百态的白云好似大海里的浪花，随风起舞，随波逐流。有的像沙画大师的艺术作品，形象而又生动。它们在风力作用下，顷刻变幻莫测，让人只有欣赏的瞬间，没有留恋的机会。有的像一朵大蘑菇悬浮在空中，雪白雪白的，跟棉花糖一样膨松，特别惹人喜爱；有的像海浪一样饶有规则地排列，一浪接一浪随风漂移，不一会儿，浪花消散得无影无踪。

跟随云的脚步骑行在大堤上。蓝天白云映衬之下，四处青翠葱郁，没有一点秋天的色彩。幸好远处群山逶迤，身边滔滔江水滚滚东去，远山近水动静相宜，让人赏心悦目。但我的眼球很快被耀眼的红色吸引了。只见各水闸上红旗招展，身着红马甲的干部群众开闸泄洪，紧锣密鼓做好防抗台风准备。那一刻，与蓝天白云相比，最亮丽的风景理应属于那抹准备抗击台风的红色。

天有不测风云。不知何时，清晨秋高气爽的蓝天白云悄无声息地离我而去，取而代之的是天气阴沉、乌云翻滚，暴风雨前的宁静骤然天降。

回程途中，只见街头巷尾人头攒动，用速度与防台抗台的时间赛跑，但一切井然有序。突然，耳边响起歌曲《云在飞》："水是流淌的云，云是飞翔的水；水是云的爱，云是水的魂……"我刚欣赏完美丽的云，又要迎接它飞翔的爱，幸福感油然而生。

后记

事实上，我并没有打算现在出散文集的，因为觉得自己的文学修养还达不到出书的水平。

在战友、文友、朋友们的鼓励下，几经周折，散文集编成了。起什么书名令我一时犯难，想过《不惑之获》《人到不惑》等，总觉得不能完全表达内心。有朋友提出《方圆不惑》，寓意方圆之间、不惑之余感悟人生，恰合心意。

脱下军装的这几年，工作与生活方式截然别于往日，闲暇时光多了起来。或许得益于过去在机关"爬格子"的习惯，现今依旧笔耕不辍，写写散文丰富自己的内心。

生活就是一本书。我写的散文不拘一格，对童年的回味、家乡的眷念、行旅的感慨、生活的思悟，但终归都是吾手写吾心。

郑燮说得好："凡吾画竹，无所师承，多得于纸窗粉壁、日光月影中耳。"我从其中悟出一点东西：写散文必须接地气，拜生活为师，以自然为题，清心寡欲，方可无为而有为。

《方圆不惑》的出版得到了各位老师和文友的大力支持，特别感谢中国作协会员、漳州市作协副主席叶子老师和家乡《监利人》杂志主编安频老师欣然作序，还要感谢福建省作协会员、《漳江文学》主编唐镇河老师和国家二级作家、广东省作协会员谢娇兰老师的悉心指导，以及众多文友的帮助和支持。

由于水平有限，书中难免舛误之处，敬请读者批评、指正。

王海洲

2022 年 6 月 30 日于福建漳州